5
고블린 슬레이어
GOBLIN SLAYER!
He does not let anyone roll the dice.
© 2017 Noboru Kannatuki

“무, 무슨 말씀을
하시는 건가요, 무슨……!”

"이제부터 성장하는 거지.
……좋겠다—."

고블린이다.
고성의 안뜰.
과거에는 샘에서 물도 솟아오르고,
향연에도 이용했을 백악의 광장.
그러나 샘은 마르고, 눈에 뒤덮였으며,
뜰에서는 초목이 사라지고,
기사들의 모습도 이미 잃어버린 지 오래다.
이제 그곳은 고블린 놈들의 놀이터가 되어
피와 오물투성이의
쓰레기장으로 변해 있었다.

고블린 사제가
리자드맨 승려를 흉내 낸 우스꽝스런 동작으로 손짓하여
일행을 문 안으로 이끌었다.
© 2017 Noboru Kannatuki

경은(輕銀)의 칼날이 번득이며 지나쳤다.
마검, 성검 같은 것은 아니다.
그러나 용사가 휘두르기에 걸맞은 명검.
불꽃의 벽을 뛰어넘어, 동포를 위해,
원수를 토멸하기 위해 나타난 신의 사도.

"늦었군."

Contents

GOBLIN SLAYER!

He does not let anyone roll the dice.

GOBLIN SLAYER!

고블린 슬레이어

GOBLIN SLAYER!

He does not let anyone roll the dice.

5

저자 카규 쿠모
일러스트 칸나츠키 노보루

고블린 슬레이어

인물 소개

CHARACTER PROFILE

—그러니까 나는,
놈들 입장에서 고블린이다.

고블린 슬레이어

Goblin Slayer

변경 도시에서 활동하는 별난 모험가. 고블린 토벌만 해서 은 등급(서열 3위)까지 올라간 희귀한 존재.

—지키고, 치유하고, 구하라.
『지모신의 세 마디 성스러운 구절』

여신관

Priestess

고블린 슬레이어와 콤비를 짠 마음씨 고운 소녀.
고블린 슬레이어의 무모한 행동에 휘둘리고 있다.

—무지한 자들이야말로
행복한 것이다.
알게 되는 것은 가장 커다란
기쁨이니까. 『엘프의 격언』

엘프 궁수

High Elf Archer

고블린 슬레이어와 모험을 함께 하는 엘프 소녀.
탐색자(레인저) 역할을 맡고 있는 굉장한 솜씨의 활잡이.

—그녀에게 중요한 것은,
언제나 날씨, 가축, 작물과
그 사람이다.

소치기 소녀

Cow Girl

고블린 슬레이어가 묵고 있는 목장에서 일하는 소녀.
고블린 슬레이어의 소꿉친구.

—펜과 종이도 없이, 어떻게
모험을 할 수 있을까요?

접수원 아가씨

Guild Girl

모험가 길드에서 일하는 여성.
고블린 퇴치를 솔선해서 하는 고블린 슬레이어 덕분에 언제나 마음의 짐을 덜고 있다.

—보석도 금속도 연마하기
전에는 모두 돌덩이로다.
사물을 겉모습으로만 판단하는
드워프는 이 세상에 없느니라.

드워프 도사
Dwarf Shaman

고블린 슬레이어와 모험을
함께 하는 드워프 술사.

—용은 도망치지 않는 법.

리자드맨 승려
Lizard Priest

고블린 슬레이어와 모험을
함께 하는 도마뱀 수인 승려.

나를 단련하고 칼날로 해치워라.
피가 나온다면 내 적이 아니다.
—강철의 비밀, 그 중 일부.

중장 전사
Heavy Warrior

변경 도시의 모험가 길드에
소속된 은 등급 모험가.
여기사를 포함한 변경 최고의
파티를 이끌고 있다.

—신비와 사랑은 혀로 자아낼
수록 쉽게 풀어지는 법. 하물며
여인의 아름다움은 어떠하리.

마녀
Sorceress

변경 도시의 모험가 길드에
소속된 은 등급의 모험가.

존경해 마땅한 적을,
내일의 벗이라 부르기는 싫다.
적어도 오늘은.

창잡이
Lancer

변경 도시의 모험가 길드에
소속된 은 등급의 모험가.

사랑이란 서로를 마주보는
것이 아니다.
같은 방향을 함께 보는 것이다.
—어느 시인.

검의 처녀
Sword Maiden

물의 도시에 있는 지고신 신전의
대주교. 과거에 마신왕과 싸운
금 등급의 모험가이기도 하다.

오오, 모험가여.
죽어버리다니 한심하구나.
묘비에는 고작 네 글자를 새겼더라.
모험가여, 나는 너의 이름을 모르는구나.
이름조차 못 남기고 갔더라 하여도.
모험가여, 네가 나를 벗이라 부른다면.
오오, 나의 벗이여.
죽어버리다니 한심하구나.

제1장 『예행연습』(튜토리얼)

Goblin Slayer
He does not let anyone roll the dice.

"그쪽으로, 갔답니다!"

구슬이 구르듯 맑은 목소리가, 휘몰아치는 눈에 지지 않고 전장에 울려 퍼졌다.

아름답게 물결치는 벌꿀색 머리칼을 둘로 묶고, 벽안을 반짝이는 한창 나이의 아가씨.

예쁘게 꾸미고 파티에 나가는 게 더 어울릴 법한 영애 같은 모험가였다.

과거에는 화장으로 꾸몄을 볼에는 설원 속에서도 싸움의 긴장으로 땀이 흐르고 있었다.

풍만한 가슴을 지키는 흉갑에, 코르셋이 필요 없는 가는 허리를 가죽 갑옷으로 감싸고 있다.

손에 쥔 은빛으로 빛나는 돌격검은 생가에서 가지고 나온 가전(家傳)의 보검이었다.

붉은 보옥을 벼락으로 제련한 경은(輕銀)의 검이며 유연하고 날카롭다.

찌르고, 찌르고, 휘두른다. 교본의 움직임을 반복하면 적을 몰아넣는 건 손쉬운 일이다.

그런 그녀의 옆에서 친근함이 담긴 잡담을 하며 여전사가 달렸다.

"안다니까! 그보다 미끄러져서 넘어지지 마!"

"정말—! 그런 얼빠진 짓은 안 해요!"

어떨는지. 얄팍한 가슴 보호대를 장착한 여전사의 단풍잎 같은 붉은 머리칼에서 살짝 기다란 귀가 보였다.

하프 엘프(반 숲 종족)는 춤추듯 발을 움직이며 가는 검을 번뜩였다.

영애 검사가 몰아붙인 상대, 놈이 겁먹은 틈을 놓쳐서야 안 된다.

"ORARARARAG?!"

"GAROARARA?!"

가슴에서 지저분한 피가 뿜어져 나오고 내장을 흘리며 한 마리, 두 마리. 추악한 소형 괴물의 숨이 끊어졌다.

이 세상 어디에 사는 자라도 이 괴물의 이름을 모르는 자는 없다고 해도 되리라.

암녹색 피부, 누렇고 고르지 못한 이빨, 악동 같은 꾀를 가진 기도하지 않는 자(Non-Prayer) 놈들.

지상에서 가장 약한 괴물— 다시 말해서 고블린이었다.

주위를 둘러보면 눈보라 속 여기저기서 꿈틀대는 고블린의 모습이 드문드문 보였다.

추위는 신경 쓰지 않는 건지, 아니면 대처하는 법을 모르는 건지. 맨살에 모피만 감고 있다.

손에 든 무기는 돌도끼나 곤봉, 뼛조각을 묶어놓은 조잡한 창뿐이다.

그래도 모험가들에게 적의와 증오와 욕망을 뿜어내면서, 도망칠 기색 없이 맞서려고 다가왔다.

“이쯤 되면, 가여움을 넘어서 우습기까지 하군요.”

영애 검사는 귀여운 콧대로 코웃음을 쳤다.

“헤헷. 누나들 솜씨 좋네요!”

어디선가 눈보라도 신경 쓰지 않는 경박한 목소리가 울렸다.

차라리 천진하다고도 할 수 있는 밝은 목소리에, 하프 엘프가 표정을 찌푸렸다.

“아양만 떨지 말고 일을 해!”

“네엡.”

그림자도 소리도 없이 달리더니 고블린의 늑골 사이에 스르륵 단검의 칼날이 파고들었다.

등 뒤에서 심장에 일격을 받은 고블린이 눈을 까뒤집고 쓰러졌다.

시체를 걷어차면서 몸집이 작은 레아(들판 종족)의 척후(스카우트)가 모습을 드러냈다.

그는 아직 박혀 있는 단검을, 시체를 짓밟아 빼내려고 힘을 주었다.

그러나, 아무리 고블린이 어리석어도 그 틈을 놓칠 리 없었다.

“어이쿠?!”

“GORBBB!!”

“GROOOB!!”

수를 믿고 포위를 시도하는 고블린의 곤봉을, 레아 척후가 거창하게 소리를 지르며 뛰어서 피했다.

그런 레아 척후를 감싸듯이, 작지만 강인한 실루엣이 끼어들었다.

“멍하니 서있지 마라.”

바위 같은 몸에 승복을 입은 드워프(난쟁이) 승려가 전투 망치(워 해머)를 휘둘렀다.

금속 덩어리가 고블린의 두개골을 가차 없이 부수고 뇌수를 흩뿌려 죄 많은 영혼을 승천시켰다.

"신세졌는걸, 스님!"

"뭘."

레아 척후의 목소리에도 태연하게 응답하고서, 드워프 승려는 전투 망치에 달라붙은 눈알을 떨쳐냈다.

"어이, 술사. 아직 저 멀리 한두 마리가 있다."

"물론 보이고말고."

수수하다거나 검소하다는 평이 어울리는 하얀 로브의 장년 마술사가 응답했다.

뛰어난 지혜를 드러내듯 이마를 문지른 흄(인간)이 입가에 사나운 미소를 지었다.

그는 로브에서 빠져 나온 손으로 재빨리 인을 맺으며 당당한 태도로 지팡이를 겨누었다.

"아가씨, 한 수 맞춰볼 수 있겠소?"

"물론이어요!"

마술사의 말에 영애 검사가 숨가쁘게 고개를 끄덕였다.

그녀는 아름다운 손가락에서 반짝이는 보옥의 반지를 치켜들고, 마술사와 함께 진정으로 힘 있는 말을 자아냈다.

"《사지타(화살)…… 케르타(필중)…… 라디우스(사출)》!"

"《토니톨스(뇌전)…… 오리엔스(발생)…… 야크타(투사)》!"

세상의 섭리를 덧칠하는 진언(眞言)이 솟구치고, 두 종류의 주문이 고블린 놈들을 덮쳤다.

마술사가 던진 《매직 미사일(힘의 화살)》은 여러 개의 초상적인 화살이 되어 고블린을 꿰뚫었다.

그리고 영애 검사의 《라이트닝(번개)》은 눈을 증기로 바꾸며 고블린을 타격했다.

그 뒤에는 온몸에 구멍이 뚫린 고블린과 그을려 죽은 고블린의 시체, 드러난 지면이 남아 있을 뿐이었다.

그러나 그것들은 얼마 안 가서 가차 없이 내리는 눈에 뒤덮여 가려질 것이다.

"뭐, 이 정도면 되겠지."

휭. 하프 엘프 여전사는 애검을 휘둘러 피를 떨쳐내고 칼집에 넣었다. 레아 척후가 휘파람을 불었다.

"뭐야, 꽤 괜찮은 편 아냐?"

"방심은 칭찬할 것이 못 되지."

당연히 드워프 승려가 타일렀지만, 장년 마술사는 느긋한 기색으로 말했다.

"뭐, 주문은 통하지 않습니까? 어떻게 하지 못할 것은 없습니다."

고블린 몇 마리와 마주친 전투를 가볍게 치른 파티는 새삼 자신들의 전과를 확인했다.

연계를 취하고 부상도 없다. 술법을 썼다지만 완전한 승리다.

모험가들의 눈동자에는 반짝거리는 희망이나 야심과 비슷한 정열이 타오르고 있었다.

등뒤에는 북방의 외딴 마을. 괴물의 위협에 떨고 있는 지켜야 할 약한 사람들.

전방에는 높고도 험한, 그러나 하얗고 아름다운 눈 내린 산.

이곳 어딘가에 쩍 벌어진 심연의 입구가 기다리고 있었다.

설령 상대가 고블린이라도…… 아니, 고블린이기 때문에.

고블린 퇴치— 이것을 모험이라 하지 않고 뭐라 하겠는가!

"네, 안심하세요."

과감하게 맞서는 영애 검사는 금발을 나부끼며 동료들을 돌아보고 고결하게 목소리를 높였다.

"저에게 비책이 있답니다!"

제2장 『대규모 전투(매스 컴뱃)』

—고블린 슬레이어 님께, 삼가 아룁니다.

빙설의 정령이 춤추는 계절이 되어 추위가 몸에 사무치는 요즘, 어떻게 지내고 계신지요?

모험가는 위험에 도전하는, 몸이 자산인 일입니다. 감기에 걸리지는 않으셨나요?

저는 신기하게도 그 뒤부터 꿈에도 고블린 놈들이 나타나지 않으며 평온하게 지내고 있습니다.

이것도 모두 당신과, 동료 여러분 덕분입니다. 마음속 깊이 감사를 올립니다.

본래는 조금 더 일찍 편지를 보내야 한다고 생각했습니다만…….

용건도 없이 보내자니 부끄러운 마음과, 번거롭게 해드려서는 안 된다는 생각에 자중하고 있었습니다. 부디 용서해 주시길.

그럼에도 이번에 펜을 든 것은 다름이 아닙니다.

당신께 꼭 의뢰하고 싶은 일이 있습니다.

사건의 발단은, 어느 영애가 부모 곁을 떠나 모험가가 되었다는 흔한 이야기입니다.

의뢰를 받아서 출발한 뒤로 소식이 끊어졌다는 것 또한, 불행하지만 드물지 않은 이야기일 것입니다.

부모가 길드에 수색 의뢰를 낸 것 또한 결코 특별한 일은 아니겠지요. 다만 문제는 그 영애가 받은 의뢰가 고블린 퇴치였다는 것입니다.

이제부터는 이미 아시겠지요?

수색 의뢰에는 「가장 신뢰할 수 있는 상위 모험가」란 조건이 붙어 있었습니다.

그러나 고블린 퇴치를 받아들이는 등급이 높은 모험가는 전무하겠지요.

길드에서 온 자에게 상담을 받은 저는, 이제 당신밖에 떠오르지 않습니다.

당신께서는 분명히 바쁘실 것으로 생각합니다(수확제 사건은 저도 이미 들었습니다).

그러나 만약에 여유가 있으시다면, 가여운 소녀에게 손을 뻗어주실 수 없을는지요?

그리고 결과가 어찌되든, 당신이 무사하기를 마음 속 깊이 기도하고 있습니다.

이만 줄입니다.

"검의 처녀로부터. 기도를 담아서— 라는걸. 흠의 편지는 정열적이네."

엘프(숲 종족)의 경쾌한 목소리가 겨울의 가도에 밝게 울렸다.

황량한 벌판 사이를 가르며 길고 길게 뻗은 한줄기 길.

풍경은 변함이 없고, 아무리 가도 고목과 눈이 쌓인 잔디가 드문드문 이어지는 경관.

하늘은 온통 회색 구름이 펼쳐져 있어서 재밌을 것 하나 없었다.

그런 회색 세계에서도 그녀의 생생하고 밝은 목소리는 참으로 돋보이고 있었다.

쭉 뻗은 가녀린 몸에 사냥꾼 복장을 입고, 활을 등에 매고서 기다란 귀를 유쾌한 기색으로 흔드는 엘프.

엘프 궁수의 고양이 같은 호기심은 딱히 모험에 대해서만 발휘되는 것이 아니었다.

그녀는 손에 든 편지를 깔끔하게 접어서 기다란 손가락에 끼워 뒤로 돌렸다.

“나는 다른 편지는 잘 모르는데. 다들 이래?”

“글쎄요…….”

편지를 눈앞에 둔 흄 소녀는 애매한 미소를 지으며 곤혹스러움을 에둘러 표현했다.

편지를 받기는 했지만, 읽는 것에는 다소 망설임이 있어 보였다.

가녀린 몸에 사슬 갑옷, 그 위에는 성의(聖衣)를 입고 석장을 손에 든 그녀는 신관이었다.

과연, 연서(戀書) 같은 내용의 편지였다. 신경 쓰이지 않느냐고 물어본다면 신경은 쓰인다.

—그렇지만, 그래도 돌려가며 읽는 건 죄송한 마음이 들어요…….

당하는 입장이라면 도저히 재기할 수 없으리라.

그래서 그녀는 무난한 방향으로 억지로라도 이야기를 돌리기로 했다.

“……그, 그런데, 분명히 추워졌네요.”

북방으로 나아감에 따라 하늘이 두꺼운 구름에 뒤덮이고, 햇살이 가로막혀 지상에 닿지 않는다.

불어 닥치는 바람은 사무칠 정도로 차고, 언뜻 하얀 것들까지 섞이기 시작했다.

겨울이다.

가도에 다소 쌓인 눈을 보면 누가 말하지 않아도 알 수 있으리라.

“저는 사슬 갑옷을 입은 탓인지, 역시 좀 추워요…….”

“이래서 금속으로 만든 것들은 안 된다는 거야.”

흐흥. 엘프 궁수는 가녀린 가슴을 쭉 펴면서 기다란 귀를 자랑스럽게 위아래로 흔들었다.

그녀의 사냥꾼 복장에는 확실히 금속류가 쓰이지 않았다.

“시끄럽구나.”

거기에 응답한 것은 드워프술사였다.

“내가 보기에는, 그렇게 얇은 옷을 입고서 용케 태연하다 싶다만.”

“어머, 엘프는 의외로 튼튼하거든?”

“뭔가는 감기에 안 걸린다고 하던데, 그런 것 아니더냐?”

“뭐얏!”

드워프가 수염을 쥐면서 말하자 엘프 궁수가 얼굴이 새빨개져서 덤벼들었다.

시끌벅적. 평소처럼 떠들썩한 대화.

“못 말리겠네요.”

여신관이 중얼거리며 웃었다.

“으음. ……저리 소란을 떨 활기가 부러울 따름일세.”

여신관 옆에서 커다란 리자드맨(도마뱀 수인)이 묵직하게 고개를 끄덕였다.

그렇잖아도 선조인 무시무시한 용의 피를 잇는 데다가, 그들은 본래 남쪽 바다에 사는 종족이었다.

리자드맨 승려는 에는 듯한 차가운 눈을 보면서 비늘 돋은 몸을 부르르 떨었다.

보다 못한 여신관이 그의 얼굴을 아래쪽에서 조심조심 들여다보았다.

"……괜찮으세요?"

"글쎄, 내 선조들께서도 추위에 약하셨다고 들었네만. 과연 이래서야 절멸할 법도 하다 싶군."

리자드맨 승려는 커다란 눈동자를 빙글 돌리고 혀를 날름날름 내밀면서 익살스럽게 말을 이었다.

"소귀 살해자 선생은 멀쩡한 기색이군. 역시 단련을 쌓은 것인가?"

일행의 선두를 걷고 있던 흉 전사에게 물음을 던졌다.

"……아니."

지저분한 가죽 갑옷에 싸구려 철 투구. 허리에는 어중간한 길이의 검을 차고, 팔에는 작은 원형 방패.

신참 모험가라도 좀 더 그럴싸한 차림새를 하고 있으리라.

고블린 슬레이어. 그는 그렇게 불리는 제3위, 은 등급의 모험가였다.

유일하게 평소와 다른 점은 양손에 간소한 화살을 들고 있다는 것이었다.

그는 동료들에게는 눈길을 주지 않고 걸으며, 촉 부분을 꾸욱꾸욱 비틀면서 응답했다.

"훈련을 받은 곳이, 눈 덮인 산이었다."

"허허어."

리자드맨 승려가 감탄성을 질렀다.

"소승은 도저히 흉내 낼 수 없을 걸세."

"나도 두 번은 하고 싶지 않다."

꼬리를 흔드는 리자드맨 승려에게 한 마디 하면서 고블린 슬레이어는 걸음을 늦추지 않고 계속 걸었다.

그의 발걸음은 늘 그렇듯 망설임이 없고, 성큼성큼 거침없고 난폭한 느낌이었다.

"저기, 고블린 슬레이어 씨!"

그 옆으로, 양손에 석장을 쥔 여신관이 작은 새처럼 통통 튀는 걸음으로 나란히 섰다.

작업을 멈추게 된 것을 보고 「죄송합니다」라며 미안한 기색으로 방금 전의 편지를 내밀었다.

"이거, 감사합니다."

등 뒤에서는 아직도 드워프 도사와 엘프 궁수가 말다툼을 하고 있었다. 지금이 기회다.

돌려줄 거라면 이 타이밍밖에 없다. 그녀는 결단적으로 행동했다.

"의뢰 내용은 알았나?"

고블린 슬레이어는 화살을 한 손으로 고쳐 들고, 반대쪽 손으로 건네받은 편지를 거침없이 접었다.

편지를 집어넣을 때 언뜻 보인 가방은 여전히 잡다하고 묘한 것들로 가득했다.

그러나 그에게는 정리되고 분류가 된 필요한 장비들이리라.

—저도, 좀 더 여러 가지 장비를 갖추는 게 좋을까요?

문득 그렇게 생각한 여신관은 언젠가 꼭 물어보리라 머릿속에 새기면서 고개를 끄덕였다.

"그러니까…… 그게, 이 여성분을 구해내면 되는 거죠? 고블린에게서."
"그래."
고블린 슬레이어가 수긍했다.
"다시 말해서 고블린 퇴치다."
일의 경위는 그런 흐름이었다.
변경 도시에서 수확제를 치른 다음, 물의 도시에서 편지 한 통이 도착했다.
예전과 마찬가지로 고블린 슬레이어를 지명한, 지고신의 대주교—검의 처녀의 의뢰였다.
고블린이 얽힌 일이라면 이 삐딱한 모험가가 받아들이지 않을 리 없었다.
신전에서 소식을 가져다 준 여신관, 엘프 궁수, 드워프 도사, 리자드맨 승려와 함께 북쪽으로.
이제 곧 눈 내린 산자락의 작은 외딴 마을에 도착하는 오후였다.
"무사하다면 좋겠습니다만……."
"으~응……. 그게, 나도 이런 말은 하고 싶지 않은데 말야."
말다툼에 질린 엘프 궁수가 손사래를 치며 장난스레 끼어들었다.
표정과 달리 기다란 귀가 늘어져서 그녀의 울적한 마음을 대변하고 있었다.
"……솔직히 고블린한테 잡혀가서, 무사하다고 생각하긴 어렵지."
"그거야, 뭐……."
서로의 굳어진 미소를 보면 여신관과 엘프 궁수가 무엇을 떠올렸는지 명백했다.

물론, 딱히 고블린에 한정된 이야기는 아니다.

고블린이든 용이든, 패배한 모험가의 상태는「무사」하다고 하기에는 너무나도 무참하다.

"살아 있으면 구조한다. 죽어 있다면 시체의 일부나 유품을 회수한다."

따라서, 고블린 슬레이어의 대답은 당연한 것이었다. 담담하고 무기질적이며 낮은 목소리.

"어찌 되었든 고블린을 죽인다. 그런 의뢰다."

"……그래도 말을 좀 골라서 할 수 있잖아."

엘프 궁수가 넌더리를 내는 것도 무리는 아니었지만 그는 신경 쓰는 기색이 없었다.

"어쩔 수 없어요."

여신관이 쓴웃음을 섞으며 살짝 어깨를 으쓱거렸다.

그런 여성진을 배려한 것은 아니겠지만, 리자드맨 승려가 자연스러운 타이밍에 입을 열었다.

"그런데, 고블린은 어찌하여 겨울에도 마을을 습격하는 것인가?"

그는 거구를 짐짓 부르르 떨면서 괜히 추위를 강조했다.

"동굴 안에 얌전히 있는 편이 훨씬 지내기는 편할 것이 아닌가?"

"그거야, 비늘 친구. 곰이다 뭐다하고 같은 거 아니겠누?"

드워프 도사가 하얀 수염을 쓰다듬으며 대답했다.

그는 허리에 찬 술병의 뚜껑을 뽑아 한 모금 들이켜고 리자드맨 승려에게 건네주었다.

"자, 좀 마셔서 몸을 데우라고."

"오오, 이거 고맙군."

커다란 턱이 벌컥 술을 들이켜고, 술병 뚜껑을 닫아 드워프 도사에게 돌려주었다.

드워프 도사는 병을 흔들어 안에서 출렁이는 소리로 남은 양을 재고는 다시 허리에 병을 찼다.

"겨울나기를 하려면 식량도 술도 과자도, 꽉 채워야 할 것 아니겠는고?"

"어머. 그러면 가을에 습격을 해야지."

탐색자인 엘프 궁수가 공중에 검지로 빙글빙글 원을 그리며 자신 있게 말했다.

"곰이나 다른 동면하는 짐승들은 그러는걸."

"그래도 말이다. 겨울에도 가끔 곰이 어슬렁거리며 다니잖느냐? 그건 뭔고?"

"동면할 수 있는 굴을 못 찾았거나, 가을의 수확이 적어서 어쩔 수 없는 경우야."

수렵에 관해서 엘프만큼 뛰어난 종족은 없다.

"그도 그렇구먼."

아무리 드워프 도사라도 마지못해 수긍할 정도였다.

그런 두 사람의 대화를 들으며 여신관이 입술에 손가락을 대고 생각에 잠겼다.

"으음~."

머릿속에 재료는 모여 있었다. 그러니까 이제 조합하기만 하면—.

"아."

"왜 그래?"

깨달음에 소리를 낸 여신관을 보고 엘프 궁수가 고개를 갸웃거렸다.

"아마……."

여신관은 한 마디를 하고서.

"수확이 끝난 다음, 이라서 그런 거 아닐까요?"

라고 말했다.

—그래, 그것밖에 없어.

말을 하면서 추측이 정돈되었다. 여신관은 생각이 가는 대로 말을 이었다.

"마을에서 수확이 끝나고 저장고가 가득 차 있으니까, 그걸……."

"……통째로 접수한다는 말인가?"

리자드맨 승려가 말을 이어 받자 여신관이 작게 고개를 끄덕였다.

"네."

"과연. 고블린 치고는 이치에 맞는 일을 하는군."

"단순히, 놈들의 심술보가 삐딱한 것 아니더냐?"

"아니."

수염을 쥔 드워프 도사의 말을 듣고 고블린 슬레이어가 고개를 옆으로 저었다.

"고블린 놈들은 바보지만 멍청하지는 않다."

"다 아는 말투네."

"그래."

엘프 궁수가 묻자 고블린 슬레이어가 수긍했다.

"머릿속에 빼앗는 것밖에 없지만, 그렇기에 빼앗는 것에는 지혜를 짜낸다."

그는 꾸욱꾸욱 비틀던 화살을 가늠하듯 바라더니 허리띠에 매단 화살통에 넣었다.

걸으면서 계속하던 작업에 이제야 납득한 모양이다.

"전에도 경험이 있다."

"그랬었군요……."

"흐응—."

여신관이 감탄하는 옆에서 엘프 궁수가 맞장구를 쳤다. 그렇지만 그의 말에 대한 것이 아니었다.

그녀의 흥미를 끈 것은 본래 자신의 영역인 활과 화살에 대해서였다.

"……그래서, 오르크볼그는 화살에 뭘 한 거야?"

"연구다."

"이게?"

엘프 궁수가 아무 기척이 안 느껴지는 움직임으로 슥, 손을 뻗어서 화살통의 화살을 뽑았다.

"조심해라."

그것을 탓하지 않는 걸 보면 고블린 슬레이어도 그녀의 「호기심」에 익숙해졌다.

"흥."

귀찮은 기색으로 던지는 말에 코웃음을 치면서도, 엘프 궁수는 화살을 검사했다.

별다를 것 없는 싸구려 화살이다. 품질은 엘프의 화살과는 비교도 안 된다.

겨울 햇살을 받아서 어슴푸레 빛나는 화살촉을, 엘프 궁수는 손가락 끝으로 가볍게 찔렀다.

“딱히 독을 바른 느낌도 아닌데…….”

“오늘은 그렇다.”

“그건 좀, 그만둬.”

담담하게 하는 말에 얼굴을 찌푸리면서 화살을 뒤집어 본다.

“으응?”

엘프 궁수가 눈을 깜빡였다.

“이거, 화살촉이 헐거워졌잖아. 떨어질 텐데?”

과연, 듣고 보니 분명히 엘프 궁수의 말이 맞다.

고블린 슬레이어가 꾸욱꾸욱 만지작거린 탓인지, 싸구려 화살은 화살촉의 고정이 느슨해져 있었다.

이래서는 표적에 맞아도 화살대가 떨어져 버릴 거고, 사격의 정밀도도 떨어진다.

“정말이지, 오르크볼그도 참. 진짜 미덥지 못하다니까.”

엘프 궁수는 여보란 듯「어쩔 수 없네」라며 고개를 흔들고 어깨를 으쓱거렸다.

“연상 행세를 하기는…….”

뒤쪽에 있던 드워프 도사가 말하는 것도 무시했다.

“자, 화살통까지 한꺼번에 줘봐. 다시 달아줄게.”

고블린 슬레이어는 가볍게 내민 손바닥을 가만히 바라보았다.

그리고 그는 고개를 옆으로 저으며 대답했다.

“아니. 이거면 된다.”

엘프 궁수가 고개를 갸웃거리며 눈을 홉떴다.

"어, 어째서?"

"이번에는, 고블린 놈들의 소굴을 아직 알 수 없으니까."

"그거랑 이 화살이 무슨 상관인데?"

영문을 모르겠어!

납득하지 못하는 일이 있으면 엘프 궁수는 끈질기다.

알고 지낸 지 1년이 되어간다. 고블린 슬레이어는 한숨을 쉬었다.

"화살이 박히면, 화살대가 떨어져서 화살촉만 남는다."

"그래서?"

"철은 독이다."

고블린 슬레이어가 손을 내밀자, 엘프 궁수가 「응」 하며 순순히 화살을 돌려주었다.

화살을 돌려받은 고블린 슬레이어는 그것을 신중하게 화살통에 넣었다.

"파헤쳐서 꺼내지 않는 한, 소굴에 돌아가면 살이 썩고 병이 퍼진다."

그리고 고블린에게 의술의 소양이 있는 자는 없다. ―아직까지는.

비좁고 불결한 소굴. 언제까지고 낫지 않는 상처. 부패. 만연하는 병. 그렇게 되면…….

"일망타진까지는 못 되어도, 큰 피해를 줄 수 있다."

"……여전히 오르크볼그는 영문 모를 일을 하네."

엘프 궁수가 딱딱한 목소리로 중얼거렸다.

곁에 있던 여신관이 못 말리겠다는 기색으로 하늘을 올려다보았다.

—신이시여, 신이시여. 그에게 악의는…… 있기는 하겠지만, 부디 용서해 주세요.

이제 와서 그의 행동과 언동에 놀라서는 몸이 남아나질 않지만, 기도하지 않을 수는 없었다.

앞을 보고 성큼성큼 걸어가던 고블린 슬레이어가 그런 그녀에게 철 투구를 돌렸다.

"……그렇게 기묘한가?"

"……그게, 저기, 그러니까……."

대답하는 여신관의 시선이 흔들렸다.

"……고블린 슬레이어 씨, 니까요?"

"그런가."

고블린 슬레이어가 낮은 목소리로 신음하는 것을 듣고 리자드맨 승려가 껄껄 웃었다.

"신경 쓰지 마시게. 소귀 살해자 선생답다면 그렇다네."

"뭐, 카미키리마루가 악랄한 것은 전부터 그렇지 않았더냐……?"

드워프 도사가 추위를 얼버무리려는 듯 허리에 찬 병을 집어 안의 술을 들이켰다.

타오르는 듯한 화주는 그저 그것만으로도 주위에 술 냄새를 풍겼다.

꺼억. 소리가 흘러나오자 엘프 궁수가 코를 막으며 손을 내저었다.

드워프 도사가 입가의 수염에 맺힌 방울을 닦았다.

"처음 의문에 대한 대답이 안 나왔구먼."

"처음?"

고블린 슬레이어가 고개를 갸웃거렸다.

"어느 것 말이지."

"그 아가씨가 틀림없이 무사하지 않으리라는 것 말이다."

"잡혀간 소녀가 살아 있을 가능성 말인가."

"오냐."

수염에 묻은 술 방울을 쓱쓱 팔로 닦고, 그는 고블린 슬레이어를 보았다.

"보통은 잡아먹지 않느냐? 먹을 입도 늘어나고. 겨울나기를 하려면 살려둘 이유가 없을 게야."

"겨울은 길다."

고블린 슬레이어는 고개를 끄덕이고 담담하게 말했다.

"놈들은, 오락이 필요할 것이다."

그 직후, 일행은 산자락의 마을에서 솟아오르는 연기를 발견했다.

§

"오르크볼그……!"

엘프 궁수가 기다란 귀를 움찔 흔들면서, 맨 먼저 소리를 질렀다.

길 너머, 그리 멀지 않은 곳에서 솟아오르는 연기. 취사하는 연기인가? 아니, 다르다.

"고블린인가?"

"마을. 불, 연기. 타는 냄새. 소리. 비명…… 아마, 맞아!"

"고블린이군."

날카롭게 고개를 끄덕인 고블린 슬레이어가 망설임 없이 등 뒤에 손을 돌려 작은 활을 손에 집었다.

걷는 속도를 높이면서 익숙한 손놀림으로 현을 퉁겨보고, 화살을 메겨서 당겼다.

그에 따라 누가 말을 하기도 전에 파티 모두가 재빨리 달리기 시작했다.

마을을 습격한 고블린은 약탈에 열중하여 보초도 세우지 않았고, 아직 이쪽을 눈치챈 기색이 없었다.

이러한 이점을 버리는 어리석음을 범해서야 되겠는가?

"고블린 슬레이어 씨, 기적의 탄원은……!"

긴장에 얼굴이 굳어지며 숨가쁘게 달리던 여신관이 진지하게 물었다.

"부탁한다."

"네!"

여신관도 이미 1년이나 모험가로서 지냈다.

고블린 퇴치만 했다지만 모험의 밀도는 다른 신참과 비교가 안 된다.

따라서 문답은 어느 기적을 쓸 것인가가 아니라 탄원의 허가를 바란 것이었다.

일행 가운데 고블린 슬레이어와 가장 오래 알고 지낸 것은 그녀니까.

"《자비 깊은 지모신이여, 부디 나약한 우리들을 대지의 힘으로 지켜주소서》."

여신관은 석장을 가슴팍으로 삭 끌어당기고, 매달리듯 자신의 신에게 기도를 바쳤다.

혼을 깎을 정도의 기도가 이루는 위업. 천상의 신들과 의식이 맞

닿는, 그야말로 기적.

희미하고 정결한 빛이 하늘에서 내려와 고블린 슬레이어와 리자드맨 승려를 감싸듯 달라붙었다.

고블린 슬레이어 일행을 몇 번이고 궁지에서 구해낸, 《프로텍션》(성스러운 벽)의 기적.

땅을 박차고 미끄러지듯 달리는 리자드맨 승려가 몸에 붙은 빛을 보고 눈웃음을 지었다.

"흐흠. 이토록 영험한 지모신이 용이었다면, 개종하는 것도 생각해 보겠네만. 어디 보자……."

이미 선조인 무시무시한 용에게 보내는 기도를 마친 그의 손에는 연마된 송곳니 칼이 있었다.

리자드맨 승려는 언제든지 먹잇감을 덮치려는 민첩함을 유지한 채, 눈에 힘을 주고 마을을 보며 날카롭게 물었다.

"소귀 살해자 선생, 고블린 토벌과 마을 사람을 지키는 것, 어느 쪽을?"

"뻔하지. 둘 다다."

그는 리자드맨 승려에게 담담하게 응답했다.

활을 손에 들고 달리는 자세는 사냥꾼이나 다름없었다.

"호오……."

엘프 궁수가 감탄한 기색으로 소리를 흘렸다.

고블린 슬레이어는 스스로도 상황을 살피며 리자드맨 승려에게 짧게 물었다.

"어떻게 보지?"

"……그다지 좋지는 않아 보이는군."

리자드맨 신관 전사는 숙련자(베테랑)의 기척을 뿜으며 말했다.

"탐색자 선생이 검격음을 못 들었다네. 이미 전투가 끝나고, 약탈하는 와중이라고 봐야 할 걸세."

"다 이긴 걸로 생각하고 있다면, 그때 친다. 적의 전력은 알 수 없지만……."

그거야 늘 그렇다. 고블린 슬레이어는 망설이지 않았다.

"정면으로 간다."

"용아병(龍牙兵)(드래곤 투스 워리어)은?"

"쓰지 않는다. 이유는 나중에 말하지."

고블린 슬레이어는 그렇게 말하더니 더욱이 달리는 속도를 높였다.

여신관이 뒤쳐지지 않으려고 열심히 달리는 한편, 드워프 도사도 턱을 내밀고 뒤뚱대며 달렸다.

그는 얼버무리려고 하지 않는다. 설명하겠다고 했으면 설명을 한다.

따라서 일행은 반론하지 않았다. 무엇보다도, 더 이상 의논할 시간이 없었다.

이 파티에 리더라고 불러야 할 사람은 존재하지 않지만…….

고블린과 싸우는데 고블린 슬레이어의 판단을 믿지 않고서야, 누가 지휘를 한단 말인가?

"약은 쓰지 마라. 그러나, 다른 술법은 아끼지 마라."

"오냐."

파티의 주문술사 드워프 도사가 응답했다.

헐떡거리며 짧은 다리로 달리면서, 그는 이미 안고 있던 가방에 손을 집어넣어 촉매를 뒤지고 있었다.
적의 수는 많지만, 고블린이 아니라도 주문술사는 언제나 적다.
다섯 명 중에서 세 명이나 주문술사가 있다는 점은 이 파티가 축복받은 증거였다.
"어떤 술법을 쓸 것인지는 내 마음대로 해도 되겠느냐?"
"맡긴다."
고블린 슬레이어는 고개를 끄덕이고 엘프 궁수에게 눈길을 돌렸다.
"높은 곳에서 상황 확인. 지원해라."
"알았어."
고양이처럼 웃은 엘프가 우아한 손놀림으로 대궁을 잡고서 화살을 느슨하게 메겼다.
준비는 끝났다. 고블린 슬레이어는 전방을 바라보고 달리면서 말했다.
"일단, 하나."
휭. 화살이 소리도 없이 날아가 마을 입구에서 느긋하게 서 있던 고블린의 눈구멍에 박혔다.
"ORAAG?!"
뇌를 당한 고블린이 앞으로 무너지는데, 과연 다른 고블린이 눈치를 챘을까?
"싫, 어엇?! 구해, 구해줘, 언니, 언니이이이!!"
마침 그 고블린 놈들은 가옥의 술통에 숨어 있던 소녀를 끌어내려는 참이었다.
비명을 지르며 날뛰는 소녀의 머리칼을 잡고 있던 고블린은 아직 상황을 파악하지 못했다.

숨이 끊어진 한 마리째가 무너지는 것과 동시에 나무눈 화살이 비가 되어 쏟아졌다.

목과 눈에서 화살이 돋은 고블린 놈들은 신음도 내지 못하고 무너졌다.

“잠깐, 오르크볼그! 멋대로 시작하는 건 치사해!”

입술을 삐죽거리며 불평을 하면서도 고블린을 꿰뚫은 엘프 궁수는 술통, 기둥, 옥상으로 가볍게 뛰어 올라갔다.

나무 위에 사는 엘프들밖에 할 수 없는 훌륭하고 가벼운 몸놀림이었다.

“어, 아―?”

망연자실한 상태의 마을 소녀에게 달려간 고블린 슬레이어가 짧게 말했다.

“모험가다.”

소녀― 아직 열 살을 조금 넘긴, 어린 소녀였다.

소박하지만 모피 옷을 입었다. ……사랑 받고 자란 소녀라는 것을 한눈에 알 수 있었다.

그의 가슴팍에 걸린 은의 인식표를 보더니 소녀의 눈에 눈물이 가득 담겼다.

은 등급― 제3위의 모험가. 등급과 실력, 사회적 신용은 같은 것이다. 변경에서 가장 우수하다는 증거.

고블린 슬레이어는 방심하지 않고 주위를 둘러보며 쉬지 않고 말을 이었다.

"고블린은 어디 있지? 수는? 다른 마을 사람은 어디 있지?"

"아, 그, 저기, 저, 저는, 모, 모르, 겠어서……."

소녀의 얼굴이 공포와 후회로 파랗게 물들며 고개를 좌우로 저었다.

"하지만, 다들, 마을 광장에, 모여서…… 언니가, 숨어 있으, 라고, 해서……."

"……마음에 안 드는군."

고블린 슬레이어가 내뱉으며 말하더니 화살통에서 새로운 화살을 꺼냈다.

"모든 것이, 마음에 안 든다."

갖가지 감정이 스며 나오는 중얼거림.

여신관은 그를 배려하듯 눈짓을 하더니, 망설이지 않고 소녀 앞에 앉았다.

"괜찮아요. 우리가, 꼭 언니를 구해줄 테니까요."

"정말……?"

"정말로요!"

여신관은 가녀린 가슴을 턱 두드리고 꽃이 피는 것처럼 미소를 지었다.

떨고 있는 소녀의 머리를 살며시 쓰다듬어주고, 지모신의 표식을 보여주며 그녀의 눈을 들여다보았다.

"보세요. 저는 신을 섬기는 몸이니까요. 그리고—."

그렇다, 그리고.

여신관이 고개를 돌려 올려다보는 것을 따라 소녀의 시선도 움직였다.

지저분한 가죽 갑옷. 싸구려 철 투구. 흄 전사인 남자.

"……고블린 슬레이어 씨는 고블린에겐 지지 않아요."

고블린 슬레이어는 소녀와 여신관을 슬쩍 보고는 약탈하는 소리가 울리는 마을을 노려보았다.

"아직 적은 눈치 못 챘다. 해치운다."

"어찌되었든, 성가시긴 하다네."

리자드맨 승려가 묵직하고도 신중하게 상황에 대한 의견을 말했다.

"아무래도 적이 고블린 치고는 통제가 잘되고 있는 것 같네. 방심은 금물일세."

"낮에 쳐들어온 것을 보면, 상위종이 있을지도 모른다."

—그렇다면, 소굴에 정보를 가져가도록 해서는 안 되는가?

고블린 슬레이어는 한순간 주저한 다음, 살려서 죽이기 위한 화살을 등 뒤로 돌렸다.

대신 평소처럼 어중간한 길이의 검을 뽑았다.

"바깥쪽의 고블린이 도망치면 성가시지만, 놈들이 중앙 광장에 몰려서 방어를 하게 되어도 번거롭다."

"그렇다면, 광장은 내가 해보도록 하마. 술법으로 일망타진이니라."

드워프 도사가 배를 북처럼 두드리며 말했다.

"그래……."

중얼거린 고블린 슬레이어는 발치의 고블린 시체를 걷어차 굴려서 드러눕도록 했다.

조잡한 모피. 무장은 어디선가 빼앗아온 도끼칼. 혈색이 좋고 굶주린 기색이 없었다.

고블린 슬레이어는 고블린의 손을 짓밟아 도끼칼을 빼앗고는 허리띠에 끼웠다.

"수에 따라 다르겠군."

슬쩍 시선을 올리자 엘프 궁수가 지붕 위에서 손을 드리우며 광장을 보고 있었다.

기다란 귀가 경련하듯 흔들리고 있었다. 그녀는 소리로 상황을 파악하고 있으리라.

"광장에는 대여섯 마리 있어!"

낭랑하게 울리는 목소리가 들리자 고블린 슬레이어는 고개를 끄덕였다.

"보이는 범위만 세도 상관없다. 마을 전체에 몇 마리 있지?"

"건물 뒤 같은데 숨어 있으면, 모르겠지만……. 전부해서 스무 마리는 안 될 거야!"

"선발대로군."

고블린 슬레이어가 단정하더니 재빨리 책략을 짜기 시작했다.

아까 해치운 세 마리도 포함하여 합계 20 이하라고 본다. 광장에 여섯.

그렇다면 바깥쪽에서 약탈하고 있는 것은 열 마리 이하.

예측에 지나지 않지만 그리 동떨어지지는 않았으리라.

적의 수가 많으니 전력을 분산시키는 것은 어리석기 짝이 없는 일이지만 상황이 이렇다.

"……광장과 가장자리. 갈라진다."

"그렇다면, 소승이 술사 선생과 함께 광장으로 가야겠군."

리자드맨 승려가 나서자 고블린 슬레이어가 수긍했다.

"맡긴다."

지붕 위에서 이야기를 듣고 있던 엘프 궁수가 눈과 귀를 마을 안으로 향한 채 소리쳤다.

"드워프, 갈 거면 엄호할게!"

"오냐, 부탁하마."

드워프 도사는 술병을 벌컥 들이켜고 입가를 손등으로 닦더니, 리자드맨 승려의 배를 주먹으로 두드렸다.

"허면 비늘 친구, 어디 가보자고!"

"무운을 빌겠네, 소귀 살해자 선생."

리자드맨 승려가 자리를 벗어나면서 고블린 슬레이어의 어깨를 힘찬 손으로 두드리고 달려갔다.

"……."

고블린 슬레이어는 잠시 입을 다물고 있다가 이윽고 천천히 고개를 흔들며 움직이기 시작했다.

거침없는 발걸음. 그러나 발소리는 나지 않는다.

집의 처마 아래, 구해낸 소녀와 그 옆에 있는 여신관 곁을 향해 걷는다.

"……아이는 괜찮나?"

고블린 슬레이어가 부르자 여신관이 기특하게 웃으며 고개를 들었다.

"네. 긴장이 풀린 거라고 생각해요……."

그녀의 맞은편에는 소녀가 땅바닥에 웅크린 채 잠들어 있었다.

모험가가 와서, 언니에 대한 말을 전한 뒤에 실이 뚝 끊어진 것처럼 의식을 잃은 것이다.

"어떡하죠……?"

"더 이상 봐줄 여유가 없다."

"아……."

여신관이 뭐라고 말하는 것보다 빠르게, 장갑을 낀 거친 손이 소녀를 끌어안았다.

고블린 슬레이어는 근처의 술통 안으로 그녀를 내려놓았다.

그리고 가방에서 모포를 꺼내 덮어놓았다.

안전하다고 할 수는 없지만, 그녀의 언니가 여기를 택했다. 안심할 수 있는 장소였다.

지모신도, 지고신도, 언니의 기도를 들어주지 않을 정도로 냉철한 신은 아닐 것이다.

"……이거면, 되겠지."

고블린 슬레이어가 말하자 여신관이 고개를 끄덕였다.

"네."

석장을 쥔 왼손이 허공을 헤엄치더니, 주저하면서도 고블린 슬레이어의 등에 닿았다.

"분명, 괜찮을 거예요."

"……그래."

고블린 슬레이어는 수긍했다.

검을 쥔 손에 힘을 주고, 방패를 들어 앞을 보았다. 마을이 불타고 있었다. 고블린이 그곳에 있었다.

"간다."

"……! 네!"

여신관이 양손으로 석장을 꾹 쥐고 주저 없이 수긍했다.

그가 하는 부탁을 거부할 리 없었다. 애당초 이 사람이 구해준 목숨이니까.

자신의 기량이 낮은 것도, 아직 미숙한 것도 잘 알고 있었다.

아아, 그렇지만.

"등뒤는, 맡겨주세요……!"

그리하여 전투가 시작되었다.

§

통나무 가옥이 늘어선 눈 내린 길을 고블린 슬레이어와 여신관, 두 사람의 모험가가 그림자처럼 달렸다.

쌓인 눈 너머에 떠오른 태양은 이미 기울기 시작하고 있었다. 금세 저녁의 어둠이 몰려올 것이다.

고블린 놈들의 시간이 온다. 마을을 생각하면 시간은 거의 남지 않았다.

"마을 안에서, 싸우는 건……."

여신관이 달리면서 숨을 가다듬었다.

"……처음, 이에요."

"차폐물은 동굴과 비교가 안 된다. 건물 뒤, 머리 위, 주의해라."

고블린 슬레이어가 말하자마자 손에 든 검을 위로 던졌다.

휭. 대기를 가른 검이 지붕에 기어 올라온 고블린의 가슴에 박혀서 해치웠다.

"ORAAG?!"

비명을 지른 고블린이 떨어지는 것과 동시에 고블린 슬레이어는 허리띠에서 도끼칼을 뽑았다.

가볍게 휘둘러보니 한손검보다 무겁다. 땅에 떨어져 몸부림치는 고블린의 두개골을 시험 삼아 때렸다.

"GAARORORbusOOOOOOORG?!"

길게 늘어지는 단말마의 외침. 고블린 슬레이어는 그것을 만족스레 들었다. 나쁘지 않다.

"이걸로 넷."

"광장에 여섯이니까, 나머지 열 마리 이하……네요."

여신관은 눈을 살짝 감고서, 죽은 고블린이 명부까지 가는 동안 길을 잃지 않도록 지모신에게 기도했다.

누구든지 한 번은 죽는 것이다. 그것에는 차별이 없다. 죽음은 이 세상에서 가장 상냥하고 평등한 것이다.

"그래. ……찾아다닐 시간이 아깝다."

십자로까지 단숨에 달려온 고블린 슬레이어는 등을 맡기듯 여신관에게 다가섰다.

갑자기 거리가 줄어들자, 그럴 상황이 아니란 것을 알지만 그녀의 가슴이 뛰었다.

"조금 전의 비명으로 불러들였다. 온다. 대비해라."

"……아, 네, 네엣!"

여신관이 수긍하고 양손으로 석장을 꼭 쥐어 가슴팍으로 끌어당겼다.

심장이 뛰는 것도 묘하게 얼굴이 뜨거운 것도, 달려서 숨이 찬 것과 긴장 탓일 것이다.

이런 상황에서 이런 생각을 할 정도의 여유는 없었다. 자신에게 말했다.

"발치를 조심해라. 눈에 미끄러져 넘어지면, 죽는다. 그리고 독칼날."

"네. ……그러니까."

그것을 듣고서 여신관은 살짝 고개를 갸웃거렸다.

차폐물. 머리 위. 그리고 발치에, 독을 바른 무기.

"……결국 평소처럼, 주변 전부를 조심해라……라는 거네요?"

"음."

고블린 슬레이어가 짧게 소리를 냈다.

고개를 끄덕이는 그의 동작을 등으로 느낀 여신관의 볼이 느슨해졌다.

"그래서는 딱히 지시가 못되잖아요."

"미안하군."

"정말로, 참. ……못 말리는 사람이네요."

여신관이 키득 웃은 것은 거의 허세, 활기를 짜내는 것이었다.

고블린 슬레이어와 단 둘이서 싸우는 일은 몇 번이나 있었다.

그러나 그와 이렇게 나란히 전선에 나선 것은 처음일지도 모른다.

이제 그녀가 있는 파티는 다섯 명.

전방을 전담하는 것은 고블린 슬레이어 한 명뿐이지만, 리자드맨 승려도 전사였다.

후위직인 여신관이 앞으로 나설 기회는 상당히 줄어들었다.

그것은 모두가 지켜주기 때문이기에, 안타깝게 생각하는 일도 없지는 않았지만…….

—그렇기에, 자신의 역할을 다해야 한다.

그리고 무엇보다도, 걱정해주는 것은 기쁜 일이다.

양손에 힘을 꾹 주어 석장을 쥔 그녀의 눈에 눈구름 너머로 꿈틀거리는 그림자가 비쳤다.

"왔어, 요……."

"무기는 잘게 휘둘러라. 견제라도 상관없다. 해치우는 건 내가 한다."

"네……엣!"

그 다음은 대화를 나눌 틈조차 없었다.

녀석들의 상대는 고작 두 명, 게다가 한쪽이 여자라는 걸 본 고블린 놈들은 십자로의 사방에서 단숨에 덤벼들었다.

"GAAORRR!!"

"GROOB!!"

"다섯……!"

고블린 슬레이어는 선두에서 뛰어드는 한 마리에게, 장작이라도 패는 것처럼 도끼칼을 때려 박았다.

"GOROB?!"

이마에 도끼칼이 박힌 채 무너지는 고블린을 그대로 두고, 이어서 왼쪽 한 마리에 원형 방패를 휘둘렀다.

날카롭게 연마된 방패의 테두리는 무기다. 얼굴이 갈라진 고블린이 키약 비명을 질렀다.

몸을 뒤집는 고블린. 그 지저분한 허리띠에 끼운 단검을 고블린 슬레이어가 주저 없이 쥐었다.

"흥……!"

고블린의 배를 걷어차서 쓰러뜨리고 그 기세로 단검을 뽑자마자 들어서 투척.

창을 쥐고 달려오던 고블린은 단검이 돋은 목을 할퀴며 넘어져 쓰러졌다.

"여섯."

첫 고블린의 시체를 밟아 도끼칼을 뽑고, 일어서고자 몸부림치는 두 마리째의 머리를 깨부순다.

"일곱!"

수에는 장사 없다. 분명히 그렇지만, 고블린 슬레이어는 다 생각이 있었다.

주의를 해야 하는 등 뒤를 그녀에게 맡기고, 자신은 눈앞의 고블린에게 집중하면 된다.

벽을 파고 습격하고자 해도 벽이 없으니 십자로의 사방에만 눈길을 주면 된다.

자신의 영역에서 나온 고블린 놈들만큼 제어하기 쉬운 상대도 없다.

"에이, 얏!"

여신관은 이마에 땀을 맺으며 자잘하고 재빠르게 석장을 들어 휘둘렀다.
지난번 축제에서 의식을 집행할 때 연습했던 연무 훈련을 열심히 떠올리면서.
고블린을 때려눕히는 게 아니라, 떨쳐낸다. 밀어낸다. 비껴낸다. 무기를 때려 흘린다.
다가오지 못하도록, 바짝 붙지 못하도록, 거리를 좁히지 못하도록.
크게 휘두르면 견제는 더욱 쉬울지도 모르지만, 틈을 찔려서 붙들리면 끝장이다.
—그리고, 뒤에는 고블린 슬레이어 씨가 있어.
등을 맡기고 있다. 그의 등 뒤를 맡고 있다.
안도감과 사명감. 양쪽이 뒤섞인 기묘한 고양감.
"아……!"
그녀는 문득 고블린 슬레이어가 오른쪽으로 나아가는 것을 느꼈다.
여신관은 망설이지 않고 그에 맞춰 움직였다.
두 사람은 빙글 춤추듯 앞뒤로 자리를 바꾸고—.
"여덟…… 아홉!"
고블린 슬레이어의 도끼칼이 그녀가 떨쳐낸 고블린 놈들의 숨통을 끊었다.
근육과 뼈가 묵직한 칼날에 맞는 소리는 여신관도 몇 번이나 들었지만, 도무지 익숙해지지 못했다.
하물며 동포의 시체를 넘어서, 증오와 욕망으로 눈빛을 불태우는 고블린과 대치하는 것은 더더욱.
첫 모험에서 뼛속 깊이 스며든 공포는 아직도 사라지지 않았다.

앞으로도 그럴 것이다.

"……야, 앗?!"

덜컥. 휘두른 석장을 고블린이 받아냈다.

한순간의 힘겨루기는 금세 고블린에게 기울어졌다. 아무리 힘이 없는 괴물이라도 그녀의 가는 팔보다는 완력이 있다.

그리고 그 정도 힘이 있으면 그녀를 끌어당겨 쓰러뜨리고 목을 베는 것도 손쉬울 것이다.

낯빛이 파래진 여신관의 뇌리에 과거 동료였던 여마술사의 최후가 되살아났다.

"윽! 《자비 깊은 지모신이여, 어둠 속 길 잃은 우리들에게 성스러운 빛을 베푸소서》!"

"GORRUURUAAAA?!?!"

그러나, 그걸로 끝일 리 없다. 그녀도 **경험**을 쌓은 것이다.

《홀리 라이트(성스러운 빛)》의 기적이 가차 없이 고블린의 망막을 태워버렸다.

여신관은 안면을 억누르며 몸부림치는 고블린에게서 가로채듯 석장을 되찾았다.

결코 피해를 입히는 기적은 아니지만 모든 것은 쓰기 나름이다.

상상력이 없는 자부터 죽는다. 고블린 슬레이어에게서 배운 것이다.

"열……!"

그리고 바로 그가, 고블린의 틈을 놓칠 리 없었다.

여신관과 자리를 바꾸자마자 휘두른 도끼칼이 고블린의 목뼈를 옆에서 쳐부수었다.

부들부들 경련하면서 넘어진 고블린의 기묘한 각도로 꺾인 목에 다시 일격. 마무리를 짓는다.

호흡하듯 시체의 산을 쌓아 올린 고블린 슬레이어는 무표정하게 여신관을 돌아보았다.

"……부상은 없나?"

"아, 네."

평소처럼 담담하게 물었다. 여신관이 황급히 허둥지둥 자기 몸을 살펴보았다.

부상을 입은 자각이 없더라도 긁힌 상처 같은 것을 입은 경우가 있다.

특히 고블린은 독을 쓰는 일도 있으니 사소한 상처라도 목숨에 위협이 될 수 있다.

"괜찮……은 것 같아요."

"그렇군."

고블린 슬레이어는 고개를 끄덕이고서, 피를 떨쳐낸 도끼칼을 살펴보고 가볍게 혀를 찼다.

지방이야 그렇다 치고, 뼈를 끊어낸 탓인지 날이 나가 버렸다.

고블린 슬레이어는 도끼칼을 내던지고 등 뒤에 돌려둔 활을 다시 손에 집었다.

그리고, 문득 생각난 기색으로 흘린 한 마디.

"……아까 쓴 《홀리 라이트》는, 좋은 수였다."

"네……?"

여신관이 말뜻을 이해하기까지 한순간의 틈.

—칭찬 받았어요?

"아, 그, 그게! 가, 감사, 합니……다?"

—칭찬, 해준 거죠.

따스함과 기쁨이 얼굴에서 쭈욱 흘러넘칠 것 같아서, 여신관은 황급히 느슨해지는 볼을 억눌렀다.

"……에헤헤."

그래도 견디지 못하고 웃음이 흘러나와 버렸지만, 이런 상황에서 마냥 들떠 있을 수도 없었다.

그녀는 금세 볼을 긴장시키며 무릎을 짚고, 석장에 매달리듯 진혼의 기도를 바쳤다.

고블린 슬레이어도 결코 그것을 탓하지는 않는다.

"처음에 셋, 여기서 일곱, 이걸로 열."

그는 방심하지 않고 활에 화살을 메기고, 주위를 경계하고 있었다.

둘러보면 흐트러지고 피와 오물로 지저분한 길에 여기저기 시체가 굴러다니고 있었다.

대부분은 흄이고, 몇몇은 고블린이었다.

마을 사람들이 저항한 결과일 것이다. 고블린들의 사인은 곡괭이 같은 농기구 같았다.

고블린의 시체는 하나— 아니, 둘.

"……열둘, 이라."

고블린 슬레이어는 하나하나 죽은 것을 확인하고자 고블린의 시체를 걷어찼다.

중간에 고블린의 손에서 떨어진 단검을 주워 허리띠에 끼웠다.

무기를 가릴 생각은 없었다. 설령 돌멩이 하나, 맨손이라도 고블린을 죽일 방법은 있다.

그러나 무기가 있고 없고가 때로는 결정적인 차이가 된다. 회수하는 건 중요하다.

"광장에는 대여섯 마리가 있다고 했지."

"그러면 전부 열일곱이나, 열여덟 마리일까요?"

기도를 마친 여신관이 무릎에 묻은 진흙을 털어내며 일어섰다.

고블린 슬레이어의 표정은 철 투구에 가려져 알 수 없지만, 그녀의 얼굴에는 당혹감이 떠올랐다.

"분명히 스물에는 부족하네요……."

"인질을 한 군데 모은 것도 마음에 안 든다. 저항하는 마을 사람의 시체가 무사한 것도 마음에 안 든다."

"……고블린답지, 않으니까요."

여신관이 입술에 손가락을 대고 생각하더니 조용히 말했다.

동굴, 유적, 그 안쪽에서 경험한, 그다지 떠올리고 싶지 않은 수많은 기억들.

고블린은 어떤 경우든 상대를 쓰러뜨린 그 자리에서 잔치를 벌이려고 했다.

왜냐하면 그곳이 그들의 「둥지」이기 때문이다. 안심할 수 있는 영역이기 때문이다.

그리고 상대가 저항하면 저항할수록, 고블린 놈들의 폭력은 가혹해진다.

그들은 교활하며, 겁이 많고, 심술을 부리고, 집념이 깊고, 그리고 욕망에 충실하다.

그러니까 「참는다」라는 단어만큼 고블린과 인연이 없는 말도 없다.

적지에서 포로를 모아놓고는, 손대지 않고 묵묵히 약탈만 하는 것은—.

"……또 오우거(식인귀)나, 다크 엘프(어둠 종족)라도 있는 걸까요?"

"모른다."

고블린 슬레이어가 말했다.

"고블린밖에 없을지도 모른다."

그의 말투가 너무나도 그다워서, 여신관은 어째서인지 굉장히 안심되는 심정이었다.

고블린 슬레이어. 괴팍하고 기묘하며, 별종이고 완고하다.

이 사람과 1년 지내면서 물론 위태로운 일도 많았지만.

내버려둘 수가 없어— 못 말리겠네, 라고 생각하는 면도 있었지만.

"그렇네요."

응답하는 여신관의 목소리가 무척 부드러웠다.

그런데—.

"……어머?"

움찔. 작은 코를 움직인 여신관이 공기에 약간 섞인 냄새를 감지했다.

달콤하고 조금 아찔한, 술과 비슷한 향기.

"이거, 아마 《드렁크(만취)》의 술법……이죠?"

고블린 슬레이어는 주위를 둘러보고 발생원인 광장으로 시선을 돌렸다.

"인질과 함께 고블린 놈들을 잠재웠군."

과연. 분명히 마술이 아니면 있을 수 없는 기세로 뭉게뭉게 연기가 솟아오르고 있었다.

"효율적이군."

"아, 아하하……."

여신관이 굳어진 미소를 지으며 눈길을 돌렸다.

—소굴을 통째로 잠재우는 것보다는, 으음…….

이라고 생각했지만, 입 밖으로 내지는 않았다.

§

"오르크볼그, 늦었어—!"

"그런가."

엘프 궁수가 가녀린 가슴을 내밀며 말했지만, 고블린 슬레이어는 귀찮은 기색으로 응답했다.

과연, 광장의 제압은 이미 끝난 뒤였다.

중앙에 모아둔 인질들. 그 주위에는 잡다하게 약탈품들이 쌓여 있었다.

광장 중앙에 모인 마을 사람들 수십 명은 아직 졸린 눈빛이었지만, 겉보기에는 상처가 없어 보였다.

그것을 확인한 고블린 슬레이어는 일단 한 번 고개를 끄덕였다.

그가 다음으로 신경 쓴 것은 고블린 놈들의 시체였는데—.

"일곱 마리니라."

시체를 질질 끌고 와 한 군데 모으던 드워프 도사가 질색하며 손의 오물을 떨궈냈다.
"크아. 정말이지, 이거야 원. 고블린 놈들은 냄새가 나서 못 견디겠구먼."
"확실한가?"
"냄새도, 죽은 것도 분명하지. 적어도 술법에 걸린 수는, 확실하니라. 어떤고, 비늘 친구?"
"음."
광장 반대쪽을 계속 경계하던 리자드맨 승려가 묵직하게 고개를 끄덕였다.
"소승이 손톱과 송곳니와 꼬리로 해치운 것이 넷. 탐색자 선생이 활로 셋. 합하여 일곱. 정확한 것 같네."
"그렇군. ……열아홉이라."
고블린 슬레이어가 신음처럼 중얼거리며 시체 더미에 손을 집어넣었다.
고블린 한 마리가 허리에 찬 검을 보았기 때문이다.
뽑아내서 칼날을 검사하고, 문제가 없어 보이기에 칼집에 넣었다. 이걸로 좀 차분해졌다.
"아, 저기, 오르크볼그. 걔는 어쩌고?"
아까 불평을 할 때의 표정은 어디 갔는지 엘프 궁수가 문득 말을 걸었다.
그녀가 「개」라고 부른다면 한 사람밖에 없다.
"아이를 데려오라고 했다."
"……괜찮아 보여?"

"그래."

고블린 슬레이어가 짧게 말했다.

"괜찮지 않을 일은 없을 거다. 경험에 따르면."

고블린 슬레이어는 다시 마을 사람들에게 시선을 돌렸다.

가장 나이가 많고 의복이 좋아 보이는 사람을 찾아내서 성큼성큼 거침없이 걸어갔다.

"촌장인가?"

"어, 그, 아, 네. ……당신들은?"

노인이 주름투성이 얼굴을 더욱 일그러뜨리면서 의문스레 고블린 슬레이어를 올려다보았다.

그는 가슴팍에 달아놓은 인식표를 보이며 대답했다.

"모험가다."

"모험가…… 은 등급……."

눈을 몇 번 깜빡 거리는 노옹. 촌장의 눈동자에 파문처럼 이해의 색이 퍼졌다.

"혹여나, 소귀 살해자──?"

"그래."

고블린 슬레이어가 조용히 말하자, 촌장이 무심코 소리를 질렀다.

"오오……! 잘, 잘, 와주셨습니다……! 고맙습니다, 정말 고맙습니다……!"

촌장이 감격하여 고목처럼 메마른 손으로 그의 손을 덥석 붙잡았다.

들판에서 일하느라 단련된 손과 팔도, 이제는 왕년처럼 굵지도 않고 힘도 없었다.

그래도 그가 손을 위아래로 흔들어 악수를 하자 고블린 슬레이어는 분명하게 응했다.

“몇 가지 묻고 싶은 것이 있다.”

“예. 뭐든지…….”

“우선, 마을에 약사나 치료사는 있나? 신관이라도 좋다. 기적을 일으킬 수 있는 위계라면.”

“그것이, 그게…… 신관은 순례자들에게 의지하는 실정이고, 약사도, 있기는 있습니다만…….”

촌장은 송구한 기색으로 표정이 흐려졌다.

무슨 사례나 지원을 요구할 것이라 생각하는 것이다.

“지난번 유행병으로 부모가 죽고, 이제 막 뒤를 이은 계집아이입니다. 기량은 그다지—.”

“알았다.”

고블린 슬레이어는 망설임 없이, 그리고 당연하게 말했다.

“치료를 돕겠다. 파티…….”

그는 거기서 말을 한 번 끊었다가.

“……에는, 신관이 두 사람 있다.”

라고 말을 이었다.

“예……?”

“유감이지만, 이쪽에도 포션은 여유가 없다.”

그는 가방을 뒤지며 말했다. 안에서 작은 병 몇 개가 부딪치며 찰카닥 소리를 냈다.

“약사가 그렇다면 보급도 못하겠지. 기적과 응급처치밖에 못한다.”

고블린 슬레이어가 「안 되겠나?」라고 묻자, 촌장은 붕붕 황급히 고개를 옆으로 저었다.

눈에 떠올라 있던 불신이 경악으로 바뀌고, 이어서 경외로 변화했다.

어떤 가난하고 외진 마을이라도 고블린이 공격해오면 달려와서 토벌하는 모험가.

유랑하는 음유시인이 노래하는 그것은 미사여구로 치장되어 보기 좋게 꾸며져 있는 것이겠지만…….

—그 안에, 진실의 일부가 포함되어 있었구나.

"하하하, 과연. 소승에게 용아병을 쓰지 말라 한 것은 술법을 절약하려는 이유였는가."

"그리고 개척 마을의 주민들은 미신을 믿는다."

어슬렁거리며 다가오는 리자드맨 승려에게 고블린 슬레이어가 고개를 끄덕였다.

"마술이라면 몰라도, 뼈는 문제가 된다."

"잘 아시는 것 같네만."

"나도 그랬으니까."

짧은 말에, 리자드맨 승려가 납득하며 눈알을 돌렸다.

"분명히 아무리 용골(龍骨)이라 해도, 골병(骨兵)을 다루는 것은 사령술사라고 생각할지도 모를 일이군."

리자드맨 승려는 꼬리를 흔들며 움직였다.

"그러면 부상자를 정도에 따라 나누도록 하세나."

본래 도마뱀 수인은 전투에 뛰어난 종족이다. 야전 의료를 지휘하는 것에는 종족적으로 뛰어나다.

"놀랐어."

약간 떨어져서 대화를 듣고 있던 엘프 궁수가 무심코 소리를 냈다.

그녀는 하릴없이 활을 들고서 주변을 경계하며 기분을 달래고 있었다.

그 넓은 시야 구석에 고블린 슬레이어가 들어오도록 한 채로 말이다.

지금 그는 마을 사람들 사이에 앉아서, 가방에서 꺼낸 치료 도구로 재빨리 응급처치를 하고 있었다.

지혈이나 소독 효과가 있는 약초 종류를 끼워서 붕대로 상처를 감싸고 강하게 눌렀다.

그저 그것만 해줘도 꽤 달라진다.

그 옆에서 「죄송합니다, 죄송합니다」라며 고개를 숙이는 로브 차림의 여성이 아까 말한 약사인가 보다.

엘프 궁수는 기다란 귀를 천천히 흔들며 섬세한 얼굴에 고양이 같은 웃음을 지었다.

"뭐야? 오르크볼그. 하면 되잖아. 다른 사람이랑 이야기하는 거."

"뭐, 우리들 중에서도 카미키리마루가 가장 이름이 알려져 있지 않느냐?"

드워프 도사가 수염을 쥐며 고개를 끄덕였다.

망을 보는 엘프 궁수와 달리, 전투가 끝난 지금 그의 역할은 없는 거나 마찬가지였다.

그러나 결코 도움이 안 되는 건 아니었다.

응급처치에는 소양이 없지만, 마술의 촉매 삼아 많은 소도구를 가지고 다녔다.

그 중에 하나인 화주는 그가 말하기를 「마셔도 좋고, 뿌려도 좋다」라는 일품이었다.

강렬한 술은 소독을 하는데 충분하고도 남는 물건이었다.

병 하나를 약사 소녀에게 건네자 몇 번이고 고개를 숙였다. 드워프 도사가 그녀에게 손을 내저었다.

은혜와 감사와 원한은 잊지 않지만, 그래도 사소한 건 신경 쓰지 않는다. 드워프는 그런 성질이었다.

"변경에서 가장 우수한, 소귀 살해자. ……애초에 너도 그 노래를 듣고서 녀석을 찾아온 것 아니더냐?"

"그거야, 뭐, 그렇기는 한데 말이야. 노래랑 실태가 너무 다르잖아."

부우. 부루퉁한 표정으로 불평을 드러내면서, 엘프 궁수는 과거에 들은 노래를 떠올렸다.

우직하고 강건하다. 과묵하고 성실하다. 아무리 적은 보수라도 개의치 않는 욕심 없는 남자.

고블린이 있다면 아무리 후미진 곳이라도 주저 없이 도우러 나타나 한 칼에 고블린을 멸한다.

마치 성인이나 백금 등급처럼 추켜세우는 내용이었는데…….

"……그래도 가만 생각해보면, 저 녀석 길드하고도 잘 지내고 있지."

"시샘과 질투와 멸시 같은 것은 실정을 모르는 자들이나 하는 법이다. 언제 어디서든 변함이 없느니라."

아래쪽에서 슬쩍 엘프를 올려다보는 그의 눈이 장난스런 웃음을 지으며 일그러졌다.

"그러니 너도 가슴이 모루 같다 하여, 다른 여자를 샘내면 안 되는 법이니라.”

엘프 궁수의 표정이 빠직, 소리를 내면서 굳어졌다.

“신관 아가씨랑 달리 엘프는 100년 200년으로 성장하질 않는 것 아니던고—.”

“이, 술통 친척 같은 게 잘도 입을……!”

“헛헛헛허. 드워프는 풍채가 좋은 것이 멋진 남자의 조건이니라!”

시끌벅적. 평소 같은 말다툼이지만— 두 사람은 결코 긴장을 푼 것이 아니었다.

드워프 도사는 촉매가 든 가방에서 손을 떼지 않았고, 엘프 궁수의 기다란 귀도 흔들리고 있었다.

그녀는 다가오는 두 사람의 발소리를 분명하게 들었다.

그 중 하나가 어린아이고, 또 하나가 귀에 익은 여신관의 발소리라는 것도 엘프 궁수는 확실하게 알고 있었다.

“언니이이이!!”

“아……!”

부상자 사이를 누비던 약사 아가씨의 얼굴이 확 밝아졌다.

달려오는 어린 아이를 양팔을 벌려 맞아주고, 팔을 둘러서 꼭 안아주었다.

사람들 눈도 신경 쓰지 않고 엉엉 우는 것 또한 무리가 아니었다.

“…….”

고블린 슬레이어는 그 광경을 가만히 바라보다가, 이윽고 천천히 시선을 돌렸다.

아이를 마중하러 갔던 여신관이 어째선지 생글생글 웃으면서 보고 있었다.
“뭔가.”
“후훗. 아, 아뇨…….”
무뚝뚝한 물음에 그녀는 약간 눈웃음을 지으면서 별것 아니라며 고개를 옆으로 저었다.
“기뻐 보인다, 싶어서요. 고블린 슬레이어 씨.”
“……그런가?”
“그래요.”
“…………그런가.”
고블린 슬레이어는 자신의 철 투구 상태를 확인했다. 면갑은 단단했다.
“뭐, 좋다. 마을 사람들 치료를 부탁한다. 그리고 장례식도.”
“장례식…….”
가늘고 하얀 손가락을 입술에 대고서, 여신관이 잠깐 생각에 잠겼다.
“지모신의 방식으로만 배웠는데…… 괜찮을까요?”
“상관할 것 없다. 질서에 속한 신들이라면, 가리지 않겠지.”
“알겠어요. 그러면 맡겨주세요.”
여신관이 싹싹하게 대답하더니 재빨리 주위를 둘러보고 석장을 든 채 달려갔다.
“죄송해요, 늦었습니다!”
“오오, 오셨는가?”
비늘 돋은 거친 손으로 치료를 하던 리자드맨 승려가 기다란 목을 쏙 돌렸다.

"네!"

그녀는 힘차게 고개를 끄덕이고서 가방을 뒤져 붕대와 연고를 준비했다.

"아직 기적이 한 번 남아 있으니까 중상을 입으신 분이 있으면 《힐(소회복)》을……."

"그러면 이 분을 부탁하지. 심하게 얻어맞은 모양일세. 소승도 술법이 떨어졌다네."

"알겠습니다!"

본래 신전에 있을 무렵 여신관의 일은 모험가들을 치료하는 것이었다.

척척 솜씨 좋게 소매를 걷더니 부상자 사이로 움직이는 모습이 연령 이상으로 당당했다.

고블린 슬레이어는 그녀를 눈으로 좇으면서, 이제부터 어쩔 것인지 생각하기 시작했다.

설마, 이걸로 끝은 아니겠지만—.

"오르크볼그!"

그때였다.

낭랑하고 시원스런 엘프 궁수의 경보에 파티 모두가 일제히 고개를 들었다.

보아하니…… 술통 뒤에서 어떤지 살피고 있었던 모양이다.

갑자기 뛰쳐나와 길을 달려, 마을에서 도망치려는 고블린 한 마리가 보였다.

토끼처럼 달아난다는 말이 딱 어울린다. 넘어질 듯 도망치는 고블린이 순식간에 멀어졌다.

—아니.

"《요정(픽시)아, 요정아. 과자는 못 주노라만 장난을 부탁하마》!"

드워프 도사가 《홀드(속박)》의 영창과 함께 던진 끈이 뱀처럼 하늘을 달렸다.

끈이 고블린의 다리를 둘둘 감았다. 넘어지진 않았지만 커다랗게 휘청거렸다.

"이게, 놓칠 줄 알고……!"

그 한순간의 틈이 있으면 충분하다.

엘프 궁수가 그림에 그린 듯 완벽한 자세로, 등에 맨 대궁을 쥐고 뛰쳐나갔다.

술통, 벽, 그리고 공중. 토옹, 도약한 그녀는 한 동작으로 사선을 확보했다.

"역시 스물인가……!"

그때 고블린 슬레이어가 허리춤의 화살통에서 하나를 뽑아 던졌다.

"죽이지 마라! 병독을 옮긴다!"

그 화살을 엘프 궁수가 공중에서 잡았다. 곡예 같은 움직임이다.

다음 순간, 화살이 휭 소리를 내면서 한 줄기 빛처럼 날아갔다.

엘프 궁수가 땅에 착지하는 것과 저편에서 고블린이 몸부림치며 넘어지는 것은 동시였다.

그녀가 어떻게 활에 화살을 메기고, 현을 당기고, 쏘았는지, 아무도 알 수 없었다.

그야말로 고도로 숙달된 기술은 마술과도 같은 결과를 이끌어내는 것이다.

"……이걸로 만족해?"

훌쩍 착지한 엘프 궁수가 주목나무 대궁을 등에 멨다.

"그래. 그러나……."

고블린 슬레이어는 눈에 힘을 주고 저편을 보며 신음하듯 말했다.

어깨에 박힌 화살— 아니, 화살대를 뽑아내고 발의 끈을 끊은 고블린이 다시 달리기 시작했다.

녀석이 향하는 곳은 북쪽— 차가운 바람이 불어 닥치며 우뚝 서 있는 저 눈 내린 산이었다.

"아직, 끝이 아니다."

이미 알고 있는 일이었다.

약탈에 앞서 주민을 광장으로 모은다. 마을 전체에서 약탈품을 모은다.

그럼에도, 솔선해서 여자에게 손을 대지 않았다. —다시 말해서 소굴로 옮기려는 것이었다.

마을을 습격한 스무 마리는 역시 선발대가 틀림없으리라.

그렇다면 본대가 있다. 밀려올 것인지, 퇴각할 것인지는 불명이지만.

속셈을 정리한 고블린 슬레이어는 망설이지 않고 결론을 내렸다.

"다 쓴 주문이 회복되는 대로 추적한다."

그는 땅바닥에 주저앉아 숨을 내쉬는 촌장 앞에 무릎을 짚고 앉아 시선을 나누었다.

또 다시 전투가 시작되는가 하여 표정이 굳어 있던 촌장에게 그는 말했다.

"야습의 대비도 겸해서 하룻밤 숙소를 빌리고 싶다. 괜찮겠나?"

"오, 오오! 그, 그야, 상관없습니다! 오히려 지켜주신다면, 이쪽이 부탁하고 싶은 일이고……."

"선행한 모험가 파티에 대한 정보도 부탁한다. 그리고, 마을에 사냥꾼이 있나?"

"이, 있지요. 있고말고. 한 사람…… 나이가 좀 들었지만, 있고말고요."

"산의 지리를 알고 싶다. 간소해도 상관없으니 지도를 다오."

고개를 끄덕끄덕 몇 번이고 세로로 움직이던 촌장이 문득 무언가를 깨닫고 난처한 듯 웃었다.

"아, 하지만, 그, 보수는……."

"그것보다 고블린이다."

그는 딱 잘라 말하고, 어안이 벙벙한 촌장을 무시하며 북방의 산들을 노려보았다.

먹구름 너머. 태양은 이미 산 안쪽으로 떨어졌다.

밤의 기척이, 불어 닥치는 바람과 함께 내려왔다.

"준비가 갖춰지는 대로— 고블린 퇴치다."

§

다행이랄지 아닐지, 마을의 피해는 그리 크지 않았다.

고블린에게 맞서다 살해당한 자, 부상을 입은 자는 물론 있었다.

불이 붙어 타오른 집, 곤봉이나 손도끼로 파괴된 집도 당연히 있었다.

그러나 약탈을 당했던 물자와 여자 아이들은 소굴로 끌려가기 전이었다.

그때 모험가들이 와서 구해줄 수 있었다.

그렇다면, 역시 다행이라고 해야 할 것이다. 여신관은 그렇게 생각했다.

—그렇지만.

그래도 다행이었다는 말은 할 수 없다. 그녀는 마을의 묘지를 둘러보았다.

약사 아가씨, 리자드맨 승려와 함께 치료를 끝낸 다음에는 매장의 일이 기다리고 있었다.

"자비 깊은 지모신이여. 부디 그 손으로 땅을 벗어난 자의 영혼을 이끌어주소서……."

석장을 손에 쥐고, 속삭이듯 기도를 읊어 매장된 사람 한 사람 한 사람에게 성인을 맺어주고 흙을 덮었다.

방치하면 언데드(망자)로 되살아날 수도 있다는 것을 제쳐놓더라도, 당연한 행위다.

죽은 자와 헤어지지 않으면, 산 자는 앞을 향해 걸어가는 것조차 불가능하다.

장례식은 죽은 자를 위하는 것 이상으로, 살아있는 자가 살아가기 위해 필요한 행위였다.

그리하여 말을 가진 자의 영혼이라면, 죽은 자의 영혼은 각자가 믿는 신의 곁으로 가게 된다.

그렇게 세상이 돌고 도는 것이다.

"아마도 오늘 밤 습격은 없겠지만……. 절대로 없다고는 못한다."

매장을 마무리하는 것은 마을 사람들에게 맡긴 뒤에 고블린 슬레이어가 담담하게 말했다.

"기력을 소모했을 거다. 쉬어라."

여전히 뭐라고 말할 틈이 없는 말이었다. ―그러나.

그것이 그 나름대로 배려해주는 말이란 것 정도는 여신관도 알고 있었다.

정말이지, 참 못 말리는 사람이야.

이쪽이 아무리 말해도 전혀 안 듣고, 그렇다고 이쪽이 사양해 봐도 들어주질 않는다.

그래서 생각하는 바가 있기는 해도 이쪽이 순순히 따라주는 게 가장 좋다. 그녀는 생각했다.

"하, 후우."

그리하여 여신관은 지금 따스한 온수에 잠겨 있었다. 몸의 중심에서부터 숨결이 흘러나오고, 온몸을 이완시켰다.

온천이었다.

이 산은 과거에 불을 뿜는 산이었는지 흙을 통해 불의 정령이 물을 데워준다고 한다.

눈 속에 오두막처럼 마련한 지붕 아래서, 돌로 감싼 온천이 따끈따끈하게 김을 피워 올렸다.

돌을 쌓아 만든 욕조신의 신체가 욕탕에 있는 건 이곳도 마찬가지였다.

다만 쌍면(雙面)으로 마련된 것은 이곳이 남녀 구별 없는 혼욕이기 때문일 것이다.

따라서 이번에는 여신관도 몸에 천을 감고 있었다. ……그렇지만.

하얗게 탁한 온수에 가녀린 몸을 담그자, 추위와 전투로 굳어졌던 몸이 마치 녹아내리는 듯하다.

무심코 긴장이 풀린 목소리가 흘러나와도 어쩔 수 없는 일이었다.

"우, 우우우우……."

그렇지만 엘프 궁수는 그렇지도 않았다.

실오라기 한 점 안 걸친 나체는 살집이 적고, 가녀리고 덧없다. 그야말로 요정 그 자체……이긴 했는데.

겁먹은 새끼 토끼라도 되는 것마냥 온천 가장자리를 왼쪽 오른쪽으로, 문자 그대로 우왕좌왕했다.

두 손을 꼭 쥐고 움찔움찔 조심조심, 손끝을 온수에 담갔다 물러난다.

"우~ 우……. 있지, 정말로 괜찮아?"

그것이 목욕을 싫어하는 어린애— 연하의 소녀 신관들과 닮아서 여신관이 무심코 미소 지었다.

"그럼요, 멀쩡해요. 그냥 따뜻한 물이 솟아나오는 샘물일 뿐이니까요."

"그치만 물이랑 흙이랑 불이랑 눈의 정령이 마구마구 섞여 있어서, 기분 나쁘지 않아……?"

"그런가요? 무척 기분 좋다고 생각하는데요……."

"그럴려나……."

엘프 궁수의 시선이 흘끔흘끔 자신과 여신관 사이를 오가더니, 기다란 귀가 위태롭게 흔들렸다.

잠시 지나서, 그녀는 입술을 꾹 깨물고는―.

"에, 에에잇!"

"꺅?!"

에라 모르겠다. 엘프 궁수가 온천에 뛰어들자 첨벙, 성대한 물보라가 여신관에게 쏟아져 내렸다.

"푸앗!"

머리까지 가라앉은 엘프 궁수가 물에 빠진 고양이처럼 얼굴을 들고 부르르 머리칼의 물을 떨쳐냈다.

그리고 갸우뚱하는 표정으로 여신관을 보더니 호오, 숨을 내쉬었다.

"……. 아, 이거 따뜻해서 좋을지도."

"정말. 그러니까 말했잖아요. ……그렇게 뛰어들면 안 돼요."

"미안, 미안. 그치만 그게 기세에 몸을 안 맡기면, 무서워서."

"……후훗."

"……아하하."

머리부터 푹 젖은 두 사람이 얼굴을 마주보며 밝은 목소리로 웃었다.

전투의 긴장이란 것은 아무리 등급이 높아지더라도 없어지는 것이 아니다.

엘프 궁수는 은 등급이라지만 아직도 젊고 미숙하며, 여신관은 말할 것도 없었다.

종족의 차이는 있지만, 정신적인 나이가 가까운 소녀들은 나란히 온수에 몸을 담근 채 하늘을 올려다보았다.

묵직한 납빛 구름에 가로막혀서 별이 없고 쌍둥이 달도 흐릿하게만 보인다.

저 녹색 달에서 고블린이 온다고 그가 말했던 것이 언제였을까?

온수 바로 옆에는 잘 개어놓은 옷과 함께 아까 고블린과 싸웠던 그녀들의 무구가 놓여 있었다.

입욕중에도 기습을 조심해라. 고블린 슬레이어가 말한 것이다.

—그 사람, 목욕탕에서도 갑옷과 투구를 입은 채일까요?

그 광경을 상상하자, 어쩐지 묘하게 재미있어서 두 사람은 더욱이 키득키득 웃었다.

"다른 여러분도, 오면 좋았을 텐데."

"『소승은 진흙이 더 성질에 맞는다네』라니. 진흙이 뭐야, 진흙이."

리자드맨은 이해가 안 돼—. 그녀가 말투를 흉내 내자 여신관이 더욱 짙게 웃었다.

"드워프 녀석은 『정신력 회복에는 술이니라!』라고 말하고. 오르크볼그는……."

"망보기, 겠죠."

수증기에 젖은 눈썹을 깜빡이며, 여신관은 온수 안에서 살짝 무릎을 끌어안았다.

"조금쯤 쉬지 않으면, 걱정되는데요……."

"하지만 그 녀석, 고블린 퇴치를 할 때는 팔팔하잖아."

“……그건 그거대로, 과연 괜찮은 건가 싶지 않으세요?”

맞아. 두 처녀의 공통견해였다.

고블린, 고블린, 반복해서 중얼거리며 설원을 지켜보는 모습을 쉽사리 상상할 수 있었다.

“그 녀석, 그냥 내버려 두면 분명히 그대로 일생이 끝날 거야.”

“……그렇, 겠죠.”

끄덕. 여신관이 작게 고개를 끄덕였다.

정말로 그렇다.

만난 지 1년, 그는 꽤 변했다. 그녀도 변했다. 그렇지만—.

“뭐, 그 녀석이랑 같이 다닌 덕분에 이런 북쪽에도 왔으니까…… 나는 좋지만”

사고의 틈을 찌르는 것처럼 엘프 궁수가 수면을 찰싹 때리고 뒤섞었다.

명랑한 태도의 그녀에게 여신관이 흘끔 시선을 돌렸다.

“저기, 분명히…… 숲 바깥을 보려고 나왔다……라고 했었죠?”

“응, 그런데~?”

사지를 쭈우욱 뻗으며 긴장을 푸는 엘프 옆에서 여신관이 살짝 고쳐 앉았다.

“아무리 『죽을 때까지 살 수 있다』라고 해도, 숲 바깥을 몰라서야 그렇잖아?”

“……애당초 수천 년이라는 것이, 저는 상상도 안 되는데요.”

“그렇게 대단한 건 아니야. 커다란 나무 같은 거지. 거기에 있다. 그저 그것뿐.”

그것 자체는 나쁜 일이 아니지만, 엘프 궁수는 검지로 공중에 빙글 원을 그렸다.

여신관은 그 움직임을 자연스럽게 눈으로 좇았다.

엘프의 동작은 그런 사소한 것마저도 언제나 정돈되어 있었다.

"그럼."

약간 눈길을 빼앗긴 탓에 느끼는 낯간지러움을 여신관이 입가까지 온수에 잠겨 얼버무렸다.

"그 생활이 지루해서 밖으로 나왔다……라는 걸까요? 흔히 듣는 이야기인데요."

"반은 맞고, 반은 틀렸어. ―해야 할 일이 있다, 라는 의미에서는 충실했으니까."

늘어난 짐승을 사냥해서 흙으로 되돌리고, 늘어난 과실을 받아서 목을 축이며, 천지의 움직임을 눈으로 좇는다.

그건 참으로 눈이 돌아갈 정도다. 할 일은 언제나 있다. 그리고 숲이 끝날 때까지 끝나지 않는다.

―그래도 말이야.

엘프 궁수는 장난스레 웃으며 한쪽 눈을 감았다.

"어느 날, 나뭇잎이 강을 따라 흐르는 걸 봤어. 그래서, 어디까지 가는 걸까 생각해 봤더니―."

그랬더니 더 이상 멈출 수가 없었어. 그녀가 웃었다.

서둘러 집으로 돌아가서 활과 화살을 집고는, 암사슴보다도 빠르게 나무들 사이를 달려 나뭇잎을 좇았다.

깨닫고 보니 이미 숲 바깥이었다. 강변의 돌 위로 춤추듯이 뛰고,

좇아가고, 좇아가서—.

“……뭐가 있었나요?”

“그게, 전혀, 대단할 것 없었어.”

엘프 궁수는 고양이처럼 눈웃음을 지었다.

“둑이었어. 흙이 만든 둑. 처음 봤는데 그건 재밌었지—.”

강의 흐름에 휘둘리면서 떠내려가던 나뭇잎은, 거기에 걸려서 멈춰버렸다.

그것을 신성한 계시로 받아들였다. —라는 건 아니지만.

엘프 궁수가 희미하게 웃었다. 웃고서, 살짝 벌어진 입술에 스읍 숨을 들이켰다.

강의 흐름 끝에 무엇이 있나.
새가 날아가는 곳에 무엇이 피나.
바람이 저 너머에서 태어난다면
무지개의 끝은 어디 있을까.
걸어가기에는 멀지만서도.
걸어가지 않으면 보지 못하리.

그것은 시원스런 목소리가 자아내는 한편의 시였다.

“흐흥.”

깜빡깜빡. 눈을 깜빡이는 여신관에게 엘프 궁수가 자랑스레 콧소리를 내었다.

엘프만큼이나 우아한 종족은 없다고들 하지만.

그런 엘프 궁수의 시선이 여신관의 가슴을 흘끔 보더니 하아, 하얀 숨을 내쉬었다.

“이제부터 성장하는 거지. ……좋겠다—.”

“우…… 햐?!”

여신관의 입에서 이상한 소리가 나오고 얼굴이 단숨에 빨개졌다.

“가, 갑자기, 무, 무슨 말씀을 하시는 건가요, 무슨……!”

“시간 이야기야. 시간. 노래도, 지금 그것도.”

키득키득. 목 안쪽에서 방울이 구르는 듯 엘프 궁수가 웃었다.

웃으며 손을 뻗어 촉촉하게 젖은 여신관의 머리칼을 쓰다듬었다.

“……있지. 나는 그게, 아직 여유가 있지만…… 말야.”

“여유, 요?”

엘프 궁수가 하는 대로 머리를 쓰다듬게 놔두면서, 여신관이 고개를 숙이며 물었다.

응, 엘프 궁수가 수긍했다.

“……흄은, 고작해야 백 년 정도면 나이를 먹고 죽어 버리잖아?”

“그건…….”

“어째서 다들 오래 살지 못하는 걸까? 혹시 나도 흄이었다면 알 수 있을까?”

“……흄으로 태어나면, 엘프처럼 예뻐지고 싶다고 생각해요.”

그리 생각하기에 여신관이 조용히 중얼거리듯 말을 흘렸다.

지금의 자신인 것에 후회는 없어도, 「만약」이라는 동경과 소원이라면 언제나 있다.

오늘처럼 고블린 슬레이어와 나란히 섰을 때. 등을 맡겨줬을 때.

좀 더 싸울 수 있다면.

좀 더 기적에, 술법에 뛰어나다면.

좀 더 그 사람에게 도움을 줄 수 있지 않을까?

과거에, 그녀는 그에게「곤란할 때는 도울게요」라고 약속했다.

지금의 그녀는「도움」이 되고 있을까? 이대로는—.

—그 녀석, 그냥 내버려 두면 분명히 그대로 일생이 끝날 거야.

언젠가 다가올 결말을 피할 수 없을 것 같았다.

"……."

"……분명히 엘프로 태어났으면, 흄으로 태어나고 싶다고 생각할 거야."

마지막으로 한 번, 엘프 궁수는 여신관의 머리를 꼭 안고서 살며시 떨어졌다.

그 찰나, 여신관의 코를 숲의 향기가 간질인 것 같았다.

분명 기분 탓이리라. 이곳은 흙과 물과 불이 뒤섞인 장소니까.

하지만…… 기분 탓이 아니라면.

—분명 엘프는, 숲에서 떨어져 있어도 숲과 이어져 있는 걸지도 모른다.

"그렇네요."

여신관은 작게 말하고 호오, 숨을 내쉬었다.

마음 속에서 아주 약간, 응어리져 있던 것이 풀린 기분이었다.

"……이제 그만, 나갈까요. 너무 느긋하게 있을 시간도 없으니까요."

"그렇네."

좌아. 엘프 궁수가 물방울을 떨치며 일어섰다.

"……정말로, 세상은 마음대로 되질 않는다니까."

§

"상황은 그다지 안 좋다."

따닥. 장작이 터지는 난로 앞에서 고블린 슬레이어가 말했다.

마을의 주점. 2층은 여관이었다. 흔해빠진 시설이다.

통나무 건물에 난로의 열이 가득 차고, 늘어놓은 박제의 그림자가 불꽃에 춤추었다.

휴식을 마친 모험가들은 벌꿀주가 넘실거리게 담은 잔을 늘어놓은 대형 탁자에 빙 둘러 앉았다.

약사 자매를 비롯하여, 마을 사람들은 「꼭 우리 집을 써주세요」라고 했지만…….

고블린 슬레이어가 그것을 사양했다.

"돈을 내고 다 함께 여관에 묵는다. 분산되어 있으면 일이 있을 때 즉시 대응할 수 없다."

여신관은 그것을 듣고서 어째선지 안도하는 자신이 신기했다.

지금은 모험가들 주위를 둘러싸듯, 공백지대를 만들고서 마을 사람들이 앉아 있었다.

기대 반. 호기심 반. 여성진에게 호색의 시선을 보내는 자도 있었다.

빤히 바라보는 시선을 느끼면서, 여신관은 자리가 불편한 듯 몸을 움직였다.

—그나마 의심스런 시선이 없다는 게 다행이라면 다행이지만.

"……그다지, 환영하지 않는 걸까요?"

탁상에 늘어선 요리를 말하는 것이었다.

찐 감자, 감자, 감자, 감자…… 감자뿐이다.

물론 여신관도 사치를 부릴 생각은 없었다. 검소한 생활에도 익숙했다.

그러나 아무리 겨울, 눈에 대비해서 식량을 절약해야 한다지만, 감자밖에 없다니…….

"아니."

드워프 도사가 고개를 저었다.

"내가 들었다만, 지난번 모험가가 죄다 사갔다고 하느니라."

"그렇게나요?"

여신관이 의문스레 말하자 드워프 도사가 턱을 괴며 응했다.

"고블린 퇴치에 필요하다, 라고 했다는구먼."

"허허어, 그것 참."

탈싹, 탈싹. 뭐라 해야 할지. 리자드맨 승려가 꼬리를 흔들었다.

"내놓지 않으면 고블린 퇴치는 못한다라……. 반쯤 협박 같네만. 아니, 필요해서였을지도……?"

우응. 입술에 검지를 대고서 생각에 잠긴 여신관은 머리칼을 흘리면서 고개를 갸웃거렸다.

이럴 때, 누구에게 물어야 할지는 명백했다.

"필요, 한가요?"

"때와 경우와 상황에 따라 다르다."

고블린 퇴치의 전문가는 딱 잘라서 말했다.

"소굴이 없이, 배회하는 부족도 없지는 않다. 장기간에 걸쳐 추적하는 경우도 있다."

"하지만, 이쪽은 시간을 들일 수가 없어."

엘프 궁수가 홀짝홀짝, 핥듯이 벌꿀주를 혀로 즐기며 말했다.

그녀의 볼은 약간 붉게 물들어 있었다. 방금 목욕을 한 탓도 있겠지만 명백하게 술이 원인이다.

"소굴 안은 불명. 수도 불명. 모험가가 아직 살아 있을 가능성도 있잖아."

"그러나 마을 사람이 잡혀가지 않은 것은 다행이다. 구해낼 여력이 있을지 알 수 없다."

고블린 슬레이어가 고개를 끄덕이더니 탁상의 접시를 밀어내고 양피지 한 장을 펼쳤다.

"화살촉으로 퍼지는 병이 치명적이 될 때까지 기다릴 수는 없지만, 다소 약해졌을 수도 있다."

사냥꾼에게 부탁하여 작성한 지도. 마을부터 산까지 간소한 선으로 그린 것이었다.

세세한 메모는 필치를 보아 하니 고블린 슬레이어 자신이 추가한 것이리라.

"사냥꾼 말로는 고블린이 살 법한 소굴이 여기에 있다."

"그치만."

엘프 궁수가 지도에 손가락을 대고서 마을부터 동굴까지 거리를 재며 말했다.

"마을 사람들이 잡혀가지 않았다면서, 어째서 금방 들어가지 않았던 거야?"
"선행한 모험가들이 무슨 생각이었는지, 대강은 상상이 간다."
모두의 시선을 한 몸에 모은 고블린 슬레이어가 기름에 튀긴 감자를 입에 넣었다.
투구를 흔들며 우물우물 씹고 삼켰다.
"약사 아가씨에게 들었다. 놈들은 목재 따위도 사들였다고 한다."
"목재—? 그런 걸 또 왜…… 아아, 잠깐 기다려 보거라."
드워프 도사가 「생각할 테니 말 말거라」라고 벌꿀주를 벌컥벌컥 들이켜며 말했다.
수염에 묻은 술 방울을 손으로 닦는 것을 엘프 궁수가 수상스럽게 내려다보지만 개의치 않았다.
"오, 알아냈느니라!"
우음. 신음하고서 지혜를 짜낸 드워프는 잠시 지나서 손가락을 퉁겼다.
"장작이 아니라 목재를 샀다면 연기로 꾀어내는 것도 아닐 게다. 무언가를 만들려는 게야. 그리고 식량. 그렇다면……."
"그래."
고블린 슬레이어가 지극히 당연하다는 말투로 단언했다.
"보급 압박이다."
딱. 소리를 내면서 난로의 불꽃이 터졌다.
잠시 아무도 아무 말이 없었다.
리자드맨 승려가 불쏘시개를 집어 의미도 없이 난로 안의 장작을 뒤섞었다.

덜커덕. 불꽃 속에서 장작이 무너지고, 불꽃이 소리를 내며 흩어졌다.

"……적의 수가 많고, 이쪽이 소수라고 생각한 것이로군."

"유효할 때는 유효하다."

고블린 슬레이어가 담담하게 말했다.

"그러나 적지에 소수로 쳐들어가 섬멸할 때 쓸 전술은 아니다."

결과적으로, 섣불리 굶주리게 된 고블린 놈들의 역습과 약탈이 일어났다.

몇 주일에 걸친 고블린 퇴치에서 돌아오지 않고, 전멸했다는 소식도 없다면…….

—그것 말고는, 없, 겠죠.

여신관은 그 모습을 상상하고 몸이 굳어졌다.

굶주린 고블린들과 며칠에 걸쳐 대치해야 하는 공포.

—견딜 수 있을 것 같지가, 않아요.

그리고 그녀는 이어서 생각했다.

적어도 식량의 약탈을 피하기 위해 의뢰를 한 마을 사람들에게 굳이 식량을 얻어서까지 쓸 작전은 아니다.

"우리들은 검 한 자루, 포션 한 병, 식량 한끼 분량조차 스스로 마련하지 못한다."

벌컥. 고블린 슬레이어는 벌꿀주를 들이켰다. 투구 틈으로 재주 좋게 마신다.

"보급이 끊어진 모험가는 얼마 안 가 괴멸하겠지."

"……오르크볼그는, 좀 더 다른 걸 돌이켜봐."

"노력은 하고 있다."

그는 엘프 궁수에 말에 응답하고 다시 한 번 벌컥벌컥 벌꿀주를 들이켰다.

네 사람의 동료는 약간 볼을 느슨히 풀고 그 모습을 지켜보았다.

이 남자가 그렇게 하지 않았다면, 파티 따위 짜지 않았을 것이다.

"그래서."

잠시 뜸을 들이고, 참모 역할에 익숙해지기 시작한 리자드맨 승려가 입을 열었다.

"소귀 살해자 선생은 어떤 전술을 세웠는가?"

"딱히 없다."

고블린 슬레이어의 목소리는 그 치고는 드물게 어쩐지 유쾌한 느낌으로 들렸다.

내부 구조나 남은 적의 수를 알 수 없다.

모험가가 아직 살아 있을지도 모르니 소굴까지 통째로 없애는 방책은 못 쓴다.

그리고 한 번 격퇴된 이상, 고블린들은 확실하게 제2, 제3의 습격을 시도할 것이다.

따라서, 고르는 전술은 오로지 하나.

"속공이다."

제3장 핵 앤 슬래시 『강습』

그리하여, 모험가들은 동이 트는 것과 동시에 마을을 나섰다.

한시라도 빨리 소굴로 향하고 싶었지만 밤은 고블린의 영역이다.

아무리 밤낮을 가리지 않는 하얀 어둠의 세계라지만 상대에게 맞춰줄 필요는 없었다.

안전과 위험을 천칭에 걸어 딱 멈추는 아슬아슬한 시간대를 고르는데 이의는 없었다.

이의는 없었지, 만.

"우, 우우우우, 추, 추워~어……!"

엘프 궁수가 기다란 귀를 부르르 떨고 불평하며 눈이 쌓인 사면을 열심히 걸었다.

들판을 걷는 것에는 익숙한 그녀라도 역시 눈 쌓인 산은 처음이라 어려울 것이다.

모두 밧줄로 몸을 이어서 눈 속을 행군한다. 눈을 헤치며 등산을 하는 것은 꽤 난항을 겪고 있었다.

눈은 깊고 차가우며 다리를 붙잡는다. 까딱하면 그저 눈이 굳어 있을 뿐 아래쪽은 계곡인 곳도 있었다.

군데군데 튀어 오른 바위는 날카로워서, 잘못 떨어지면 목숨을 보장 못 한다.

“으, 그……음. ……이것은, 제법…….”
“괜찮으세요……?”
“이 정도, 쯤이야……!”
말할 것도 없이 남국 출신인 리자드맨 승려는 몸이 식으면 움직임도 둔해진다.
걱정스레 들여다보는 여신관에게 고개를 끄덕이고, 꼬리를 끄는 리자드맨 승려의 손을 드워프 도사가 잡아끌었다.
“조금 더 힘을 내라고. 《테일윈드(순풍)》로 눈보라를 막고 있으니 그나마 나을 게야.”
“으음. ……미안하군.”
리자드맨 승려가 고개를 끄덕였다.
그리고 그런 네 사람보다 약간 앞서서 고블린 슬레이어가 보였다.
“소귀 살해자 선생. 앞은 어떤가?”
“문제는 없다.”
“그거, 다행일세.”
산자락 너머를 내려다보는 그는 손에 든 지도와 비교하면서 방위를 확인했다.
“이제, 눈앞이다.”
그것은 언뜻, 벌레 먹은 것 같은 광경이었다.
순백의 산자락에 뻥 뚫린 검은 구멍. 옆에는 오물이 쌓여 있었다.
틀림없이 괴물들이 사는 **소굴**이었다.
일행은 서로를 마주 보며 고개를 끄덕이더니, 근처의 바위 뒤에 방수포를 깔고 잠깐 휴식할 준비를 갖추었다.

다행히 드워프 도사가 바람 정령을 통해 사용한《테일윈드》덕분에 눈보라는 피할 수 있었다.

"몸을 덥혀야겠구먼. 카미키리마루, 불을 지펴도 되겠느냐?"

"부탁하지."

"오냐."

과연 드워프의 손재주는 훌륭해서 마른 가지를 꺼내더니 부싯돌을 때렸다.

"어디서 발견한 건가요?"

여신관이 물었다.

"눈 아래, 그보다 더 아래이니라. 기억해두면 좋을 게야."

불은 고블린 놈들에게 보이지 않도록 눈을 파헤친 구덩이 안에서 피웠다.

하늘은 납빛 구름에 뒤덮여서 어둡고, 태양 빛도 약하고 멀다.

"이제 곧 날이 저문다. 몸이 풀리면 들어간다."

고블린 슬레이어는 곧장 갑옷의 고정구를 느슨히 풀고 가방을 내렸다.

평소에는 결코 무구를 풀려고 하지 않는 그라서, 옆에 앉은 여신관이 고개를 갸웃거렸다.

"……? 어머, 그런 식으로 해도 돼요?"

"반대다. 잠깐이라도 이러지 않으면 몸이 휴식하지 못한다."

장갑을 벗고서, 단단하지만 햇살에 타지 않은 손을 기계적으로 꾹꾹 풀었다.

"손발을 문질러둬라. 얼음 정령의 독이 들면 썩어서 떨어진다."

"히익!"

엘프 궁수가 비명을 질렀다. 정령을 잘 아는 만큼 공포도 큰 모양이다.

그녀는 굳어진 표정으로 자기 손발을 문질러 풀기 시작했다.

"발도 해둬라. 잊지 말고."

"아, 넷."

여신관도 황급히 부츠를 벗고, 양말을 벗어 드러난 가녀린 하얀 발가락을 문질렀다.

양말을 보고서 놀랐다. 꽤 젖어서 무거웠다. 땀과 눈이 뒤섞인 탓이다.

—여분을 가져오길 잘했네…….

"그쪽은 어떻지?"

고블린 슬레이어가 리자드맨 승려를 보았다.

비늘로 뒤덮인 얼굴은 고블린 슬레이어와 다른 의미로 표정을 알기 어렵다.

그러나, 추위로 굳어졌다는 것 정도는 알 수 있었다.

리자드맨 승려는 비늘에 달라붙은 얼음 조각을 손끝으로 떼면서 고개를 끄덕였다.

"으, 으음. ……이거야 원, 항복일세. 설마하니 세상에 이토록 추운 장소가 있을 줄이야."

"더 차가운 장소도 있다."

"어이쿠!"

선조께서 추위로 멸망했다는 것도 이해가 되는군. 리자드맨 승려가 몸을 떨자 드워프가 소리 죽여 웃었다.

손이 참 빠르다. 드워프 도사는 가방 속에서 화주와 사람 수만큼 작은 잔을 꺼내 나눠주기 시작했다.

"자, 술이니라, 술. 어서 마시거라. 몸이 데워질 게야."

"오오! 역시 술사 선생은 사려가 깊군."

"칭찬은 됐느니라. 자, 너희들도."

"고, 고맙습니다."

"고마워."

"받지."

일동에게 술이 퍼지자 다들 그것을 홀짝이며 마셨다.

몸을 데우기 위해서다. 취해서는 의미가 없다.

고블린 슬레이어를 보던 엘프 궁수가 문득 변덕 삼아서, 고개를 돌려 리자드맨 승려에게 말을 걸었다.

"그러고 보니, 분명히. 당신은 위계를 높여서 드래곤이 되는 게 목적이었지?"

커다란 체구를 움츠려 불을 쬐던 그는 손에 식량이 든 주머니를 쥐고 있었다.

행군하는 도중에 입이 심심해졌는지, 아니면 출출해졌는지. 치즈를 꺼내려던 참이었나 보다.

리자드맨 승려는 그 행동을 숨기지도 않고, 거창하고 묵직한 동작으로 고개를 끄덕였다.

"그렇다네."

"치즈를 좋아하는 드래곤, 이라."

엘프 궁수가 양손으로 감싼 컵의 술을 핥으면서 키득키득 웃었다.

커다랗게 입을 벌려 치즈를 깨물고 나서 리자드맨 승려가 진지하게 말했다.

"제물로 처녀나 재보 따위를 바라는 것보다야, 중생에게는 어지간히 좋은 용이 아니겠는가?"

"……하긴, 퇴치될 걱정은 없겠네. 한 조각 줄 수 있어?"

"아무렴."

고블린의 굴 근처, 불을 피워도 춥지만 그래도 열이 있으니 엘프 궁수는 기분이 좋았다.

그녀는 흑요석의 소도로 리자드맨 승려가 내민 치즈를 잘라내 입으로 쏙 넣었다.

여전히 그 목장의 음식은 맛있다. 기다란 귀가 즐겁게 흔들렸다.

"실제로 말야. 용이 보기에, 여자애는 맛있어? 아니면 의례적인 의미가 있는 거야?"

"글쎄, 어떨지? 소승도 용이 되면 그 기분을 알 수 있을지 모르겠네만."

"애당초 그, 용이 된다는 걸 의심하지는 않는 건가요?"

조심조심. 여신관이 사양하는 기색으로 술을 핥으며 물었다. 호오. 숨결이 입술에서 흘렀다.

"불을 뿜거나, 하늘을 날거나, 기적으로 가능한 걸까 해서요."

"후후후. 이것은 흔히 말하는 노인들의 입담으로 전해지는 것이네만……."

혼자서 이미 한 잔을 들이켜고, 드워프 도사가 두 잔째를 직접 따르며 들먹였다.

“애당초, 나이든 작자들 말은 다 믿을 수가 없는 법이니.”

“그러나, 고향에는 뼈로 변한 거대한 무시무시한 용이 있으니 말일세.”

원숭이도 흉이 될 수 있으니, 도마뱀도 그렇지 않겠나.

리자드맨 승려가 엄숙하게 중얼거린 말에 여신관이 희미하게 쓴웃음을 지었다. 신앙은 사람들마다 다르다.

“아, 그렇지!”

문득 엘프 궁수가 가는 손가락을 딱 퉁겼다.

“네가 용이 되어서 불멸자가 되면, 내가 놀러 가줄게.”

“허어.”

“어차피 천년 쯤 뒤잖아. 엄청 지루하다니까. 친구가 없으면 못 견딜 거야.”

이 세상에서 용이 날뛰는 건 분명히 태반이 넘게 심심해서라니까. 엘프 궁수는 아주 진지하게 말했다.

과연. 리자드맨 승려는 묵직하게 고개를 끄덕였다. 그리고 생각해 봤다. 그가 용이 된 뒤의 일을.

“……고블린 퇴치 모험담을 이야기하는 용. 하이 엘프가 찾아오는 용.”

“그리고, 치즈를 좋아하는 용……이지.”

엘프 궁수의 말에 그가 유쾌한 기색으로 눈알을 빙글 돌렸다.

“나쁘지 않겠군.”

“그렇지?”

"어쨌든, 천년 뒤의 일보다는 우선 눈앞의 일이 먼저라네."

리자드맨 승려는 목을 슥 돌려 고블린 슬레이어를 보았다.

"그러면, 소귀 살해자 선생. 어찌 공격하겠는가?"

"그렇군."

묵묵히 이야기를 듣고 있던 고블린 슬레이어는 그의 말에 수긍하며 한순간을 사고에 소비했다.

"평소처럼 간다. 앞에서부터 전사, 탐색자(레인저), 신관전사, 신관, 주문술사."

"정석이로군."

리자드맨 승려가 맞장구를 쳤다.

이어서, 쌓인 눈 너머 동굴을 슥 살펴본 드워프 도사가 말했다.

"보아하니 동굴의 폭도 넓구먼……. 그러면 둘에 셋이라면 좋겠구나."

드워프 도사의 눈이 밝은 것은 종족적인 것이다.

뻥 뚫린 동굴은 마치 들어오라고 손짓하는 것처럼 조용하고 어두웠다.

입구에 파수꾼 같은 모습은 없었다. 그것이 함정인지, 방심한 것인지. 아니면—.

"……칫, 술 맛이 떨어지는구먼."

드워프 도사는 내뱉듯이 혀를 찼다.

입구 옆에 쌓인 오물이 결코 쓰레기 따위가 아닌 것을 깨달은 것이다.

그것은 모험가의 시체였다.

엉망으로 파괴된 나무 울타리에 묶여서 버려진, 시체.

장비도 뜯어냈고, 실컷 괴롭히면서 노출된 동안에 짐승에게 먹혔고…….

특히 처참한 것은 엘프로 보이는 여자의 시체였다.

엘프로 보인다는 것은, 어지간히도 저항을 했던 모양인지 훼손이 심했기 때문이다. 죽고 나서도 폭력에 당했다.

귀를 흉처럼 잘라내어 입에 집어넣다니. 고블린의 악랄함은 어쩔 수가 없다.

"……? 뭐라도 있어?"

"……아무 것도 아니다."

엘프 궁수가 고개를 갸웃거리자 드워프 도사가 무뚝뚝하게 말했다.

"아무 것도 아니다만, 너무 두리번거리지는 말거라, 길쭉귀 처녀."

"안 그런다니까. ……가끔씩밖에."

"어이."

고블린 슬레이어가 미약하게 신음하더니 드워프 도사에게 조용히 물었다.

"……금발은 있었나?"

드워프 도사는 천천히 고개를 좌우로 저었다. 수염을 쥐고서 다시 한 번 본 다음에 역시 고개를 저었다.

"아니. 여기서 보기에는, 없느니라."

"그러면, 아직 시간은 있는 모양이로군."

리자드맨 승려가 수긍하자 두 남자가 이어서 고개를 끄덕였다.

그 대화로 무슨 일인지 짐작했을 것이다. 여신관이 몸을 움찔 떨었다.

고블린 슬레이어는 그녀의 어깨를 가볍게 두드리고 말했다.

"간다."

그리고 그 시선이 여신관의 가늘고 하얀 맨발로 이동했다.

"양말과, 신발을 신어라."

§

들어 올린 횃불의 그림자가 불어 닥치는 바람을 받아 기분 나쁘게 흔들거리며 춤추었다.

그러나 사면에 뚫린 굴에 한 걸음 들어서자 그것만으로 눈과 바람이 막혀서 따뜻해졌다.

안쪽에서 풍겨 나오는 고기와 분뇨가 썩은 기이한 냄새만 없다면 편안했을지도 모른다.

"음. 갑자기 내리막이로군."

"근데, 저쪽은 오르막이야."

"흐으음……."

한 걸음 동굴에 들어선 리자드맨 승려가 흥미롭다는 기색으로 꼬리를 흔들었다.

과연, 고블린의 소굴에 들어서자마자 곧장 아래쪽으로 파내려 간 것처럼 커다란 내리막이 나왔다. 그리고 다시 올라간다.

꽤 급한 경사인데 천연이라고 보기는 어렵고, 고블린이 만든 것 같았다.

“흐흠. 이것은, 비 막이, 눈 막이로구먼.”

드워프 도사는 이런 것에 조예가 깊다. 한눈에 간파하고 뒤쪽 입구를 보았다.

“불어 닥치는 비와 눈이, 우선 이곳에 고이느니라. 그리하여 안까지 못 들어가는 게지.”

“……고블린이 이런 것을 만드는 건가요?”

여신관이 의문스레, 혹은 놀란 것처럼 눈을 깜빡 거리며 고개를 갸웃거렸다.

고블린은 바보지만 멍청하지는 않다—. 그녀도 자주 들은 말이었다.

그것은 다시 말해서, 지식이 없을 뿐이지 생각하지 않는 것은 아니란 말이다.

그러나, 이것은…….

“글쎄.”

그러나 고블린 슬레이어의 대답은 담담하고 무기질적이었다.

그는 허리의 검을 뽑더니, 그것으로 경사 바닥에 고인 오수를 휘저어보고 혀를 찼다.

“아직 뭐라고 할 수는 없다. 그보다도, 함부로 물웅덩이를 밟지 마라.”

“뭐가, 있나요?”

“함정이다. 아래쪽에 말뚝이 묻혀 있다.”

이른바 추락 함정이다. 흙을 덮어서 위장하는 게 아니라 오수로 은폐했다.

화살통에서 뽑은 나무눈 화살로 오수의 깊이를 확인한 엘프 궁수가 노골적으로 얼굴을 찌푸렸다.

“우왓, 음습해.”

“감지 대비를 부탁한다.”

“그래그래. 맡겨주세요.”

훌쩍 물웅덩이를 가볍게 피해 나아간 엘프 궁수가 장난스럽게 한 쪽 눈을 감고 웃었다.

“그렇게 몇 번이고 지저분해지는 건 싫으니까.”

엘프 궁수의 목에는 고블린의 후각에 대응하기 위해 냄새를 지우는 향주머니가 매달려 있었다.

그녀는 기다란 귀를 흔들며 자랑스레 말했지만, 고블린 슬레이어는 확실하게 고개를 옆으로 저었다.

“더럽히려던 목적은 아니었다.”

“아, 아하하하……. 응, 뭐, 지저분해지면 씻는 것도 힘드니까요. 그렇죠?”

메마른 웃음을 짓는 여신관의 목에서도 인식표와 나란히 향주머니가 흔들렸다.

아무리 익숙해졌다고 해도 피를 뒤집어쓰는 것이 좋을 리는 없었다.

……아니, 그런 것이라면 그 입구 옆에 쌓여 있던 시체 더미도 그렇다.

몇 번이나 고블린 퇴치를 경험하고, 몇 번이나 보고 익숙해졌다—라고 생각하기는, 했지만.

그래도 농담 한 마디, 잡담 한 마디라도 안하면 도저히 못 견딜 정도는 아니지만…….

"……있지."

슬쩍. 앞서 가던 엘프 궁수가 눈짓을 하며 살짝 끄덕거렸다.

그녀도 마찬가지다. 엘프의 감각은 예민하니까.

아무리 주위가 다소 배려를 해줘도 시체 상태가 어떤지 모를 리 없었다.

기다란 귀가 희미하게 흔들리는 것을 보고 여신관도 고개를 끄덕였다.

"힘, 내요."

"응."

오르막 내리막을 두세 개 지나서, 일행은 그제야 동굴의 중앙 길로 들어섰다.

고블린 슬레이어는 횃불이 짧아진 것을 보고 가방에서 새로운 하나를 꺼내 불을 옮겨 붙였다.

"들어라."

"아, 네."

그리고 짧은 쪽을 여신관에게 건네고 자신은 활활 타오르는 횃불을 들었다.

일행 가운데 동굴 안에서 밤눈이 밝지 않은 것은 흄뿐이었다.

고블린 슬레이어는 불빛을 비추고 흙벽을 천천히 조사했다.

조잡한 도구로 파냈을 것이다. 꽤 거칠지만, 그러나 튼튼하다. 전형적인 고블린의 둥지였다.

그러나 문제는 그것이 아니었다.

"……토템 같은 것이 보이지 않는군."

"샤먼이, 없는 건가요?"
"모른다."
고블린 슬레이어는 느슨하게 고개를 좌우로 저었다.
"모르겠지만, 마음에 안 든다."
"으으음, 주문술사가 없는 것뿐이라면 편하긴 한데……."
"소승도 다소 신경이 쓰이기 시작했다네."
눈썹을 찌푸린 엘프 궁수를 따르며 리자드맨 승려가 묵직하게 입을 열었다.
"마을에 대한 습격, 선행한 모험가 일행을 괴멸시킨 기량. 지혜를 가진 놈이 없다 생각할 수는 없겠군."
"역시 다크 엘프나, 오우거가 있는 걸까요?"
"……어쩌면 데몬(악마)이라든가."
엘프 궁수가 뭐라 말하기 힘든 표정으로 중얼거리자 그것이 동굴에 메아리치며 묘한 울림을 주었다.
모험가들이 얼굴을 마주보고, 그 중에서 드워프 도사가 수염을 쥐며 숨을 내쉬었다.
"아아, 그만하거라, 그만해. 그럴지도 모른다고 겁을 먹어서야 뭐가 되겠는고?"
그는 작은 몸집에서 손을 뻗어 고블린 슬레이어의 등을 짝 두드렸다.
"『명검을 망치로 때린다』는 아니다만, 카미키리마루. 지금은 할 일에만 머리를 돌리는 편이 좋겠구나."
"……그래."

고블린 슬레이어는 마지막으로 한 번 더 횃불을 들어 벽을 보더니, 고개를 끄덕이며 대답했다.

"지금 그건 드워프의 격언인가?"

"오냐."

드워프 도사는 자랑스레 코를 비볐다.

"그렇군."

고블린 슬레이어는 성큼성큼, 평소와 같은 거침없는 발걸음으로 걷기 시작했다.

명검을 더욱 벼릴 필요는 없다는 것인가.

흠. 살짝 소리를 냈다.

나쁘지 않군.

동굴은 딱히 미궁처럼 복잡한 기색도 없었고, 그들은 길을 따라 잠시 나아갔다.

고블린의 기척 같은 것도 없었고, 그저 썩은 내만 풍겼다.

"……기분 나빠질 것 같아."

넌더리를 낸 엘프 궁수가 옷깃을 끌어당겨 입을 가리려고 하며 불평했다.

다들 말은 안 했지만 마음은 같을 것이다. ―고블린 슬레이어 말고는.

이윽고 모험가들이 도착한 곳은 T자로였다.

엘프 궁수가 기듯이 몸을 숙이고 눈에 힘을 주어 바닥의 발자국을 찾았다.

"……오른쪽에 발자국이 많아."

엘프 궁수가 탁탁 손의 흙먼지를 털어내고서 말했다.
건축물 안이라면 모를까, 천연 동굴이라면 그녀의 눈은 분명하다.
그렇다면 오른쪽은 잠자리, 왼쪽은 무기고나, 창고나, 혹은—.
"전에는 변소부터 먼저 치지 않았는가?"
"그래."
고블린 슬레이어가 고개를 끄덕였다.
"변소에 틀어박힌 놈이 도망치면, 귀찮으니까."
"이번에도 그리 할 텐가?"
"……흠."
고블린 슬레이어는 낮게 으르렁거렸다.
정석대로 가야 할지, 아닐지.
평소와 같은 전술로 가도 될지, 아닐지.
상대가 이쪽의 전술을 간파하고 있을 가능성은?
상상을 한다. 생각한다.
투척이야말로 흠의 첫째 무기라면, 지략이 둘째 무기다.
내가 고블린이라면, 어떻게 할까?
"오른쪽부터 친다."
고블린 슬레이어가 망설임 없이 결단했다.
부정은 없다.
엘프 궁수가 대궁의 현에 화살을 메기고, 리자드맨 승려가 송곳니 칼을 연마해서 쥐었다.
드워프 도사는 촉매가 든 가방에 손을 넣고, 여신관은 석장을 단단히 쥐었다.

동굴 안을 재빨리 달려간 그들이 도착한 곳은 커다랗게 파낸 공간이었다.

그리고 기습용 굴을 뚫고자 삽과 곡괭이를 짊어진, 고블린의 무리—.

§

“《자비 깊은 지모신이여, 어둠 속 길 잃은 우리들에게 성스러운 빛을 베푸소서》!”

선수를 친 것은 여신관이었다.

숙련된 기술 따위가 아니다. **주사위 눈이 좋았을** 뿐이다.

그렇지만, 그때 반사적으로 《홀리 라이트》의 기적을 주저 없이 탄원한 것은 그녀가 성장한 증거였다.

여신관이 드높이 치켜 올린 석장 끝에 신이 내린 기적이 깃들어 동굴을 찬란하게 비추었다.

“GORARAB?!”

“ORRRG?!”

신성한 빛을 맞으며 눈을 누르고 신음하는 고블린. 수는 열, 아니 열다섯—?

“열일곱. 시골뜨기(Hob) 없음, 술법 없음, 활 있음. 간다!”

한편, 빛을 등진 모험가들은 일절 불이익이 없었다.

“첫 번째, 받아간다!!”

고블린 슬레이어의 호령 아래, 재빨리 쏘아낸 나무눈 화살촉 화살이었다.

엘프 궁수는 거미줄 현을 우아하게 당겨서 손에 든 세 대를 한 동작으로 쏘았다.

어두운 곳이든 비좁은 곳이든, 엘프의 활은 절대 빗나가지 않는다.

고도로 숙달된 기술은 마법과 구별이 안 된다.

눈앞에서 사살되는 고블린들, 나머지 열넷. 거기에 돌 자갈의 비가 쏟아져 내렸다.

"《일이다 일이다, 흙의(노움) 정령들아. 모래알 하나, 계속 구르면 돌이 되느니》!"

드워프 도사가 모래 한 줌을 공중에 던지자 그것이 자갈이 되어 쏟아져 내렸다.

"ORGAAA?!"

"GROOROB?!"

비명을 지르며, 뼈가 부서지고 근육이 끊어지고 몸을 젖히면서 도망쳐 다니는 고블린 놈들.

문자 그대로 한데 묶어서, 혹은 일망타진으로 《스톤 블래스트(돌 탄환)》의 술법이 고블린들을 덮쳤다.

물론 이때 사용하는 술법은 아군에 대한 지원이든, 적에 대한 방해든 좋았다.

굳이 《스톤 블래스트》를 사용해 공격한 것은 드워프 도사의 결단에 따른 것이다.

범위를 공격하는 주문은 선수를 칠 때, 적과 접촉하기 전이야말로 맹위를 떨치는 법이다.

나머지 열.

고블린 놈들이 눈에서 지저분한 눈물을 흘리고 아우성치면서 밀려들었다.

"좋다! 가거라, 카미키리마루! 비늘 친구!"

"오오오!"

"좋다."

떠들썩한 괴조음, 혹은 짧은 대답과 함께 두 사람의 전위가 광장의 입구를 막아섰다.

결코 들어서지 않는 것이 당연하다. 다수를 상대할 때 좁은 입구에 진을 치는 것은 흔히 쓰는 전술이었다.

네 배 가까운 전력 차이가 있었지만, 이제는 불과 두 배. 그리고 통로에 동시에 설 수 있는 고블린은 두세 마리.

그에 비해 전사가 둘이 있으니, 국지적으로 보면 이미 호각이라고 해도 과언이 아니리라.

전투에 있어서 주도권을 쥐는 것은 이 정도로 중요한 것이다.

누가 뭐래도, **고블린은 언제나 모험가보다 많기** 때문이다.

종종 그 너무나 당연한 사실을 인식하지 못하는 모험가의 말로는 비참하다.

"GORROB!"

"이이이얏!"

아직 눈에 잔광이 타오르는 상태로 맞아 싸우는 고블린 놈들의 공격은 두려워할 것 없었다.

리자드맨 승려의 손톱 손톱 송곳니 꼬리가 춤추자, 한 마리 고블린이 세차게 두드려 맞고 한 마리가 베여 날아갔다. 나머지 여덟.

리자드맨은 짐승의 성질을 존귀하게 여긴다. 지성과 짐승의 성질을 아울러 갖춘 것이 용이기에.

거칠고 용맹하게 포효하며 경문을 뿌리는 리자드맨 승려를 보고, 살아남은 고블린이 주저했다.

한편, 바로 옆.

"흥."

묵묵히 기계적이면서 적절하게, 고블린 슬레이어가 고블린의 급소를 찔러 죽였다.

목. 심장. 혹은 머리. 흄 형태의 생물이라면 치명적인 부위는 많다.

고블린 슬레이어는 목을 선호한다. 찌르면, 즉사하지 않아도 무력화할 수 있으니까.

꿀럭꿀럭 탁한 목소리를 내는 고블린을 걷어차고, 안쪽에 있는 한 마리에게 검을 던졌다.

"ORAGAGA?!"

"열, 열하나."

목을 꿰뚫자 또 한 마리 쓰러졌다. 어두운 곳이라도 정확하게 노린다.

나머지 여섯. 고블린 슬레이어는 죽은 고블린의 곤봉을 차올려 빼앗았다.

옆에서 한 마리가 손도끼를 휘두르자 방패로 받아내고, 배를 노려서 곤봉을 찔렀다.

"ORARAO?!"

입에서 오물을 흩뿌리는 고블린에게 이어서 일격. 이걸로 더욱이 두 마리.

무자비하게 두개골을 부수고, 고블린 슬레이어는 방패에 흩어진 토사물을 태연하게 떨쳐냈다.

"열셋. 이제 곧 적이 재기한다."

"네!"

나머지 넷. 물론 봐줄 생각은 없었다.

여신관은 얼굴에 긴장을 드러내며, 석장을 끌어당겨 혼을 깎아내는 기도를 바쳤다.

"《자비 깊은 지모신이여, 어둠 속 길 잃은 우리들에게 성스러운 빛을 베푸소서》!!"

지모신은 경건한 신도의 기도에 응답하여 또 다시 기적을 내렸다.

눈이 아찔해지는 백광이 동굴의 어둠을 덧칠했다.

그러나, 고블린 놈들도 결코 멍청하지는 않다.

지식이 없어도, 지혜를 굴린다면 그 나쁜 꾀는 타의 추종을 불허한다.

윤리관이 없는 악동에게 폭력이 갖추어지면 어떻게 되는지 명백하다.

저 계집이 들어 올린 지팡이가 빛났다.

또 다시 지팡이를 들어 올렸다.

그러면, 또 빛날 것이다.

지극히 단순 명쾌한 사실에 고블린 중 한 마리가 반사적으로 얼굴을 숙였다.

하필이면, 그 고블린의 무기는 활과 화살이었다.

다른 세 마리의 동료가 차례차례 살해당하는 가운데, 그는 얼굴을 숙이고 기회를 노려서 화살을 메기고 활을 당겼다.

"—읏, 아아?!"

경악하는 목소리와 비슷한 비명. 튕겨 나가듯 넘어진 것은 다름 아닌 엘프 궁수였다.

고블린의 화살은 훌륭하게 전위 두 사람 사이를 찔러서 그녀를 맞추었다.

그야말로 회심의 일격(크리티컬 히트).

"이것은 당했군……!"

"음……."

엘프 궁수의 늘씬한 허벅지에 흉흉하고도 조잡한 화살이 무참하게 박혀 있었다.

고블린 슬레이어는 슬쩍 등 뒤를 한 번 보더니 곤봉을 던진 다음 달려 나갔다.

"ORAAG?!"

빙글. 공중에서 한 번 회전한 곤봉이 고블린의 머리를 세차게 때리자 고블린은 비명을 질렀다.

그러나 그것만으로 즉사시키기에는 한 수가 부족하다.

고블린 슬레이어는 달리면서 발치의 단검을 주워, 마지막 몇 걸음을 한 번에 도약해 덮쳤다.

고블린은 도망치려고 반사적으로 활을 집어 휘둘렀지만, 이미 늦었다. 심장을 꿰뚫고 파헤쳐서 마무리했다.

"GOAORR……?!"

“……열일곱.”

이걸로 몰살이다.

수많은 시체를 둘러보면서, 고블린 슬레이어는 적당한 장검을 주워서 칼집에 넣었다.

“어이어이, 괜찮더냐? 길쭉귀 처녀……!”

“아, 으윽……. 괘, 괜찮아. 미안. 실수했어.”

“금방 치료를 할게요……! 독은—?”

“어디. 일단 화살부터 뽑아야 하겠네만…….”

“부탁해.”

파래진 얼굴로 의젓한 태도를 보이는 엘프 궁수는 화살 맞은 상처를 억누르면서 중얼거렸다.

본래는 고블린 슬레이어도 금세 동료들 곁으로 달려가 상태를 보아야 할 것이다.

그렇지만, 여기는 아직 적지다. 복병에 대비하여 주변을 경계해야 한다.

그가 보기에 치명상은 아니었으며…… 그리고 확인하고 싶은 것도 있었다.

그는 마지막으로 해치운 고블린 사수의 시체를 다리로 아무렇게나 걷어차 굴렸다.

“……음.”

뒹굴. 드러난 어깨에 이미 아물어 있는 화살의 상처가 있는 것을 보고 고블린 슬레이어가 신음했다.

그 고블린은 본 기억이 있었다.

그때였다.

"……앗?!"

등 뒤에서 들리는 놀란 목소리에 고블린 슬레이어가 돌아보았다.

"무슨 일인가."

성큼성큼 발 빠르게 다가가자, 웅크린 엘프 궁수의 바로 옆에서 여신관이 그를 올려다보았다.

"고, 고블린 슬레이어 씨. 이걸…… 봐, 주세요."

여신관이 떨리는 손으로 내민 것은 엘프 궁수의 피로 더럽혀진 화살대 하나였다.

그렇다. 화살대다. 촉은 없었다.

고블린의 손으로 만든 건지 이 근방의 가지를 깎아서 대강 구색만 갖추어 깃을 달아놓은 화살대.

그러나 그 화살촉의 고정이, 헐거웠다. 아니, 헐겁게 만들어놓았을 것이다.

화살대가 촉에서 빠져 엘프 궁수의 몸 안에 화살촉이 남아 있었다.

"……학습했단, 말인가?"

섣불렀다.

아니, 생각하는 것도 후회하는 것도 지금은 나중이다.

고블린 슬레이어는 주저 없이 엘프 궁수 옆에 무릎을 짚고 앉았다.

"아픈가?"

"머, 멀쩡, 하다니까……. 오르크볼그, 너무 신경 써……."

미약하게 움직이기만 해도 아플 것이다. 엘프 궁수는 허벅지에서 피를 흘리며 신음했다.

"상처를 누르고 있어라. 지혈이 된다. 임시다만."

"으, 응. 아, 알았어."

엘프 궁수는 의젓하게 행동할 셈이었지만 목소리는 평소보다 약했다.

고블린 슬레이어는 그녀에 대한 질문을 거두고 여신관에게 물었다.

"독 같은 것은 어떻지?"

"지금은, 없는 것 같아요. 하지만……."

여신관이 대답하면서도, 배려하듯 엘프 궁수의 상처를 보았다.

손으로 꾸욱 누르고 있어도 손가락 사이에서 조금씩 피가 흘러나왔다.

"화살촉이 남아 있다면, 치유의 기적으로 상처를 막아도 의미가 없으니까요……."

신이 이루는 기적이라고 하지만, 지상에 있는 한 만능하고는 거리가 멀다.

몸 안에 이물질이 묻힌 채 《힐》을 시행하는 것은 꽤 어려운 일이었다.

고블린 슬레이어는 리자드맨 승려를 보았지만 그 또한 묵직하게 고개를 옆으로 저었다.

"《리프레시(치유)》도, 육체가 가진 치유력을 늘리는 것뿐일세."

그렇다면 결단은 빨랐다. 드워프 도사가 촉매 가방을 뒤지면서 말했다.

"그렇다고 내버려둘 수는 없는 일이 아니냐? 카미키리마루, 좀 돕거라."

"그래."

고블린 슬레이어와 드워프 도사가 눈짓을 나누고 금세 행동을 시작했다.

의도를 이해한 여신관이 걱정스런 표정을 짓고, 이해하지 못한 엘프 궁수가 불안스런 표정을 지었다.

고블린 슬레이어는 고블린에게서 빼앗은 것이 아닌, 자신의 단검을 칼집에서 뽑아 칼날을 검사했다.

"내가 하지. 불을 부탁한다."

"오냐. 《춤추거라 춤을 춰, 불도마뱀(샐러맨더). 꼬리의 불꽃을 나눠주거라》."

드워프 도사가 가방에서 부싯돌을 꺼내 그것을 딱딱 때리며 주문을 입에 담았다.

화륵. 곧장 작은 도깨비불이 공중을 춤추더니 고블린 슬레이어의 단검에 붙었다.

고블린 슬레이어는 정성스레 칼날을 달구고 가볍게 휘둘러 불꽃을 지웠다.

그것과 동시에 가방에서 손수건 하나를 꺼내더니 엘프 궁수에게 던졌다.

"물고 있어라."

"뭐, 뭘 할 생각인데?"

"나이프로 화살촉을 파낸다."

엘프 궁수의 기다란 귀가 움~찔! 커다랗게 튀었다.

"그, 그런 거, 싫어! 돌아가서, 돌아간 다음에……!"

엉덩방아를 찧은 채 한쪽 다리를 질질 끌면서 후퇴하려는 그녀를 보고 드워프 도사가 한숨을 한 번 쉬었다.

"투정 부리지 말거라, 길쭉귀 처녀. 카미키리마루가 말을 했지 않느냐? 여기서부터 다리가 썩어 떨어질 게다."

"그리 된다면, 이제 붙일 수도 없을 걸세……."

옆에서 리자드맨 승려가 하늘에서 돌이라도 떨어진 것처럼, 완전히 체념한 기색으로 고개를 좌우로 저었다.

"으, 그, 그, 그……."

"여러분, 너무 겁주지 않으시는 편이……."

보다 못한 여신관이 난처한 표정으로 남성진을 타일렀다. —그러나, 딱히 말리려 하지 않았다.

그녀는 한 번, 억지로 화살을 뽑힌 적이 있었다.

두려움도 아픔도, 그리고 방치했을 때의 해악도 이해하고 있었다.

"……하다못해, 되도록 아프지 않은 방법으로 부탁 드려요."

"그럴 셈이다."

고블린 슬레이어는 붉디붉게 달아오른 칼날이 적당한 온도까지 식는 것을 기다렸다.

이렇게 되면 칼날의 독기가 사라지는 것을, 그는 여행하는 의사에게 배웠다.

"상처를 보여 봐라."

"우, 우우……. 정말로 아프게 안 할 거지……?"

얼굴에서 핏기가 가신 엘프 궁수가 조심조심하는 기색으로 손을 치웠다.

고블린 슬레이어는 대답하지 않고, 피가 흘러넘치는 상처가 어떤지 확인했다.

"술을."

"오냐."

드워프 도사가 화주를 입에 머금고 《드렁크》의 술법을 사용할 때처럼 푸우 뿜어냈다.

상처에 타오르는 것 같은 술을 뿌리자 엘프 궁수가 눈에 눈물을 그렁거리며 몸을 뒤집었다.

"끄, 으……!"

"천을 꽉 물어라. 혀를 깨문다."

"다시 한 번 말하지만, 아, 아프게, 안 할 거지……?"

"보증은 못 한다."

고블린 슬레이어가 고개를 옆으로 저었다.

"그러나, 노력은 하지."

엘프 궁수가 완전히 포기한 기색으로 천을 물더니, 눈을 꼭 감았다. 여신관이 그녀의 손을 쥐었다.

그리고 고블린 슬레이어는 칼날을 엘프 궁수의 허벅지에 묻어, 파헤치듯 상처에 밀어 넣어 열었다.

"끄—으, 그, 윽, 아, 이, 이이이……익!"

육지에 올라온 생선이 튀어 오르는 것처럼 엘프 궁수의 가녀린 몸이 몸부림쳤다.

리자드맨 승려가 그 어깨에 손을 대고 억눌렀으며 여신관은 그녀의 손을 계속 쥐고 있었다.

고블린 슬레이어의 손놀림은 잔혹할 정도로 망설임이 없었다.

엘프 궁수에게는 몇 시간 같았지만, 한 조각의 돌 화살촉을 꺼내는 것은 몇 초도 걸리지 않았다.

"됐다."

"끄, 후우~윽……! 후우~윽……!"

"《상처 입고도 더욱이 아름다운 사발녀괴룡[고르고스](蛇發女怪龍)이여, 그 몸의 치유를 이 손에 깃들이라》!"

거칠게 숨을 내쉬는 엘프 궁수의 허벅지에 리자드맨 승려의 비늘 돋은 손이 닿더니 은혜가 내렸다.

《리프레시》. 무시무시한 용의 힘이 엘프의 상처를 순식간에 치유했다.

근육이 이어지고 피부가 부풀어서는 거품이 일어나듯 상처가 사라져 버렸으니 그야말로 기적이었다.

"다리는 움직이는가?"

"으, 응……."

눈꼬리에 맺힌 눈물을 닦아내고, 엘프 궁수는 쭈뼛쭈뼛 하면서 다리를 움직여봤다.

움찔움찔. 한쪽 다리를 끌면서 상태를 확인한 그녀는 귀를 한심스레 늘어뜨렸다.

"……우, 우. 휴, 흄의 치료는, 너무 거칠어……. 욱씬욱씬거려."

"괘, 괜찮으세요?"

"아마……."

여신관이 황급히 어깨를 빌려주어 지탱해주자 엘프 궁수가 천천히 일어섰다.

"활은 쏠 수 있나?"

"쏠 수 있어."

고블린 슬레이어의 물음에 엘프 궁수가 어쩐지 욱하며 대답했다.

오기를 부리는 것은 아닐 것이다.

그러나 사격은 문제가 없어도 그녀의 기동성이 사라져 버렸다. 적어도 오늘은.

"돌아가야 하겠지만."

고블린 슬레이어는 고개를 저었다.

"아직 무리로군."

"술법과 기적 모두 남은 양이 얼마 안 된다네."

리자드맨 승려가 담담하게 사실을 고하자 그는 철 투구를 천천히 옆으로 저었다.

"안쪽에 방이 남아 있다. 조사할 필요가 있다."

고블린 슬레이어는 갑옷, 투구, 방패, 무기. 장비를 점검하고 동료들을 돌아보았다.

"나만 남아도 괜찮다."

"농담이지?"

부상을 입은 엘프 궁수가 맨 먼저 대답했다.

"갈 거야. 그렇지?"

"네, 물론이죠."

이어서 여신관이 갸륵하게 고개를 끄덕였다.

"음."

신음한 고블린 슬레이어의 어깨에 리자드맨 승려가 웃으면서 손을 올렸다.

“그렇다면, 다 함께 가야할걸세.”

“정말이지. 길쭉귀 처녀는 막무가내라 안 되겠구나.”

드워프 도사가 벙긋이 웃으며 짐짓 어깨를 으쓱거리자 엘프 궁수가 콱 노려보았다.

“잠깐, 애초에 오르크볼그가……!”

시끌벅적.

언제나 하는 싸움을 흘려들으면서, 고블린 슬레이어는 다시 한 번 커다란 광장을 둘러보았다.

이 정도로 내몰리고서도 고블린 놈들은 도망칠 기색을 전혀 보이지 않았다.

그의 수법을 모방하는 고블린. 화살의 상처에 치료를 받은 고블린. 그것을 이끄는 고블린.

“마음에 안 든다.”

정말로, 마음에 안 든다.

§

“흥.”

고블린 슬레이어가 한 번 걷어차자 썩어가던 문이 삐걱거리는 소리를 내며 쓰러졌다.

모험가들이 즉시 방으로 쏟아져 들어가 진을 짜고, 중앙에서 여신관이 횃불을 들었다.

"음……."

식량 창고나 무기고, 아니면 변소. 아니, 횃불에 비친 방은 어느 것과도 달랐다.

아까 그 광장과 마찬가지로 이 방도 널찍한 공간이었다.

흙을 파서 만든 그곳에는 의자처럼 쓰려고 만든 흙더미가 몇 개나 늘어서 있었다.

그리고 안쪽에는 어디서 가져왔는지 직사각형 비슷한 형태의 커다란 바위가 있다.

그것은 명백하게 제단이었다.

여기는 예배당, 그렇다면 이 동굴은 신전이었던가?

그렇다면, 그 제단에는 제물을 바쳐야 할 것이니—.

"아……!"

맨 먼저 그것을 발견하고 달려간 것은 역시 여신관이었다.

문득 뇌리에 지난번 지하 수도에서 만난 함정의 기억이 되살아났다.

그러나, 그것은 주저할 이유가 되지 않는다. 경계는 한다. 그러나 구하지 않을 이유는 못 된다.

차가운 돌 위에 아무렇게나 눕혀진, 실오라기 하나 못 걸친 소녀의 모습.

나체는 지저분했고, 눈꺼풀을 굳게 닫은 얼굴에는 초췌한 기색이 짙었다.

그리고 오탁투성이 머리칼은 벌꿀과도 비슷한 황금색—.

"숨이 붙어있어요……!"

그녀를 살며시 끌어안은 여신관이 기쁨의 소리를 질렀다.

풍만한 가슴이 희미하게 위아래로 움직여, 호흡한다. 삶의 증거다. 숨 쉬고 있었다.

"의뢰 수행 완료, 네."

엘프 궁수가 전혀 그렇게 생각하지 않는 것처럼 입술을 움직였다.

여전히 고블린 퇴치란 것에는 달성감이 없다.

그녀는 입술을 삐죽거리며 신전을 빙 둘러보았다. 원시적인 제사장이다.

하이 엘프인 그녀가 보기에는 도저히 여기서 신의 존재를 느낄 수 없었다.

"……사교의 신관이라도 있었나?"

"어쩌면, 오래된 옛 시대의 유적이었을 지도 모르겠네."

흐음. 리자드맨 승려가 손톱 끝으로 흙벽을 긁어내 조사하면서 눈을 돌렸다.

"이토록 간소해서야, 어디 어떤 신의 것인지 짐작도 안 되네만……."

"이건, 뭔, 아니로다……."

드워프 도사가 벽을 손가락으로 문질렀다.

"흙이 새롭구먼. 최근에 파낸 게야."

"고블린인가?"

고블린 슬레이어가 물었다.

"아마도."

드워프 도사가 고개를 끄덕여 그 생각을 긍정했다.

고블린이란 놈들이 타락한 레아나 엘프, 드워프, 혹은 녹색 달에서 내려온 자들 중 어느 것인지는 불명이었다.

그러나 땅속에 사는 종족으로서 가진 굴삭 기술은 결코 얕볼 수 없었다.

아무리 구석진 토지라도 어느샌가 굴을 뚫어서 고블린 놈들이 살고는 한다.

모험가들을 상대로 기습을 하는 것 따위는 일상다반사.

고블린 슬레이어가 아니라도 경험이 있을 것이다. 여신관은 첫 모험에서—.

"저기, 이거……!"

그 여신관이 곤혹스러움이 묻어나는 목소리로 붙잡힌 모험가에게 다시 시선을 주었다.

손이 지저분해지는 것도 개의치 않고 여자의 금발을 쓸어 올린 여신관이 그 목덜미를 가리켰다.

"……심하네."

엘프 궁수가 무심코 중얼거리는 것도 무리가 아니었다.

의식이 없는 여자의 목덜미에는 보기만 해도 안타깝고 선명한 낙인이 찍혀 있었다.

검붉게 새겨진 그것은 그녀의 하얀 피부를 문자 그대로 더럽히고 있었다.

"흐음……."

고블린 슬레이어가 주위에 굴러다니던 금형을 주웠다.

주워온 말발굽 같은 것들을 복잡하게 조합한 모양이다.

"그것이 낙인이더냐?"

"그런 것 같다."

무언가— 원형을 가리키고 있는 것일까? 둥그런 고리 안에 눈동자를 모방한 무늬.

고블린 슬레이어는 횃불을 들어 그것을 꼼꼼하게 조사하며 기억을 뒤졌다.

어느 씨족의 상징일까? 고블린의 생태는 아직도 의문이 많다.

"그러나…… 아무래도 고블린 토템은 아닌 것 같다."

애당초 고블린은 자기 손으로「물건을 만든다」라는 발상이 없다.

필요한 것은 빼앗으면 된다. 그저 그것으로 충분하다.

기성의 물건을 조합한 것뿐이라지만, 이런 낙인을 만드는 것은…….

"녹색 달……이라고 생각해요."

떨리는 목소리. 여자의 목덜미를 살며시 쓰다듬으며 여신관이 말했다.

"신의 표식입니다. 아마도 바깥에 거하는, 지혜의 신. 각지신(覺知神)의……."

——이 놀이판에는 수많은 신들이 모여 지켜보고 있었다.

그 중에는 당연히 예지를 다스리는 지식신도 있고, 학자나 문관들 사이에서 신앙이 두텁다.

세상의 진실, 이치, 미지를 탐구하려는 자에게 지식신은 번뜩이는 영감을 내린다.

그렇다. 지식신이 내리는 것은 지식 그 자체가 아닌 이정표였다.

진리에 도달하는 과정, 좌절, 고난 또한 귀중한 지식이기에.

그렇지만, 바깥에 거하는 지혜의 신— 각지신은 다소 성질이 다르다.

각지신은 지식으로 이끄는 것이 아니라, 바라는 자에게 무차별로 지혜를 내리는 신이었다.

그것으로 세상이, 놀이판이, 어떻게 되든 각지신은 흥미가 없을 것이다.

예를 들어 일상의 사소한 불행 앞에서 「세상이 멸망해버리지 않으려나」라고 중얼거린 청년이 있다고 치자.

본래 그것은 그냥 푸념, 투정에 지나지 않으며 천진한 불평불만의 토로에 지나지 않는다.

그러나 각지신이 한 번 눈독을 들이면 어찌 되는가?

다음 순간, 그의 뇌리에는 세상을 멸망시킬 수 있는 무시무시한 방법이 떠오르고 행동하기 시작하는 것이다.

생각지도 못한 지혜를 내리기에, 믿는 자도 적지는 않지만…….

"……다리만 아픈 게 아니라, 머리도 아파지기 시작했어."

엘프 궁수가 말 그대로 두통을 견디는 것처럼 얼굴을 찌푸렸다.

"나는 망을 볼 테니까 계속 진행해."

"이봐라."

드워프 도사가 질린 표정으로 말했다.

"망을 보는 것은 좋지만, 하다못해 이야기 정도는 들거라."

"……네에."

마음에도 없는 대답을 흘리고, 엘프 궁수는 의미도 없이 대궁을 손가락으로 퉁기며 화살을 느슨하게 메겼다.

통증이 신경 쓰이는지 다리를 쉴새없이 바꿔 디디면서 귀를 살짝 흔들며 주의를 기울였다.

그쪽을 슬쩍 곁눈질한 고블린 슬레이어는 다시 낙인에 눈길을 주었다.

"……녹색 달, 이라고 했나."

"네. 저도 신전에서 옛날에, 조금 배웠을 뿐이지만요."

여신관이 스스로도 반신반의하는 기색으로 고개를 끄덕였다. 수습 때의 기억은 벌써 제법 흐릿하다.

"고블린 놈들이 오는, 그곳인가?"

고블린 슬레이어는 낮게 으르렁대며 그 낙인을 움켜쥐었다.

"그러면 틀림없이, 상대는 고블린이다."

고블린 슬레이어는 주저 없이, 일체 망설임 없이 그렇게 잘라 말했다.

"아까 그 고블린에게는 치유를 받은 흔적이 있었다."

굳이 기적을 일으켜서 고블린을 구하려는 자가 그밖에 또 있을까?

"자비로운 혼돈의 무리, 라."

리자드맨 승려가 역겹다는 기색으로 콧김을 뿜었다.

"있을 수 없는 일일세."

"그럼, 역시 고블린? 하지만…… 그런……."

여신관이 믿을 수 없다는 기색으로 눈을 깜빡였다.

바깥에 거하는 지혜의 신은 기괴한 신이니 고블린에게 말을 내려도 이상할 것 없었다.

이상할 것은 없다. 그렇지만 아무래도, 여신관의 마음에는 의심이 남았다.

그러나, 그렇다 해도 의식을 집행할 수 있다면.

그것은「어쩌다가 신의 목소리를 들었다」정도의 위계로 그치지 않는다.

"……다크 엘프나 무슨, 고위의 사교 신관이 아닐까요?"

"에이~ 그건 아니지 않아~?"

낭랑한 목소리가 여신관의 추리에 뛰어들었다.

하아. 노골적으로 한숨을 내쉰 드워프 도사가 짜증스럽게 입가의 수염을 꼬았다.

"……망을 보겠다고 말을 하자마자 참견하지 말거라."

"이야기 들으라고 한 건 드워프잖아. 들을 거면 참견할 권리도 있는 거야."

"흐흠."

이히히. 미안한 기색도 없이 웃는 엘프 궁수에게 리자드맨 승려가 묵직하게 고개를 끄덕이고 그것을 인정했다.

"허면, 탐색자 선생. 어째서 그리 생각하는가?"

"그거야."

그녀는 빙글 검지를 세워서 돌렸다.

"고블린 놈들을 이끌고 적당히 약탈을 하다니, 그게 바로 고블린 수준의 생각이잖아."

"아니, 그것은 산적이 종교에 눈을 떠서 고블린을 부하로 삼았다는 것도 있을지 모르잖느냐?"

"자기가 말하고서도 자신 없지?"

"……뭐, 그렇구먼."

"흐흠."

목을 울리며 으르렁거린 리자드맨 승려가 팔짱을 끼고서 생각에 잠기며 손가락으로 조건을 꼽아보았다.

"고블린 수준의 지혜, 고블린을 이끌고, 고블린을 치유하고, 사람을 공격하는, 사신의 사도."

"고블린 프리스트…… 신관 전사……."

여신관 또한 입술에 검지를 대고서 으음, 하고 생각나는 대로 꼽아보았다.

다들 딱 감이 오지 않는다. 적의 정체가 무엇일까? 고블린으로서…… 무엇일까?

그때, 여신관의 뇌에 하늘의 계시와 같은 설이 번뜩였다.

설마, 그럴 리가, 있을 수 없어.

그러나 하지만.

이교도에 저항하는 군세를 이끄는 자라고 하면.

"아니……. 아니야, 그럴 리가, 설마……."

"……."

아니아니, 믿을 수 없어. 겁먹은 것처럼 어깨를 끌어안고 고개를 젓는 여신관.

그 옆, 고블린 슬레이어가 움켜쥔 주먹 안에서 낙인이 찌그러지는 소리가 났다.

있을 수 없다. 말도 안 된다. 그러나 있을 수 없다는 것이야말로, 있을 수 없다.

그렇다면 대답은 하나다. 고블린 슬레이어는 적의 정체를 확실하게 인정했다.

소귀 성기사
"고블린 팔라딘……!"

제 4 장 『끝과 시작(리빌드)』

Goblin Slayer
He does not let anyone roll the dice.

"저기가, 놈들의 **둥지**로군요."

살을 에는 차가운 눈 속에서도 소녀의 미모는 조금도 떨어지지 않았다.

납빛 하늘 아래, 북방의 산 속에 있는 것보다는 화사한 무도회가 어울리는 영애.

아름답게 물결치는 벌꿀색 머리칼을 두 갈래로 묶었고, 날카로운 콧잔등은 높은 긍지를 드러냈다.

갑옷 너머로도 풍만한 가슴, 가늘고 탄탄한 허리에는 코르셋도 필요 없다.

허리에 찬 돌격검도 훌륭한 세공이 되어 있는 탓에, 감상하기에도 좋다는 의미에서 주인과 같은 인상이었다.

목에는 새로 만든 백자 인식표가 눈에 반사된 빛을 받아 반짝반짝 빛나고 있었다.

그녀는 네 명의 파티원을 데리고 며칠에 걸쳐서 눈길 등반을 이룩한 모험가였다.

눈앞에는 눈 내린 산의 중간에 뻥 뚫린, 벌레 먹은 것 같은 검은 구멍.

입구에 얼굴을 찌푸리게 되는 오물의 산이 쌓여 있는 것을 보면 명백하게 소굴이었다.

무엇의 소굴인가 하면— 신인 모험가가 상대하는 이상 더 이상 말할 것도 없으리라.

고블린.

그 존재를 생각하기만 해도 영애 검사의 마음에는 불꽃 같은 전의가 치솟았다.

더 이상 집도 없고 재화도 없으며, 권력도 없다. 의지할 것은 자신의 재능과 동료뿐이다.

그야말로 모험이었다.

그 첫걸음으로 북방의 외딴 마을을 공격하는 고블린을 퇴치한다. 더할 나위 없이 깔끔하게.

"자, 준비는 다 됐겠죠!"

그녀는 날씬한 허리에 손을 대고 허리를 강조하는 오만한 동작으로 소굴에 돌격검을 겨누었다.

"고블린들의, 보급을 끊어주도록 해요!"

그것이 몇 주 전이었다.

과연. 고블린 놈들의 갱도를 찾아내어 그 앞에 방어 울타리를 세운 것은 좋았다.

천막을 치고, 불을 피워 몸을 데우며 잠복하고 대비하는 것에도 딱히 문제는 없었다.

"고블린 놈들이 마을을 공격했다는 건, 다시 말해서 비축해둔 물자가 부족하다는 것 아닌가요?"

영애 검사는 자신을 듬뿍 드러내며 말했었다.

"얼빠진 생물이로군요. 분명히 며칠이면 참을성이 바닥나 뛰쳐나올 거예요."

실제로 그 말이 맞았다.

갑작스레 동굴 입구가 막히자 울타리를 부수려 들던 고블린 놈들을 노려서 몇 마리.

며칠 뒤에, 굶주린 개체가 몇 마리 뛰쳐나온 것을 쳐서 이것도 처리했다.

돛단배에 순풍이었다. 그렇게 말해도 좋을 것이다.

위험을 감수하지 않고 최소한의 노력으로 깔끔하게 의뢰를 해결한다.

그것은 백금 등급의 용사가 되는 것과 마찬가지로 수많은 신참 모험가가 꿈꾸는 것이었다.

그러나, 그렇게 잘 된다면 고블린 퇴치가 「모험」이라고 불리지 않으리라.

여기는 북방. 빙하마저 가까운, 혹한의― 말을 가진 자의 영역 밖이었다.

내쉬는 입김은 하얗게 되자마자 얼음이 되어 피부를 태우고, 얼어붙은 눈썹은 눈을 깜빡일 때마다 소리를 냈다.

무구는 차갑게 식어 무겁고, 체력은 나날이 떨어지며 오락 따위는 거의 없었다.

다섯 모험가들은 영애 검사와 여전사까지 여성이 둘 있었지만, 물론 남자들은 분별력 있게 행동했다.

따라서 그들은 먹는 걸로 기분을 얼버무리고 체력을 비축하고자 했다. 어쩔 수 없는 흐름이기는 했다.

그러나 장비에 울타리, 방한구를 포함한 커다란 짐. 개개인이 옮길 수 있는 식량은 한도가 있었다.

일행들 중에는 사냥에 소양을 가진 자도 있었지만, 다섯 명 분량의 사냥감을 안정적으로 잡을 수 있다고 장담할 수는 없었다.

애당초, 화살 따위는 소모품이다. 쏜 화살을 회수해서 재이용을 한다고 해도…….

그리고, 일단 가장 먼저 물이 떨어졌다.

일이 안 좋으려니 일행은 얼음이나 눈을 그대로 먹고서 배탈이 났고, 더욱 체력을 소모하게 되었다.

일행은 어리석지 않았다. 수고가 들기는 해도 불에 올려서 녹이게 되었다.

그러자 필연적으로 다음은 연료가 부족해졌다.

식량은 부족하고, 물은 없고, 몸을 데우기도 어렵다.

그리하여 영애 검사가 짜낸 대담무쌍한 작전은 덧없이 무너져 내렸다.

그러나 이제 와서 토벌을 포기하는 것은 말도 안 된다.

누가 뭐래도 적은 고블린. 가장 약한 괴물. 초보자용 상대. 최초의 모험.

그것을 상대하면서 싸우지도 않고 패배, 도주했다는 것을 인정할 수 없었다.

『고블린에게서 도망쳐온 모험가』라는, 딱지가 붙어서는…….

그렇다면 누군가가 마을까지 하산하여 보급 물자를 조달해 돌아와야 한다.

좁은 천막 안에서 마주보는 모험가들의 시선이 한 점에 집중되었다.

경은검을 지팡이 삼아 세우고, 추위에 몸을 떨면서도 결연하게 모두를 마주보는 영애 검사.

어째서 이렇게 되었을까—? 누구든지 자기 탓이라고 생각하고 싶지는 않다.

"네가 갔다 와."

레아의 척후가 심장을 찌르는 것처럼 날카롭게 말했다.

영애 검사가 보급 압박을 제안했을 때 재밌을 것 같다며 맨 먼저 찬성했으면서 말이다.

"요즘 들어 나만 너무 일했잖아. 사냥감 잡아오라면서."

납득이 안 가. 중얼거리는 레아에 이어 누군가의 목소리가 들려왔다.

"……그렇군. 나도 찬성이다."

외투를 껴입은 마술사가 묵직하게 고개를 끄덕였다.

"솔직히, 나는 처음부터 이 생각에 반대였다. 이래서는 술법을 휘두를 기회도 없지."

이어서 하프 엘프 여전사도 하품을 섞어가며 말했다.

"아아, 그거야 나도 마찬가지야. 이제 그만 질려 간다구."

영애 검사의 기억이 분명하다면 확실히 둘 다 보급 압박을 환영하지는 않았다.

그렇지만 이러는 편이 안전하다고 했더니 「그렇군」 하며 납득했었는데…….

그리고 하프 엘프인 그녀는 지난 며칠 동안 행군을 하면서 친해졌다고 생각했었는데…….

영애 검사가 배신당한 기분으로 시선을 향하자, 그녀는 바보 취급하듯 코웃음을 쳤다.

"그걸로 힘을 소모해서는 의미도 없고……. 스님은 어때?"

"……뭐, 누가 가든 좋다고 생각한다."

지식신의 성인을 만지작거리며 드워프 승려가 두런두런 말했다.

"그러나 드워프와 레아는 사지가 짧다. 하프 엘프는, 강인하지 않지. 흠에게 의지하고 싶군."

검은 수염에 파묻힌 눈동자가 교활한 빛을 품고 영애 검사를 보았다.

단독 행동을 한다면 마술사보다는 전사가 적합하다.

말없이, 네가 가야 한다고 주장하는 것이다.

"……좋아요. 제가, 가겠어요."

지금까지, 말 한 마디 없이 입 다물고 있던 영애 검사가 조용히 말했다.

"그게, 가장 합리적이니까요."

그렇다. 합리적이니까 가는 것이다. 결코 작전이 잘못되었기 때문이 아니다.

반복해서 자신에게 들려주면서, 영애 검사는 터벅터벅 긴 산길을 내려갔다.

가보인 경은검을 지팡이 대신 삼아서, 추위와 무게에 견디지 못하고 풀어낸 흉갑을 배낭에 넣고서.

모험가의 무구가 이미 짐밖에 되지 않는다는 굴욕감에 그녀는 입술을 깨물었다.

그런 데다가, 간신히 돌아간 마을에서 그녀를 환영했는가 하면.

"오오, 모험가님. 돌아오셨습니까! 그래서, 어떻게―?"

"그것이, 그게……."

"혹여, 어느 분이 부상이라도 입으셨는지?"

"아니, 아직…… 싸우지, 못했어요."

"그럴 수가……."

"……그래서, 식량을, 조금 나눠주실 수 없나요?"

대답은 부정이었다.

과연 촌장과― 그리고 마을 사람들의 심경은 어땠을 것인가?

의지하여 불러들인 모험가들이 몇 주일을 거쳐서도 아직 아무 것도 이루지 못했다니!

뿐만 아니라 식량을, 연료를, 마실 물을, 더욱 나눠달라니……!

다섯 명의 무장한 젊은이를 장기간 먹여 살릴 여유가 있다면, 이런 일이 있을 때 모험가에게 의뢰를 하겠는가?

그들의 겨울나기조차도 어려운 것이다. 모험가를 지원하는 것은 어렵다.

그래도 조금이나마 마음을 써서 물자를 제공해준 것은 행운이라고 할 수 있었다.

"……."

그러나 짐이 늘어난 만큼 영애 검사의 귀환은 더욱 발걸음이 무거워졌다.

한 걸음 눈을 밟을 때마다 후회가 흙탕물처럼 뇌리에 떠올랐다.

준비를 더 잘 갖추고 가면 좋았을까?

다른 모험가를 권유해서 파티를 짜는 게 좋았을까?

아니, 보급 압박을 강행하지 말고 한 번 철수하는 편이 좋지 않았을까—.

"있을 수 없어요! 고블린 따위에게……!"

감정에 맡기고 외쳐봤지만 응답하는 자는 누구 하나 없었다.

지금 그녀는 눈이 미쳐 날뛰는 하얀 어둠 속, 찾아온 밤에 갇혀 있었다.

짐이 늘어난 데다가 피로한 상태로 행군하는 것은 영애 검사에게 가혹하기까지 했다.

"……고블린, 따위에게……."

곱아버린 손에 숨을 하아, 불면서 어떻게든 천막을 쳤다.

눈과 바람을 막기만 해도 꽤 다르다. 그러나…….

"……그래도, 춥네요."

완전히 식은 밤공기는 가차 없었다. 어깨를 안고서 부르르 떨고, 그녀는 장작을 서투르게 늘어놓았다.

"《토니톨스(뇌전)》."

파직 손가락 끝에서 가는 전격이 튀고서 장작에 불이 붙었다.

영애 검사의 집안에 전해지는 것이다. 그래서 전위로서는 보기 드물게 벼락의 마술을 익혔지만…….

이 상황에서 번개를 날릴 수 있어봐야 뭐가 된다는 건가?

고작해야 하루에 한두 번, 외울 수 있는 주문으로 모닥불을 지피고 몸을 데우는 것이 고작이었다.

그것조차도 마을에서 나눠준 빈약한 장작을 이용해서 부리는 사치였다.

"……."

휘이이, 휘이이. 불어 닥치는 눈바람 소리에서 도망치듯, 그녀는 무릎을 끌어안고 몸을 웅크렸다.

불과 며칠 전까지는 동료가 있었다.

이제는 혼자다.

앞으로 몇 시간정도 올라가면 동료가 있다. 기다려주고 있다. 아마도.

그렇지만, 거기까지 갈 기력이 도저히 남아있지 않았다.

—지쳤어.

그저, 그뿐이었다.

주워들은 지식으로 허리띠와 방어구의 고정쇠를 느슨히 풀고 몸을 내던졌다.

불꽃의 열이 몸의 중심을 천천히 녹이고 마음을 풀어주었다.

뛰어난 방식으로 산뜻하게 고블린을 퇴치하고, 순식간에 등급을 올려서 마지막에는 금이나, 백금.

부모의 힘이 아니라 자신의 재능만으로 이름을 떨치는 것. 이 얼마나 어려운 일인가!

—아니. 분명히 당연한 거겠지만요…….

집안과 재화는 결코 하루아침에 얻을 수 있는 것이 아니다.

수십 년, 수백 년, 대대로 이어지며 쌓아 올렸기에 가능한 것이다.

그것과 비슷한 힘을, 어째서 자기 혼자서 즉시 발휘할 수 있다고 생각했을까?

—사과를 해야, 겠어요.

동료에게인지, 아니면 가족에게인지.

모르는 채, 그러나 분명한 겸허함을 가슴에 품고서 영애 검사는 눈을 감았다.

꾸벅, 꾸벅. 정신이 느슨해지자 피로에 짓눌려서 졸음이 오는 것은 필연이었다.

그렇기에, 그녀는 그것이 뭔지 금세 깨닫지 못했다.

철퍽. 축축한 것이 바닥에 부딪히는 소리.

바람이 불었는지 천막이 들썩이며 모닥불 옆에 떨어진 것.

몸을 일으켜 손발로 기는 자세가 된 영애 검사는 그것을 빤히 쳐다보았다.

"…………? 이게, 뭐죠?"

귀였다.

흄의 것이 아니다.

절반쯤에서 무참하게 찢어진, 하프 엘프의 기다란 귀.

"히, 우, 우, 우아아아……?!"

구르는 것처럼 엉덩방아를 찧고서, 비명을 지르며 뒤로 물러났다.

곧장, 귀에 거슬리는 끽끽대는 웃음소리가 천막 주위를 가득 채우며 울려 퍼졌다.

쭉. 다음 순간에 바깥에서 당겨진 천막이 뒤덮듯 쓰러졌다.

"아, 시, 아, 싫어어어?! 뭐야?! 뭐예요……?!"

영애 검사는 반쯤 광란에 빠져서, 들러붙는 천막에 휩싸여 몸부림쳤다.

모닥불의 불꽃이 천막에 옮겨 붙어서 그을음과 연기를 피우자, 그녀는 견디지 못하고 기침을 하며 울었다.

간신히 기어서 빠져 나왔을 무렵에는 이미 그녀의 미모는 찾아볼 수 없었다.

묶어둔 금발이 마구 헝클어지고, 눈동자와 코는 눈물과 콧물로 지저분하며, 얼굴에는 검댕이 묻어 있었고—.

"히, 익?! 고, 고블린……?!"

더욱이, 그 지저분한 괴물의 웃음소리 앞에서 비명을 지르며 몸을 젖힌다.

암흑의 밤에 불어 닥치는 눈 속에서, 영애 검사는 고블린 놈들에게 완전히 둘러싸였다.

손마다 조잡한 곤봉이나 석기를 들고, 볼품없는 모피만 두른 괴물들.

그러나 영애 검사가 진정 공포를 느낀 것은 고블린 놈들의 모습이 아니었다.

놈들이 손에 든 낮익은 레아의, 드워프의, 흄의 머리.

멀리서는 머리칼을 붙잡힌 하프 엘프가 축 늘어진 채 눈 속에서 끌려오고 있었다.

하얀 눈 속, 엷은 붉은색 자국이 붓으로 그린 물감처럼 이어지며 번지고 있었다.

"아…… 시……러."

절레절레, 영애 검사는 고개를 좌우로 저었다. 어린애가 투정을 부리는 것 같은 움직임에 머리칼이 흔들렸다.

그들은 영애 검사가 이탈한 사이 틈을 찌르는 습격을 받았을까?

아니면 그녀가 없는 틈에, 동굴에 도전했다가 반격을 당했을까?

영애 검사는, 부들부들 떨리는 손으로 검을 끌어당겨서, 칼집에서 뽑으려고 했지만—.

"어, 어째서, 죠?! 뽀, 뽑히지…… 않아……?!"

실수였다.

눈 투성이 검을 그대로 불 곁에 두었다가, 금세 추위에 노출되면 어찌될 것인가?

녹은 물에 젖은 칼집과 칼날이 또 다시 추위에 노출되어 얼어붙는 것도 당연한 일이다.

눈에 눈물이 그렁거리는 영애 검사 주위를 고블린들이 열 겹 스무 겹으로 둘러쌌다.

입술을 꾹 깨문 그녀는 추위에 잘 돌아가지 않는 혀로 주문을 자아내고자 했다.

"토니톨스(뇌전)…… 오리엔스(발생)……!"

"GRORRA!!"

"으, 푸우?!"

물론 고블린 놈들은 그것을 기다려줄 정도의 자비를 가지지 못했다.

가차 없는 자갈의 일격이 머리를 때리자 영애 검사는 견디지 못하고 쓰러졌다.

고블린의 자비란 것은, 겁먹은 먹잇감이 가엾게 탄원하는 모습을 비웃는 것이었다.

형태 좋은 코가 비뚤어지고, 뚝뚝 떨어진 피가 설원을 붉게 물들였다.

"GROOOOUR!!"

"시, 싫어! 그마, 그만둬, 앗?! 히, 익?! 그만…… 싫, 어어어?!"

머리칼을 붙잡힌 채, 울부짖고, 검을 빼앗기고, 비명을 지르면서.

그리고 허공을 차면서 버둥거리는 다리만 마지막으로 보이고.

두 손의 손가락보다도 많은 고블린들이 달려들어서, 영애 검사의 모습은 묻혀 버렸다.

과연, 보급 압박을 한 것은 어느 쪽이었을까?

애당초 여기는 고블린 놈들의 본거지이고, 그녀들이 공격하는 쪽이었기 때문일까?

아니면, 제대로 된 장비도 없이 상대와 참을성 대결을 시작한 탓일까?

어느 쪽이든 그녀가 어떤 일을 당하는지 이제 이야기할 것도 없을 것이다.

모험가들은 전멸한 것이다.

§

타닥, 타닥. 불똥이 튀는 소리가 나자 영애 검사는 눈을 깜빡였다.

몸이 따끈따끈하다. 그러나 목덜미의 통증 — 불타는 듯한 — 이 현실을 가르쳐 주었다.

무슨 일이 있었는지. 무엇을 당했는지, 섬광처럼 번득이는 수많은 기억들.

"……."

영애 검사는 말없이 모포를 걷고 몸을 일으켰다. 그녀는 침대 안에 있었나 보다.

둘러보니, 통나무 건물 안. 코를 찌르는 냄새는 술인지 뭔지—.

오물 더미 속에 처박혀도 후각이 망가지지 않은 것은 불운 중 하나였다.

주점의 2층. 여관의 방일 것이라고, 그녀는 짐작했다. 이것이 망상이 아니라면.

웅크리듯 앉아 있는, 사람을 보았다.

싸구려 철 투구, 지저분한 갑옷. 허리에 찬 검은 어중간한 길이, 옆에 세워둔 작은 원형 방패.

목에 매달린 은을 빼고는 너무나도 볼품없는 모습. 그러나 이미 그녀의 목소리가 떨리는 일은 없었다.

"……고블린."

가는 목소리. 누구에게 한 말이 아닌, 혼잣말이 그녀의 입술에서 흘렀다.

"그래."

그러나 그 남자는 응답했다. 낮게, 무뚝뚝한 목소리로.

"고블린이다."

"……그렇구나."

영애 검사가 짧게 중얼거리고 또 다시 침대에 몸을 눕혔다.

눈을 감고, 눈꺼풀 안쪽의 어둠을 바라보고, 그 뒤에 아주 약간 눈을 떴다.

"……다른 사람들은?"

"죽었다."

담담한 대답이었다. 자비로울 정도로, 단적이며 냉철하게, 사실만 전하는 말.

"그, 렇구나."

영애 검사는 조금 생각한다. 마음에 파문 하나도 일어나지 않는 자신에 대해서.

눈물이라도 흐를까 생각했지만, 전혀, 아무 것도. 놀랄 정도로 마음이 잔잔했다.

"……살았어…… 아니, 끝났어?"

"아니."

삐걱. 마루에서 소리가 났다.

남자가 일어선 것이다.

그는 왼팔에 방패를 고정하고 투구 상태를 확인하더니 성큼성큼 거침없는 발걸음으로 그녀에게 다가갔다.

"몇 가지, 물어볼 것이 있다."

"……."

"대답할 수 있는 범위면 된다."

"……."

"상관없나."

"……."

영애 검사의 침묵을 긍정으로 해석했는지, 그 기이한 남자는 담담하게 말을 이었다.

마주친 고블린들의 수는? 규모는? 종류. 마주친 장소. 방향.

그녀는 그것에 하나씩 대답했다.

몰라. 몰라. 비슷한 것들뿐이었어. 동굴 근처. 북쪽.

“흠.”

남자는 희미하게 소리를 내기만 하고 그 대답에 뭔가 덧붙이지 않았다.

타닥. 타닥. 그 틈을 채우는 것처럼 난로의 불똥이 튀었다.

남자가 일어서서 불쏘시개를 손에 집어 의미도 없이 장작을 헤집었다.

이윽고 그는 난로를 바라보면서 지금까지 질문했던 것과 마찬가지로 조용히 입을 열었다.

“뭘 했지?”

“……보급 압박.”

영애 검사는 대답하고서 미약하게 입가를 움직였다.

미약하게, 작게. 겉으로 보기에는 알 수 없을 정도로, 작게.

웃으려고, 한 것이었다.

“……잘 될 거라 생각했어.”

“그런가.”

담담하게 맞장구를 치자 그녀는 작게 고개를 끄덕였다.

동굴 입구를 막고 고블린 놈들이 굶주릴 때까지 기다렸다가 처리한다.

동료들과 함께. 뛰어난 방식으로. 활약해서. 등급을 올려서. 그리고. 그리고…….

"……잘 될 거라고, 생각했는데."

"……그런가."

그는 같은 말을 다시 한 번 반복하고 고개를 끄덕였다.

마지막으로 한 번, 불쏘시개로 난로를 뒤섞고 내던졌다.

철커덩 쇠가 뒹구는 소리를 남기고, 그는 일어섰다. 바닥이 삐걱댄다.

"그런 일도, 있는 법이지."

영애 검사는 멍하니 남자의 얼굴을 올려다보았다.

철 투구에 가려서 표정은 전혀 알 수 없었다.

그러나 생각해 보면, 이 남자가 처음으로 위로 같은 말을 한 것이다.

남자는 이미 영애 검사에게 흥미를 잃었는지 성큼성큼 문을 향해 걸었다.

그 등에 영애 검사가 말을 걸었다.

"……저기. 기다려."

"뭔가."

애매하며, 머나먼 옛날 일 같은 기억 너머에 멍하니 떠오르는 것이 있었다.

지저분한 가죽 갑옷. 싸구려 철 투구. 어중간한 장검. 팔에 고정한 작은 원형 방패.

괴팍하고 별종. 목에 건 은의 인식표. 고블린 퇴치. 엉망인 인상.

그렇지만 그것은, 그녀의 뇌리에 문득 전에 들은 노래를 떠올리게 했다.

이미 머나먼 옛날, 동료들과 도시에서 서로 웃던 무렵의 기억.

변경에서 가장 우수하다는 모험가.

"……당신, 고블린 슬레이어?"

"…………."

한순간의 침묵.

남자는 돌아보지 않았다.

"그렇게, 불리고 있다."

역시 감정을 엿볼 수 없는 목소리로 응하고서 그대로 방을 나섰다.

덜컹 문이 닫히는 소리. 그의 흔적은 바닥에 나뒹구는 불쏘시개만 남았다.

영애 검사는 멍하니 천장을 올려다보았다.

피부와 옷은 누군가가 씻겨주었고, 꾸밈이 없는 수수한 것으로 바뀌어 있었다.

호흡과 함께 풍만한 가슴이 움직이는 것을 그녀는 살짝 눌렀다.

그 남자가 몸을 닦아주었을까? 아닐까? 그것조차 아무래도 좋았다.

이제, 아무 것도 없다. 아무 것도.

집은 버렸다. 동료도 없다. 정조도 빼앗겼다. 돈도. 장비도.

—아니.

그녀의 눈이 발견했다.

방의 한 구석. 남자가— 고블린 슬레이어가 처음에 앉아 있던 장소.

찢어지고 갈기갈기 뜯겨나간 무참한 가죽 갑옷과, 지저분한 그녀의 도구 가방.

목덜미가 욱씬 아팠다.

소귀를 죽이는 자
“고블린 슬레이어.”

가방의 바닥, 만약을 위해서 2중바닥으로 만든 것을 고블린 놈들은 간파하지 못했다.

돌격검은 본래 반대쪽 손에 방패가 되는 것을 쥐고 휘두르는 무기다.

그곳에 숨겨진 것은, 생가에서 가지고 온 또 한 자루의 보검.

붉은 보옥을 번개로 벼린 경은의 단검이었다.

§

“어때요?”

“정신은 든 것 같다.”

계단을 내려온 고블린 슬레이어는 걱정스런 목소리의 여신관에게 담담하게 말했다.

주점— 지난번 회의 때 모였던 마을 사람들도 지금은 없었다.

고블린 슬레이어 일행이 귀환했을 무렵에는 이미 완전히 밤에 휩싸여 있었다.

고블린 놈들을 몰살시켰다면 밤새도록 경계할 필요는 없다.

어둠, 추위, 공포에 시달리면서 벌벌 떨며 지내는 나날은 끝났으니까.

유일한 예외는 촌장이었다.

불행하게도 모험가 파티를 맞이한 그는 마을의 누구보다도 빨리 그 소식을 듣고 말았다.

『고블린 놈들이 또 다른 둥지를 만들고 있다.』

촌장이 멍하니 입을 반쯤 벌린 것도 무리가 아니리라.

북방의 외딴 마을이다. 그것도 겨울나기 전의 정세다. 여유 따위 있을 리 없었다.

그 상황에서 이 소식이다.

동굴의 고블린들은 퇴치되어 의뢰는 종료— 라고 해도 이상할 것 없었다.

또 길드로 가서, 의뢰를 하고, 더욱 보수를 지불해야 하는가?

아니면 마을이 멸망할 것인가?

고블린 슬레이어가 「토벌은 계속한다」라고 전하자, 마음 깊이 안도한 기색이었지만…….

그렇다고 마을의 식량 사정이 해결된 것도 아니다.

파티가 둘러싼 원탁에 올라온 식사는 역시 소금에 절인 야채 같은 것들밖에 없는 검소한 것이었다.

그 접시 사이에 양피지 한 장이 펼쳐져 있었다.

동굴 공략에 앞서 사냥꾼에게 그려달라고 한, 산 일대의 지도였다.

고블린 슬레이어는 자리에 앉더니, 그 지도를 자신의 방향에서 위가 북쪽이 되도록 돌렸다.

"있지."

게슴츠레한 눈으로 보고 있던 엘프 궁수가 찌르는 어조로 말했다.

"혼자 둬도, 괜찮아?"

"모른다."

"모른다니……."

"알 수 있겠나?"

엘프 궁수가 무심코 얼굴을 찌푸리자 고블린 슬레이어도 짜증을 드러내며 말했다.

담담하고, 무뚝뚝하고, 냉철한. 그러나 목소리를 흐트러뜨리는 일이 거의 없는, 그가.

"동료가 죽어서 가엾다. 그러나 너는 살아 있다, 다행이군. 그렇게 말하면 되나?"

"……."

기세가 꺾인 엘프 궁수가 입을 열고, 한 번 닫았다.

"……그래도."

그리고 다시금 말을 이었다.

"방식이라는 게, 있잖아."

고블린 슬레이어의 대답은 짧았다.

"내용은 변함없다."

—그러고 보니…….

여신관은 살짝 입술을 깨물었다.

그녀 때도…… 그는 그런 위로는 하지 않았다.

유적에서 상처를 입은 엘프 모험가를 구해냈을 때도.

언제나, 그는, 결코.

살짝 베어 나온 피의 맛이 눈물이 나올 정도로 썼다.

흘깃 그녀가 눈을 돌려도 고블린 슬레이어는 눈치챈 기색이 없었다.

"상처는 어떤가. 이동하는데 지장이 있나."

음. 엘프 궁수가 입술을 삐죽거렸다. 노골적인 화제 전환. 그가

늘 보이는 버릇이다.

그래도 걱정 — 고블린 퇴치에 연관된 거지만! — 해주는 이상 불평할 수는 없었다.

"……괜찮아. 아직 조금 아프지만. 치료도 받았으니까."

"그런가."

고블린 슬레이어는 투구를 흔들며 고개를 끄덕였다.

"그러면 장비 보급에 대해서다만…… 어떤가."

"음."

묵직하게 고개를 끄덕인 리자드맨 승려가 옆에 둔 마 주머니를 가볍게 두드렸다.

그가 긴 꼬리를 어떻게든 둥글게 말아서 앉은 의자가 삐걱삐걱 소리를 냈다.

"일단 식량 같은 것은 마을의 비축을 내어준다고 했다네. 비싸게 치르긴 했네만."

"언제나 그렇지만, 손익계산을 도외시하네."

하아. 반쯤 질리고 반쯤 포기하며 한숨을 쉰 엘프 궁수가 턱을 괴었다.

1년 가까이 알고 지낸 것은 그녀도 마찬가지였다.

익숙해진다. —동시에, 모험에 데리고 가야 한다는 결의도 늘어난다.

"어이쿠야. 길쭉귀 처녀가 돈 걱정을 하는 게냐? 이거야, 평소와 정반대로구먼."

엘프 궁수의 마음을 아는지 모르는지, 드워프 도사가 깊숙이 웃었다.

촉매로 쓸 술을 보충한 것으로 그치지 않고, 회의 자리에서도 한잔 하는 지경이었다.

무미무취의 독한 증류주. 병째로 눈에 묻어서 걸쭉하니 꿀처럼 만든 그것을 벌컥벌컥 들이켰다.

엘프 궁수 입장에서는 보기만 해도 숙취에 시달릴 광경이었다.

"당연하지."

그녀는 드워프 도사를 째려보았다.

"고블린 퇴치의 보수, 싸잖아."

"그렇지만, 이번 의뢰는 그 모험가를 구조하는 것이었지 않은가."

"뭐, 은 등급이 좋다고 다섯이고 여섯이고 고블린 퇴치라는 것도, 드문 일이노라만."

"저는 아직 흑요 등급이지만요."

조용히 중얼거린 여신관이 애매하게 웃었다.

홀로 살아남아버린 것을, 아직까지 마음속에 담아두고 있지는 않다. ―라고 생각하고 싶었지, 만.

그래도, 저 영애 검사와 여신관 사이에 어느 정도 차이가 있었을까?

그것이 숙명에 따른 것인지, 우연에 따른 것인지는 모르지만…….

신의 보이지 않는 주사위 눈이 좋고 나쁘고를 생각할 때마다, 여신관의 가슴 속에 앙금처럼 가라앉는 것이 있었다.

"어쨌든, 약 같은 것은 조달했느니라."

드워프 도사가 다시 술을 들이켜고, 따르고, 들이켰다.

"그 애의 누나(언니)……."

고블린 슬레이어는 한순간 말을 망설였다.

"……약사는, 미숙하다고 들었는데."

"포션을 마련하는 건 무리지만, 약초라면 얼마든지 드리겠습니다, 라더구먼."

드워프 도사가 느슨하게 웃으면서 수염을 쥐었다.

"너는 그런 신붓감을 찾는 게 좋지 않겠느냐?"

"모른다."

"……저기."

여신관이 어째 가만있질 못하고 생각도 없이 소리를 냈다.

대화가 가로막힌 드워프 도사와 고블린 슬레이어를 필두로 모두의 시선이 모였다.

"저기, 그게……."

여신관이 불편한 기색으로 눈을 깔고 몸을 꼬물거리더니.

"이제부터, 어떻게 하죠."

결국 무난한 말을 입에 담았다.

"물론, 고블린을 친다."

고블린 슬레이어의 대답은 늘 그렇듯 냉철함 그 자체였다.

그는 탁상에 몸을 내밀어 지도 주위를 채운 잔과 요리를 쓱 보았다.

"접시를 치워라."

"오냐, 그래."

드워프 도사가 냉큼 접시 위의 감자를 한줌에 쥐어 입으로 털어 넣었다.

"앗!"

아껴서 먹던 엘프 궁수가 소리를 지르며 불평을 하면서도 식기를 정리했다.

앙갚음으로 술까지 치우면 안 되느니라. 드워프 도사가 황급히 증류주 병과 잔을 확보했다.

"유쾌한지고."

리자드맨 승려가 두 사람을 보면서 혀를 내밀고, 빈 잔에 새로운 술을 따라 돌렸다.

"…………."

마지막으로 여신관이 입을 다문 채 원탁을 정성스레 닦았다.

"좋다."

고블린 슬레이어가 고개를 끄덕이고 새삼 지도를 탁상에 펼쳤다.

그리고 허리에 찬 가방에서 숯을 나무에 끼운 필기구를 꺼내 동굴의 표식에 X자를 달았다.

"그 동굴이 놈들의 거주구역이 아니었다는 건 명백하다."

"예배당 같은 거지."

엘프 궁수가 포도주를 홀짝 핥았다.

"아직 믿기 어렵지만."

"그러나 사실일 걸세. 그것은 인정해야 하나……."

리자드맨 승려는 쉭 혀와 함께 숨을 내쉬며 눈을 감았다.

그리고 한순간 뒤에, 한쪽 눈을 뜨고 여신관을 보았다. 시선이 쉬이자 그녀는 몸을 움찔 떨었다.

"신관 선생은 어찌 생각하는가?"

"에, 앗…………. 아, 네."

당황하며, 여신관은 의자 위에서 자세를 바로잡고 무릎 위의 석장을 매달리듯 쥐었다.

배려를 해준다. 그 의도가 명백하게 전해져 왔다.

—전환을 해야죠.

꿀꺽. 그녀는 목을 울리며 포도주를 마시고, 젖은 입술을 가볍게 혀로 핥아 적셨다.

"저도 고블린 슬레이어 씨의 의견에 동의해요. 그러니까…… 서른……?"

"서른여섯 마리다."

고블린 슬레이어가 담담하게 보충했다.

"해치운 것은."

"……거기서, 서른여섯 마리가 먹고 자고 했다고 생각할 수 없으니까요."

"분명히, 밥이든 술이든, 놈들이 좋아할 법한 것들이 거의 없었구먼."

고블린이란 어리석음과 같은 뜻이지만 그러나 지혜가 없는 것은 아니었다.

그들이 무슨 제조 기술을 가지지 않은 것은, 그저 약탈하면 충분하기 때문이다.

한편, 잠자리가 되는 동굴— 생활환경만큼은 그럴 수가 없다.

저택이나 유적처럼 이미 존재하는 것을 점거하는 것이라면 모를까, 동굴을 파낸다면…….

고블린은 고블린 나름대로 저장고든, 잠자리든, 쓰레기장이든,

연구해서 갖추는 것이다.

그렇지 않아도 잔뜩 먹어 치우는 것이 고블린인데, 그런 향연의 흔적도 남아있지 않았다.

그곳에 있는 것은 돌 제단, 예배당으로 보이는 광장, 그리고 제물 소녀—.

“따라서, 놈들의 본거지는 따로 있다.”

고블린 슬레이어가 단정하더니, 지도의 가운데 더욱 산 안쪽에 위치한 표식을 원으로 둘러쌌다.

“지역 주민의 말로는, 더욱 올라간 고지대에 고대 유적이 있다고 하는군.”

“……십중팔구 그곳일 걸세.”

리자드맨 승려가 묵직하게 고개를 끄덕였다.

“그런데, 어떤 것인가?”

“드워프의 요새다.”

“후으음.”

종족을 불린 드워프 도사가 으르렁대면서, 확보한 술을 한 모금 들이켰다.

“신화시대의 드워프 요새라……. 정면으로 공성을 하는 것은 다소 성가시구나. 카미키리마루. 불이라도 놓겠느냐?”

“불타는(가솔린) 물이 다소 있긴 하다만.”

고블린 슬레이어는 가방에서 검은 액체가 든 병을 꺼냈다.

“그러나, 바위 요새겠지. 바깥에서 불을 놓아봤자 타지는 않을 거다.”

"바깥에서……."

여신관이 가는 손가락을 입술에 대고 생각했다.

"……그러면, 안에서?"

"좋은 수일세."

리자드맨 승려가 곧장 입을 열어 긍정했다.

그는 양피지 지도에 손톱을 대고서, 꼼꼼하게 행군 루트를 점검하며 수긍했다.

"동서고금, 적을 안에 들인 성의 말로는 함락이라고 정해져 있는 법이지."

"하지만, 어떻게 요새 안으로 들어가죠? 정면에서, 는 어려울 텐데요……."

으음. 목소리를 낸 여신관을 보고 엘프 궁수가 기다란 귀를 쫑~긋 세우면서 몸을 내밀었다.

"잠입이겠네!"

희색이 만면하다. 옳다구나 홀로 납득하여 고개를 끄덕이자 거기에 맞춰 기다란 귀가 흔들리고 또 흔들린다.

"응, 응. 모험다워졌잖아. 느낌 좋아!"

"모, 모험……인가요?"

"그야 그렇지."

엘프 궁수는 밝게, 활기차게, 그리고 늠름한 목소리를 울렸다.

그것은 타고난 성질이기도 하고, 일부러 그런 태도를 꾸민 면도 있을 것이다.

음울한 상황이라고 해서 기분까지 음울해져야 한다는 법은 없다.

"바위산 안쪽, 깎아지른 고지대, 우뚝 선 요새! 군림하는 수괴! 숨어들어서, 친다!"

이것이 모험이 아니면 무엇이란 말인가?

엘프 궁수는 주먹을 휘두르며 역설하고 고블린 슬레이어에게 의미심장한 시선을 보냈다.

"뭐, 적이 대마왕 같은 게 아니라…… 고블린 퇴치라는 게 좀 다르지만."

"잠입하고는, 조금 다르군."

고블린 슬레이어가 숨을 내쉬었다.

"적은 모험가의 존재를 인지하고 있다. 섣불리 접근할 수 없다."

그러자 드워프 도사가 물었다.

"무슨 수가 있느냐?"

"지금 생각했다."

고블린 슬레이어가 고개를 빙글 돌렸다.

표정은 투구에 가려 알 수 없지만, 시선이 두 사람의 성직자를 향했다.

"위장은 교의에 반하나?"

"글쎄―. 어떨 것 같은가?"

리자드맨 승려가 말하면서 눈을 빙글 돌렸다.

파충류 같은 눈동자가 똑바로 여신관을 향하며 장난스레 눈웃음을 지었다.

그것을 보고 여신관 또한 의식적으로 볼을 풀었다.

―배려를 받기만 해서는, 안되죠.

"때, 때와 경우에, 따르지 않을까요?"

"좋다."

고블린 슬레이어는 가방에 손을 넣어 휘젓더니 무언가를 꺼내 던졌다.

그것은 데굴 소리를 내면서 책상 위, 지도 위를 굴러가 쓰러졌다.

불길한 눈을 모방한 소인(燒印)이었다.

"놈들이 모처럼 단서를 남겨주었다. 이용하지 않을 수 없지."

"하하— 과연."

리자드맨 승려가 알았다는 태도로 두꺼운 비늘이 돋은 손을 탁 두드렸다.

"사교도가 되어라, 이 말인가. ……흐음, 괜찮겠군."

"맞다."

"소승은 사악한 신을 섬기는 용인(龍人). 그 종자인 전사, 드워프 용병—."

"그럼 나는 다크 엘프구나!"

엘프 궁수가 생글생글 고양이처럼 눈웃음을 지으며 여신관에게 말했다.

"몸에 먹을 발라야지. 있지, 있지, 너도 귀 달지 않을래? 나랑 똑같이!"

"에, 아, 에, 저, 저도, 몸에 먹을 바르는, 건가요?"

무심코 시선이 흔들린 여신관 앞으로, 엘프 궁수가 뽕 뛰어서 돌아서며 함박웃음을 지었다.

"고블린의 내장을 뒤집어쓰는 것보다는 좋잖아?"

"비교 대상이 이상한 것 같아요……!"

이게 좋다. 저게 좋다. 아니, 그건 조금……. 하지만 역시 화려한 편이…….

고블린 슬레이어는 두 소녀가 떠들썩하게 들뜬 것을 보고 남자들을 돌아보았다.

리자드맨 승려가 눈을 살짝 가늘게 떴다.

"착한 아가씨들이라네."

"그래."

고블린 슬레이어가 고개를 끄덕였다.

"안다."

무리나 무모한 짓을 해서 이길 수 있다면, 그리 한다.

어둡고 음울한 기분으로 심각하게 싸워 이길 수 있다면, 그리 한다.

그러나, 현실은 그렇지 못하다.

웃는 것. 밝은 것. 그것이 얼마나 귀중한 것인지는 일행 모두가 잘 알고 있었다.

"그럼, 변장에 대해서 의논을 해야겠군."

"모험가라는 것을 들키면 곤란하다. 장비라면 몰라도 옷은 바꿔야 한다."

"뭐얼—."

드워프 도사가 꺼억 하면서 취기가 도는 숨을 흘리고 껄껄 웃었다.

"누더기 따위를 모으면, 내가 몇 벌 정도 만들어 보마."

"허허어. 술사 선생은 손재주가 많은 모양일세."

"맛있는 밥, 술. 좋은 음악에 노래. 예쁜 옷. 그리고서, 여자라도 있으면 인생 즐거운 법이니라."

찰랑. 아직도 꿀 같은 술을 직접 따라 마시며 드워프 도사가 눈을 감았다.

"홀몸이면 요리에, 악기에, 노래에, 재봉은 익히는 법. 여자는, 도시에 자주 찾는 창부도 있음이야."

"어허. 처는 안 맞는 것인가?"

"그럼."

리자드맨 승려가 뜻밖이란 기색으로 묻자 드워프 도사는 웃음을 지었다.

"앞으로 한 백 년은 마음 편히 홀몸으로 있고 싶어서, 설렁설렁 다니는 도락가지."

"후후후."

리자드맨 승려가 혀를 내밀어 핥듯이 술을 즐기고, 웃음소리를 냈다.

"술사 선생은 사실 꽤 젊은 모양이로군. 부러울 따름이네."

"그래도 자네들보다는 연상이 아니던고?"

어떤고? 술병을 들어올린 드워프 도사에게 리자드맨 승려가 수긍하며 잔을 내밀었다.

이어서 고블린 슬레이어. 그 또한 「음」 하고 소리를 내더니 순순히 잔을 내밀었다.

넘실넘실, 술이 잔을 채웠다.

"그러니, 뭐, 자네들도 인생을 즐기라고."

고블린이다 신이다 좋지만 말이야. 그리 말하면서 드워프 도사는 술을 즐겼다.

그의 시선 끝에는 깍깍대며 엉키는 소녀 두 사람이 있었다.

“웃고, 울고, 화내고, 즐기고— 저 길쭉귀 처녀는, 그 점에서는…… 잘 하는 게지.”

“…….”

고블린 슬레이어는 묵묵히 잔에 시선을 주었다.

램프의 오렌지색 불빛 반사에 뒤섞여서, 싸구려 철 투구가 잔 안에서 마주본다.

그는 그것을 투구 틈으로 단숨에 들이켰다. 목과 위가 타는 것 같았다.

숨을 내쉰다. 길을 오래 걷다가, 뒤를 돌아보고, 앞을 보고, 다시 나아갈 때처럼.

“……그리, 간단하지가 않다.”

“그럼. 그렇다네. 그렇고말고.”

“안 되는고? ……그렇구먼.”

세 남자가 그렇게 말하면서 소리 없이 미소를 나누었다.

소녀들이 문득 그 모습을 보고 신기한 기색으로 고개를 갸웃거렸다.

“왜 그래?”

“무슨 일이죠?”

드워프 도사가 아무 것도 아니라며 손을 젓자 틈을 보던 고블린 슬레이어가 말했다.

“그래서, 고블린 말이다만.”

“오냐, 왔구나. 카미키리마루.”

쓰윽. 드워프 도사가 수염에 묻은 술을 닦고 자세를 바로잡았다.

"성기사 같은 놈이 두목이겠구나. ……실재한다면, 이다만."

"그래."

고블린 슬레이어는 고개를 끄덕였다.

"나도 상대한 적이 없다."

"……어디 그러면, 어느 정도의 지혜를 가졌겠는가?"

"적어도, 놈은 내 수법을 모방했다."

고블린 슬레이어는 가방에서 철 조각을 꺼내 손으로 만지작거렸다.

엘프 궁수의 피로 검붉게 더럽혀진, 화살촉.

그것을 역겨운 기색으로 움켜쥐었다.

"그리고 서른여섯 마리를 쓰고 버릴 수 있다면, 적은 많다."

"고블린 놈들이 꾀를 부리고 수가 많은 것은 매번 있는 일이긴 하다만."

수확제 때는 어떻게 되었지만, 그것은 지리와 지형을 파악하고 준비했기 때문이다.

목장 때 같더라도 이쪽은 다섯 명뿐이다. 상대의 영역에서 싸우는 것은 무리가 있다.

음. 동료들의 대화를 듣고 있던 리자드맨 승려가 묵직하게 말했다.

"그리고, 문제가 한 가지 더 있다네."

꼬리로 바닥을 때리며 팔을 뻗어 손톱을 지도의 표식에 세웠다.

"잘 되어서 적의 요새에 들어갔다 해도, 거기서부터 어찌할 것인가?"

"아아, 그것 말이다만……."

고블린 슬레이어가 「들어가기만 한다면」이라고 말한 그때였다.

삐걱.

나무가 삐걱대는 소리에 모험가들이 즉시 무기를 쥐었다.

숨을 죽인다. 주점 주인은 진작에 들어갔다.

이윽고, 삐걱대는 소리는 가벼운 발소리가 되었다. 계단 위에서 계단을 내려와서는, 누군가가 숨을 내쉬었다.

"…………고블린?"

그것은 갈라진, 한숨 같은 목소리였다.

계단 난간에 매달리듯, 영애 검사가 비틀, 비틀, 내려섰다.

얇은 잠옷 위에, 누더기가 된 갑옷. 손에는 험악한 광채를 보이는 은의 단검.

그 빛을 보고, 드워프 도사의 눈이 무심코 가늘어졌다.

—진은(미스릴)……치고는, 색이 가볍구먼. 마법의 무구, 따위인고……?

금속의 친구인 그가 본 적이 없다니.

"…………그럼, 나도, 가겠어."

"안 돼."

그녀의 말에, 맨 먼저 말한 것은 엘프 궁수였다.

"우리는, 네 부모님 의뢰로 구하러 온 거야."

엘프 궁수는 엘프다운 솔직함으로 영애 검사의 눈동자를 똑바로 보았다.

어둡고 깊은, 우물 바닥 같은 눈동자라고 생각했다.

부모란 말을 들었음에도 파문 하나 일어나지 않았다.

희미하게 숨을 삼켰다.

"다시 목숨을 위험에 내놓기 전에, 돌아가서 이야기하는 게 도리잖아?"

"…………그럴 수는, 없어."

절레절레. 영애 검사가 고개를 옆으로 젓자, 벌꿀색 머리채가 반짝반짝 흔들렸다.

"…………되찾아야 해."

리자드맨 승려가 양손을 기묘한 형태로 끼우고 그 위에 턱을 올렸다.

눈을 감은 그의 모습은 기도를 바치는 것 같기도 했고, 고통을 견디는 것 같기도 했다.

조용한 물음.

"……무엇을, 말인가?"

"모두 다."

영애 검사는, 딱 잘라서, 그렇게 말했다.

"잃은 것을, 모두."

꿈을. 희망을. 내일을. 정조를. 친구를. 동료를. 장비를. 검을.

고블린 놈들에게 그녀가 빼앗겨, 어두컴컴한 동굴 안에 끌려 들어간 것을 죄다.

"……이해는 할 수 있다네."

그것은 다시 말해서, 긍지나 삶의 방식이라고 부르는 것이다.

리자드맨 승려는 쉬익 입에서 숨을 내쉬고 기괴한 손놀림으로 합장을 했다.

"용이란 용이기에 영예가 있음이니. 영예 없는 용은 이미 용이 아님이라……."

"자, 잠깐만……!"

엘프 궁수가 당황했다.

냉정침착한 리자드맨 승려가— 아니, 그러고 보니 의외로 전투를 좋아했지.

한순간 한심스레 늘어진 엘프 궁수의 기다란 귀가 정신을 차린 것처럼 쫑긋 일어섰다.

"드워프! 뭐라고 좀 해봐!"

"좋을 대로 하면 되는 게다."

"으엑?!"

또다시, 였다. 엘프 궁수의 입에서 평소보다 더욱 엘프답지 않은 목소리가 나왔다.

흥미도 없다는 듯 술병의 내용물을, 꿀의 마지막 한 방울을 잔에 떨군 드워프 도사가 말을 이었다.

"구조하는 것까지가 이쪽이 받은 의뢰. 그 다음 일은 자기책임이니라."

"드워프까지, 그런 말을 해서는……! 죽어 버리면 어쩔 거야!"

"너도 죽을지도 모르는 법. 우리들도, 죽을지도 모르는 일이니라."

그는 벌컥 마지막 한 잔을 마시고 입가를 닦았다.

"살아 있는 것은 언젠가 죽는 법. 엘프는 그것을 알고 있지 않느냐? 누구보다도."

"그건…… 그렇, 지만……."

기다란 귀가, 늘어졌다.

어떡할지를 모르겠다. 엘프 궁수는 길 잃은 아이 같은 표정으로 고개를 빙 돌렸다.

시선이 마주쳤다—. 그래서, 여신관은 그 한 마디 말을 상당히 망설였다.

고개를 숙이고, 입술을 깨물고, 아직도 잔에 남아 있는 약간의 술을 살짝 들이켰다.

그렇게라도 안 하면 도저히 말을 못할 것 같았다.

"……데리고, 가요."

그렇지만, 그녀 말고 이 말을 할 수 있는 자는 없었다.

"아마도, 그러지 않으면—."

구원이 없다.

분명, 구원 받지 못한다.

그녀 자신이 그랬던 것처럼.

그리고 아마— 과거의 **그**도 그랬을 것처럼.

"……나는."

그— 고블린 슬레이어는, 신중하게, 극히 신중하게 말을 골랐다.

"네 부모도 아니고, 친구도 아니다."

"……."

"부탁이 있다면, 무엇을 해야 할지, 알 거다."

"……알고 있어."

"아~."

엘프 궁수가 소리치는 것보다 빠르게.

뚜둑. 듣기 싫은 소리가 나고.

벌꿀색 머리칼이, 공중에서 춤추었다.

"…………보수. 선불."

그것은 지금 막 잘라낸, 그녀의 벌꿀색 머리카락, 한 줌.

더욱이 뚜둑. 영애 검사는 단검으로 머리칼을 잘라내 탁자에 던졌다.

리본으로 머리칼을 둘로 묶은 영애의 모습은 이미 무참하게 망가지고…….

"…………나도, 가겠어."

이제 그곳에는, 머리칼을 싹둑 잘라내고 결의로 입술을 깨무는 복수자 한 사람이 있었다.

고블린 슬레이어의 철 투구 안에서, 미약하게 신음 소리가 들린 것을 여신관은 들었다.

"……고블린 슬레이어, 씨?"

여신관의 시선을 무시하고, 고블린 슬레이어는 담담하게 말했다.

"뭘 쓸 수 있지?"

영애 검사는 흔들림 없이 대답했다.

"……검. 그리고, 술법. 《라이트닝(번개)》."

"…………."

고블린 슬레이어의 투구가 드워프 도사 쪽으로 빙글 돌았다.

"뇌정 초래로구나. 위력이 큰 대포 같은 것이니라."

그가 시시하단 듯 응답했다.

"……좋다."

고블린 슬레이어는 조용히 말했다.

그리고, 물었다.

"상관없겠지?"

철 투구가 향한 곳은, 매달리는 눈으로 그를 보고 있던 엘프 궁수였다.

그녀는 눈길을 피하며 양손으로 잔을 꾸욱 붙잡은 채 고개를 숙이고 있었지만.

이윽고 눈가를 팔로 쓱쓱 문지르고, 풀 죽은 얼굴을 들었다. 조용히, 대답했다.

"……오르크볼그가, 괜찮다면."

"좋다."

고블린 슬레이어는 지도를 돌돌 말아서 일어섰다.

할 일은 명백했다.

언제나 변함없다.

언제든지.

어디서든.

무슨 일이 있든.

10년 전부터, 계속.

"그러면, 고블린 퇴치다."

막간 「기다리고 있는 사람들의 이야기」

Goblin Slayer
He does not let anyone roll the dice.

“푸아앗! 추워추워……엇!”

길드 문을 밀어서 열자마자 소치기 소녀는 말과 달리 기쁜 듯 비명을 질렀다.

“벌써 눈까지 내리고 있어.”

겨울이네—. 그리 말하며 눈을 떨쳐낸 그녀는 길드의 대합실에 발을 들였다.

긴 의자에 앉은 모험가들, 난롯불을 쬐는 그들의 모습은 평소와 비교하면 드물다.

시간적인 문제도 있지만— 단순히 일부러 겨울에 모험을 하려는 자가 적은 것이다.

추운 데다가, 노숙도 쉽사리 할 수 없고, 눈이 내리고, 위험하고, 역시 춥다.

북방의 산을 넘어 머나먼 저편의 야만족은 이정도 추위에는 끄떡도 없다고 하는데.

—나약한 문명인에게는, 따스한 것이 그리운 계절인 겁니다, 라구.

온기가 가득한 공간을 걸으면서 한숨을 한 번.

그리하여 금전이 목적인 모험가는 대부분 봄부터 가을까지 돈을 벌어 겨울을 난다.

그렇지만 지금 남아있는 자가 단순히 벌이가 안 좋았던 모험가들뿐인가? 그건 또 아니다.

고블린, 오염됐거나 타락한 정령에 괴물, 겨울이라지만 기도하지 않는 자들의 위협은 적지 않다.

그리고 눈이 흩날리는 계절에만 문이 열리는 유적이나, 발견할 수 있는 비보 같은 것도 있다.

수행자, 탐구자, 혹은 추위를 느끼지 않는 종족의 모험가는 겨울이라지만 활동을 멈추지 않는다.

무엇보다, 모험가가 적기 때문에 겨울의 수요가 있는 것이다. ―라고 예전에 배웠다.

"겨울이네요."

그 친구, 접수원 아가씨는 카운터 안쪽에서 소치기 소녀의 혼잣말에 응답했다.

턱을 괴고서 울적하게 창밖을 바라보는 모습에 소치기 소녀는 「어머나?」하며 고개를 갸웃거렸다.

"왜 그래?"

여기. 식량 납품서를 내며 묻자, 접수원이 「아뇨」하고 애매하게 웃었다.

"눈이 내려 버렸네, 싶어서요."

"아아……."

소치기 소녀도 그녀를 따라 창밖으로 시선을 돌렸다.

드문드문 내리는 그것은 한복판에 있으면 알 수 없지만, 건물 안에서 보면 참으로 아름답다.

솜털 같은 눈이 금세 도시를 하얗게 덧칠할 것이다.

"괜찮을까요……?"

누가, 라고. 뭐가, 라고. 말하지 않는 독백 같은 말.

"괜찮아."

소치기 소녀는 풍만한 가슴 앞에 깍지를 끼고는 말했다.

"……그 사람, 전에는 눈 내린 산에서 지냈던 모양이니까."

"그런가요?"

생각지 못한 새로운 정보. 접수원이 눈을 깜빡였다.

"몰랐어요. 그랬었군요……."

"그다지, 뭘 했었는지는 가르쳐주질 않았지만."

말하기 싫은 것은 누구에게나 있다.

그는 말수도 적고 그것이 조금 쓸쓸하긴 하지만, 그러면 된다고 소치기 소녀는 생각했다.

—나도, 말 안 한 거 있으니까.

여기요. 돌려받은 납품서처럼, 그녀는 풍만한 가슴 안쪽에 자신의 마음을 갈무리했다.

"으헤에, 차가워라앗! 춥다기보다는, 아프구만. 상대도 타격뿐이었다지만."

"서리, 거인……의, 후예였으니, 까."

"길고 괴로운 싸움이었어."

길드 문이 열리며, 냉기와 함께 낯익은 모험가가 들어왔다.

창을 어깨에 올린 미장부와, 풍만한 몸에 딱 붙는 옷을 입은 마녀 두 사람.

입구에서 눈을 툭툭 털어내고 머리칼을 정돈한 그가 의기양양하게 접수처로 다가온다.

"……정말이지. 언제나 그 사람보다 빨리 돌아온단 말이죠. 무사한 건 다행이지만요."

접수원이 한숨 섞인 미소를 붙이는 걸 보고 소치기 소녀는 천천히 일어섰다.

"그럼, 일 열심히 해."

"네. 힘내야죠. ―딱히, 싫어하는 것도 아니니까요."

조금 거북한 것뿐이죠. 조용히 중얼거린 접수원이 소치기 소녀에게 웃었다.

"하지만, 괜찮을 거라고 생각해."

"뭐가 말이죠?"

"해넘이 축하연까지는, 돌아올 테니까."

―분명히.

제5장 『지하감옥 공략(던전 어택)』

Goblin Slayer
He does not let anyone roll the dice.

“납득이 안 가~아아아!”

“아, 아하하하하하…….”

다음날 아침, 산길을 가는 엘프 궁수의 모습은 나무로 만든 우리 안에 있었다.

옆에서 굳어진 웃음을 짓는 여신관과 마찬가지로, 몸에 걸친 것은 누더기 한 장.

그것에 참으로 짜증이 난 듯 기다란 귀를 쫑긋쫑긋 흔들면서, 격자를 붙들고 덜컥덜컥 흔들었다.

위쪽에 봉 하나를 끼워 짊어지는 우리가 어우러지자, 박진감 넘치는 포로 연기라 할 수 있었다.

문제는 그것이 연기가 아니란 것이지만 말이다

“어째서 우리가 전리품 취급인데?!”

“나와 다른 녀석들이 전리품이 될 수는 없지 않나.”

고블린 슬레이어는 매몰찼다.

평소의 지저분한 갑옷 위에 더욱이 검은 도료를 바르자, 참으로 기이한 꼴이었다.

불과 몇 시간 전에 묘지에서 되살아난 사령 병사라고 해도 납득할 정도였다.

"어이쿠야. 얼빠진 여자 모험가가 떠들어댑니다요. 승정(僧正)님, 어디 한 번 혼쭐을 내주면……."

"후후후후, 이제 곧 지혜의 신께 바치는 공물이 될 겁니다. 좋을 대로 하도록 둡시다."

바구니의 앞쪽에서 봉을 짊어진 사악한 드워프가, 선두에 가는 사룡의 승정과 기분 나쁘게 마주 웃었다.

의복을 준비하고, 얼굴과 비늘에 안료로 문양을 넣을 때부터 신이나 있었던 것은 말할 것도 없었다.

으그그그그. 엘프 궁수가 이를 갈면서 시비 걸 표적을 바꾸었다.

"있지, 좀, 더 화내도 되거든?!"

"그게에……. 이제 어쩐지, 익숙해져서요……."

우리 구석에서 무릎을 끌어안은 여신관이 포기한 것처럼 웃었다.

그러자 가녀리고 덧없는 용모가 어우러져 그녀 또한 포로 그 자체였다.

명연기, 라고 할 수 있었다. 역시 연기가 아니란 점이 문제라면 문제였지만.

"……."

그에 비해, 영애 검사는 한 마디도 안 한다.

그녀는 우리 구석에서 무릎을 끌어안고, 허공의 한 점을 가만히 노려보며 꼼짝도 안 했다.

그러나 하얀 피부에서 핏기가 가시고, 장밋빛이었던 입술도 이제는 파랗다.

여신관은 손발로 기듯이 그녀 곁으로 살며시 다가갔다.

"저기, 춥지는……?"

"…………멀쩡해."

조용하고 간소한 대답.

보통 때는 이것에 겁을 먹기도 하겠지만, 여신관은 키득 웃었다.

—「그래」, 「그런가」, 「그런가?」, 「그렇군」보다는, 응. 낫지.

처음 만났을 무렵의 그를 떠올려 보면 이 정도는 아무렇지도 않았다.

"저는 추우니까…… 옆에, 좀 붙을게요."

"…………좋을 대로 해."

획. 고개를 돌리는 그녀에게 보이지는 않겠지만 고개를 끄덕이고, 여신관도 무릎을 끌어안았다.

눈길은 길다.

눈보라 속을 영치기 영차, 우리 속에서 흔들리며 운반된다.

눈 내린 산에 우뚝 선 성채를 향해 걸어가는 행군. 여성의 다리로 편히 갈 수 있는 길이 아니다.

—그렇다면, 저희들이 포로 역할인 것은 배려인 걸까요?

서투르기 짝이 없다.

여신관은 영애 검사의 어깨를 살며시 끌어안으며 생각하고…….

"에취."

추위에 귀여운 소리를 내면서 기침을 해 버렸다.

얼굴이 확 빨개져서 손으로 덮었지만, 이미 늦었다.

예민하고 기다란 귀를 가진 엘프 궁수가 씨익 웃는 것은 그렇다 치고.

"——."

영애 검사가 고개를 갸웃거리며 어안이 벙벙해진 표정으로 여신관을 올려다보는 건 참으로 어색했다.

"추, 추우니까, 어쩔 수 없는 거죠?"

"…………그렇네."

조용히 중얼거린 영애 검사의 입가가 살짝 풀리는 것을 여신관은 분명히 보았다. 웃고 있었다.

—우우우우…….

해냈다, 라고 생각하는 반면. 부끄러운 요행, 이라는 생각에 너무나 부끄럽다.

"하지만 잠깐, 이 차림 정말로 추워."

그에 비해 엘프 궁수는 안색이 안 좋다. 기다란 귀를 끊임없이 떨고 있었다.

"귀가 떨어지겠어."

"눈 내린 산이니까."

우리 바깥에서 흘깃 일별한 고블린 슬레이어가 드워프 도사를 재촉하여 발길을 멈췄다.

짐에서 꺼낸 모포를 덮어서 나름대로 방한을 하지만…….

"바람이 강하니 말이다. 어찌할 테냐, 비늘 친…… 어이쿠, 승정이시여."

"소승도 두껍게 차려입지 않으면 제대로 움직일 수가 없으니, 이거 참……."

평소의 복장 위에 거창한 외투를 걸친 리자드맨 승려가 눈을 살짝 가늘게 떴다.

“무시무시한 용이 추위에 멸망했다는 말이 있을 정도라네.”

“선조에서 전래된 약점이던고? 하는 수 없구먼……. 돌이라도 데워서, 난로로 써야겠구먼.”

드워프는 촉매가 든 가방에서 부싯돌과 함께 손바닥 크기의 돌멩이를 하나 둘 꺼냈다.

“《춤추거라 춤을 춰, 불도마뱀. 꼬리의 불꽃을 나눠주거라》.”

그러자 손바닥으로 감싼 돌이 서서히 안쪽에서부터 화악 빛나기 시작했다.

《틴더(착화)》 주문으로 술법을 하나 소비. 그렇지만 이것을 낭비라고 하는 자는 없었다.

“돌은 타지 않고 데워질 뿐이니라, 어이쿠……. 뜨뜨. 잘 되었구먼.”

“……나 그 주문에 굉장히 안 좋은 추억이 있는데.”

엘프 궁수가 무심코 다리를 감싸면서 말하자 드워프 도사가 코웃음을 쳤다.

“불만이라면 안 주마, 옛다.”

금세 열을 띠면서 데워진 돌을 드워프 도사가 익숙한 손놀림으로 천으로 감싸 우리 안에 던져 넣었다.

싫은 표정을 짓고 있던 엘프 궁수도 그것에는 눈을 깜빡였다. 깜빡이고는, 순순히 받았다.

“어머, 고마워. 드워프 주제에 눈치가 있네.”

“고, 고맙습니다……앗.”

“…….”

반응은 제각각. 뭐얼, 배를 북처럼 두드린 드워프 도사가 엘프 궁수를 보고 한숨을 쉬었다.

“좀 더 순순하면 좋을 게야. 카미키리마루는 뭣 없느냐?”

“……그렇군. 성에 도착한 다음에 꺼낼까 했다만.”

그리 말하며, 고블린 슬레이어는 가방에서 뭔가를 한줌 쥐어 아무렇게나 꺼냈다.

우리 안에 던진 그것을 여신관이 받자, 파란 보석이 달린 작은 반지 몇 개.

“《브리싱(숨결)》의 술법이 담긴 반지다.”

고블린 슬레이어가 담담하게 말했다. 호흡을 유지하는 주문.

여신관은 이런 잔재주를 부릴 수 있는 주문술사가 마녀 정도밖에 떠오르지 않았다.

그 육감적이고 풍만한 몸을 떠올리자, 가녀린 자신이 조금 슬퍼졌다. 그러나.

“그보다도 고블린 슬레이어 씨, 수중 호흡의 반지, 같은 걸…….”

거기까지 말하고는 「아아」 하면서 뇌리를 스쳤다. 언젠가 유적에서 오우거를 해치운 두루마리.

바다 바닥에서 《전이》된 고압의 수류. 수공.

“……그야, 가지고 있겠네요. 네.”

“그다지 오래는 못 간다.”

고블린 슬레이어가 날카롭게 말했다.

“눈 속에서도 다소는 추위가 누그러진다만…….”

“야호! 에이, 이런 거 있으면 얼른 꺼내란 말야, 오르크볼그.”

짝 손뼉을 치고서, 기다란 귀를 흔들며 희색이 만면하다. 엘프 궁수가 얼른 반지를 끼웠다.

"으~응!"

눈웃음 짓는 걸 보니, 추위가 누그러지는 건 정말인가 보다.

생각해 보면 물도 눈과 같은 거니까…… 효과가 있는 거구나.

"반지만 있으면 대단치 않지만, 드워프의 돌도 있으니까 따뜻하네."

"그러니까, 그럼, 저도……."

여신관도 조심조심, 사양하는 기색이면서도 반지를 끼웠다.

곧장 몸 주위에 막 하나가 생긴 것처럼 살짝 추위가 누그러졌다.

"아."

여신관도 무심코 소리를 냈다.

"이거, 굉장해요!"

"그렇지?"

엘프 궁수가 자기가 한 것처럼 한쪽 눈을 감으며 자랑했다.

그것을 들은 드워프 도사가 코웃음 치자, 그녀는「뭐—야」라면서 입술을 삐죽거리며 시비를 걸었다.

"정말……."

한숨을 쉰 여신관은 바로 옆에 있는 영애 검사의 얼굴을 들여다보았다.

억지로, 그 뻣뻣한 얼음 같은 눈동자에 똑바로 시선을 맞추고서.

"자요, 당신도 반지, 끼워버릴까요?"

"…………필요 없어."

절레절레. 그녀는 난잡하게 잘라낸 금발과 함께 고개를 저었다.

“…………춥지 않아.”

“에이, 그렇게 말하지 말고…….”

문득, 신전의 후배로 생활하던 소녀들이 떠올랐다.

어째선지 오기를 부려서 겨울에도 얇은 옷을 입고 콧물을 흘리며 뻗댄다.

여신관이 그녀의 손을 살며시 잡자 역시 얼어붙은 것처럼 차가웠다.

“자, 반지 끼울게요.”

“…………춥지 않— 에취!”

기침이었다.

무심코 고개를 갸웃거리는 여신관의 눈앞에서 영애 검사가 휙 고개를 돌렸다.

“…………춥지 않아.”

“……그래요, 그래.”

웃음이 넘치는 것을 어찌 막을 것인가?

“그렇다고 해둘 테니까, 반지는 끼우죠.”

“…………음.”

다른 말도 안 듣고, 여신관은 영애 검사의 손을 잡아 반지를 끼웠다.

세 소녀의 손가락에서, 파란 빛이 반짝이며 흔들렸다.

“흐흥. 이걸로 이제 도망 못 친다니까.”

엘프 궁수까지 그렇게 말하며 키득키득 웃었다.

“…………”

영애 검사는 뾰루퉁한 기색 그대로 다른 사람을 보려고 하지 않았지만, 셋이서 데운 돌을 둘러싸고 있었다.

똑같은 파란 반지. 효과 시간이 짧다고는 하지만 물건 자체는 남는 법이다.

"어이, 여봐라. 계집들아. 이제 그만 조용히 하고 긴장한 기색으로 있거라."

그런 분위기를 긴장시키듯 드워프 도사가 격자를 툭툭 두드렸다.

"드워프, 좀. 분위기 좀 읽어봐—."

"바보 녀석아. 그쪽이야말로 읽거라, 길쭉귀 처녀. 헤실헤실 웃는 노예가 어디 있느냐?"

그렇게 말하면 어쩔 수 없다. 우으. 엘프 궁수는 입술을 삐죽거리며 입을 다물었다.

"인도를 부탁하지."

고블린 슬레이어가 말했다.

"나는 밤눈이 어둡다."

그렇다고 횃불을 밝히는 것은 혼돈의 세력으로서는 기이하다.

고블린 슬레이어는 우리의 봉을 짊어지며 리자드맨 승려의 뒤에 붙었다.

"맡기게. 딱 붙어서 따라오도록 하라, 나의 방황하는 기사여."

목 안쪽에서 그르르르 으르렁대듯이 웃으면서, 리자드맨 승려가 엄숙한 발걸음으로 나아가기 시작했다.

하얗게 덧칠 된 시야 끝에 검디검은 성문은 이미 눈앞이었다.

§

“이리오너라!”

눈보라가 휭휭 지나가는 소리에도 지지 않고, 리자드맨 승려의 커다란 음성이 울려 퍼졌다.

그야말로 용의 포효(드래곤 로어)다. 이것을 놓치는 자는 없으리라.

“소승은 바깥에 거하는 지혜의 신, 녹색 달의 눈을 섬기는 승정이다! 동포들이여, 문을 열라!”

과연 진짜배기 성직자, 그것도 그에 걸맞은 수행을 쌓고 은 등급까지 올라온 남자였다.

당당한 태도가 과연 어떤 종파라고 해도 꽤 높은 지위에 어울렸다.

메아리의 꼬리가 눈바람 너머로 사라지는 가운데, 드워프 도사가 고블린 슬레이어를 팔꿈치로 찔렀다.

“녀석이 딱 맞는 역할이라 생각지 않느냐? 그 아가씨에겐 다소 무거운 짐이니 말이로다.”

“그래.”

“사신의 무녀란 것도 의상을 만드는 것이 재미있을 법은 했다만. 얇고 하늘하늘한 것 말이다.”

“그런가.”

“뭐냐, 요전 축제에서는 칭찬하지 않았더냐? 입히고 싶은 생각 없느냐?”

두 사람은 문을 향해서 리자드맨 승려를 따르는 자세를 무너뜨리지 않고 빠르게 말을 나누었다.

"……고블린 팔라딘이란 놈은 강할 것이라 보느냐? 카미키리마루여."

"모른다."

그는 두런두런 말했다.

"그러나 우리들을 웃돈다고 생각해둬라."

"사실이 어떻든지, 그 정도가 딱 좋다……. 이것이냐?"

"그래."

"하긴 얼치기라고 생각하다 자빠져서야, 이쪽이 더욱 얼이 빠진 것이니."

고블린은 어리석지만 멍청하지는 않다.

언제나 그것이 신조인 고블린 슬레이어는 묵묵히 드워프 도사에게 고개를 끄덕였다.

"……후으음."

그러나 리자드맨 승려의 말에 반응이 없었다.

성문은 굳게 닫힌 채, 대답은 휘이잉 휘몰아치는 눈의 정령의 목소리뿐.

그렇다면. 리자드맨 승려는 거창하게 꾸민 승복의 자락 사이로 손을 넣었다.

그가 꺼내서 치켜든 것은 드워프 도사가 그 소인을 따라 만들어낸 목조 눈이었다.

"바깥에 거하는 지혜의 신의 벽안에 걸고서! 동포여, 지혜를 나누는 벗이여, 문을 열라!!"

과연, 반응이 있었다.

빈틈없이 닫혀 있던 성문에 한 줄기 선이 슥 생겼다.

곧장 철컹철컹 사슬이 활차를 돌리는 소리와 함께, 삐걱삐걱 소리를 내면서 그 문이 움직이기 시작했다.

고블린 슬레이어는 가만히 문의 움직임을 주시했다.

과연 이 대문을 움직이는데 고블린 몇 마리가 종사하고 있을 것인가?

어쨌든지 적의 전력은 많다. 정말이지 즐겁기 짝이 없다.

"……저기, 괜찮……겠죠?"

문득 등 뒤에서 가녀린 목소리가 들리자 고블린 슬레이어는 투구 안에서 눈을 움직였다.

여신관이 격자 너머에서 약간 겁먹은 눈동자를 흔들며 그를 올려다보고 있었다.

"갑자기, 그, 지하감옥에 끌려간다, 든가……."

"아마도, 그렇게 되겠지."

고블린 슬레이어는 고개를 끄덕였지만 고블린들의 시선이 있는 탓에 아주 미약한 움직임이었다.

"제물의 제단보다는 낫다."

"……그런가요."

"그래."

"……구해, 주시는 거죠?"

"그럴 셈이다."

여신관은 뭐라고 말을 하려고 입을 열다가, 금세 닫았다.

후. 포기한 듯 표정이 부드러워졌다.

“그럼, 됐어요.”

그렇게 말하고 여신관은 살짝 숨을 내쉬었다. 마법의 보호가 있어도 금세 하얗게 변한다.

괜찮다, 라든가. 맡겨둬라, 라든가. 고블린이 손가락 하나 대지 못하게 하겠다, 라든가.

여자애가 기뻐할 법한 말을 그는 무엇 하나 말한 적이 없었다.

하긴 누구든지 상관없이 친절하게 대해주면, 장비만 같은 다른 사람이겠지만.

—정말, 못 말리는 사람.

어째선지 볼이 느슨해져 버렸지만 여신관은 억지로 그것을 긴장시켰다.

바로 옆에 있는 영애 검사가 긴장 탓인지 공포 탓인지 몸이 굳어지는 것을 보았기 때문이다.

“괜찮아요. ……고블린 슬레이어 씨도, 여러분도, 함께 있으니까요.”

그때 기다란 귀를 움찔 떤 엘프 궁수가 날카롭게 말했다.

“온다.”

“GROOOBR!”

열린 대문과 비교해서 작은 체구, 리자드맨 승려의 커다란 음성보다 작은 외침.

남루한 승복 자락을 바닥에 끌면서 걷는 고블린 한 마리가 나타났다.

한껏 위엄을 뽐내고자 하고 있겠지만, 털레털레 위태로운 걸음걸이가 우스꽝스러웠고…….

그 탓에 희화화된 오만한 사제처럼, 오히려 역겹기도 했다.

"GORARO! GORBB!!"

그 고블린은 리자드맨 승려의 눈앞에 버티고 서서 손을 붕붕 휘두르며 새된 소리로 지껄였다.

리자드맨 승려는 성인을 치켜들고서, 옳거니. 묵직하게 고개를 끄덕였다.

고블린 슬레이어와 드워프 도사는 종자답게 고개를 숙인 채 말이 없었다.

"……뭐라고 하는 거야?"

"글쎄요……?"

엘프 궁수가 여신관에게 속삭였지만 애매하게 고개를 옆으로 저었다. 고블린의 말 따위 알 리 없었다.

"……저게, 고블린 팔라딘, 일까요?"

"보기에는, 저건 기사라기보다는 사제인걸."

"……아니야."

속삭이는 두 사람에게, 영애 검사가 조용히 말을 흘렸다.

"…………저건, 그 놈이 아냐."

그 눈에, 분노의 불꽃이 확 타오르는 것을 여신관은 분명히 보았다.

—아아, 그렇구나.

저 고블린이 어디서 승복을 얻었는지. 생각해 보면 명백했다.

"……괜찮아요."

그렇게 말하고, 그녀는 영애 검사를 끌어안았다. 자기 마음이 얼마나 전해질지는 알 수 없지만.

어쨌든.

“그럼, 이 요새의 두목, 성기사님을 만나 뵐 수 있나?”

“GORA! GORARARU!”

“아아, 이것들은 나의 충복 둘. 그리고 공물이네.”

거창한 몸짓으로 손을 흔들어 우리를 가리키는 리자드맨 승려의 동작은 실로 당당했다.

“시건방진 여자 모험가를 붙잡았네. 그 중 하나에게 공물의 표식이 있더군.”

“ORRRG! GAROOM!”

“아아, 그렇지, 그렇지. 그러면 옥에 집어넣고, 도망치지 못하도록 팔다리를 끊어야겠군.”

고개를 끄덕인 고블린 사제가 리자드맨 승려를 흉내 낸 우스꽝스런 동작으로 손짓해 일행을 문 안으로 이끌었다.

물론 리자드맨 승려가 고블린의 말을 알 리 없었다.

고블린의 말은 대부분의 경우 마구 짖어대는 어린아이의 울음소리 같고, 의미도 비슷하니까.

저거 갖고 싶다. 이걸 내놔라. 저 녀석이 했다. 저 녀석 잘못이다.

그러면 어떻게 해야 할까. —그의 날카로운 혀가 턱 안에서 중얼거린 기도에 의지했다.

“《대지를 박차는 마보룡(마푸사우르스)(馬普龍)이여. 잠시나마 우리 또한 그 무리에 더해주소서》.”

《커뮤니케이트(사념 대화)》의 기적이었다.

무리로 사냥을 했다는 선조 중 하나의 힘을 빌어, 피아의 의사소통을 실현한다.

『쌍방에 대화할 의사가 없으면 통하지 않는다네. 하여 포교에는 도움이 안 되네만.』

어젯밤, 주점의 원탁에서 재봉을 하는 드워프 도사 옆에서 리자드맨 승려가 말했다.

『역시 언젠가 고블린의 말을 배워야 하겠군.』

그리고 고블린 슬레이어는 아주 진지하게 응답했다…….

"후이~이, 어떻게 성공했구먼……."

"아직 문을 통과했을 뿐이다. 긴장을 풀지 마라."

"알고 있느니라, 알고 있어."

한숨을 푹 쉰 드워프 도사를 한 번 본 다음, 고블린 슬레이어가 주위를 둘러보았다.

고블린이다.

고성의 안뜰. 과거에는 샘에서 물도 솟아오르고, 향연에도 이용했을 백아의 광장.

그러나 샘은 마르고, 눈에 뒤덮였으며, 뜰에서는 초목이 사라지고, 기사들의 모습도 이미 잃어버린 지 오래다.

이제 그곳은 고블린 놈들의 놀이터가 되어 피와 오물투성이의 쓰레기장으로 변해 있었다.

"……신화시대의, 드워프가 세공한 건물이잖아? 그걸, 이렇게……."

모험과 미지를 사랑하는 엘프 궁수가 무심코 씁쓸하게 중얼거리는 것도 어쩔 수 없으리라.

"가치를 모른다는 건, 참 싫어……."

"……하지만, 굉장한 수예요……."

떨리는 목소리를 억누르고자 여신관이 입술을 꾹 깨물었다.

"……어떻게든, 해야죠."

그나마 고블린 놈들이 그녀들을 가여운 제물로만 보고 있는 것은 행운이었다.

아무리 거만하게 떠들어대도 금세 꼴사납게 울부짖는 것을 놈들은 알고 있으니까.

고블린의 수는 열이나 스물 정도가 아니었다.

어중이떠중이 잡다한 고블린 놈들이 정원, 성벽 위, 파수탑, 틈새, 온갖 곳에 있었다.

제각각 조잡한 — 고블린치고는 질 좋은 — 장비를 갖추고 이쪽을 가만히 노려보고 있었다.

그것은 호기심, 호색 따위의 감정이 뒤섞인 탐욕스럽고 오한이 드는 눈빛이었다.

야생의 눈, 지성이 없는 **짐승**의 시선이라면 그나마 낫다.

악의와 욕망에 가득한 시선은, 야생에서는 결코 있을 수 없었다.

"……읏."

여신관은 저도 모르게 그들의 눈길에서 영애 검사를 감싸듯 끌어안은 손에 꼬옥 힘을 주었다.

그것이 고블린 놈들을 더욱 흥분시키는 것은 경험으로 알고 있었지만 어쩔 수 없다.

"……."

그동안 고블린 슬레이어는 투구 안에서 주위를 가만히 살피고 있었다.

지형과 구조, 모든 것을 파악하지 않으면 십중팔구 둘러싸여서 죽을 것이다.

죽는 것은 그렇다 쳐도 이 고블린 놈들을 풀어놓아서는 안 된다.

"GORARA."

"음. 그러면, 따라오너라. 이쪽이라는구나."

"알겠습니다, 승정님. 자, 가자, 갑옷 친구."

고블린의 인도, 리자드맨 승려의 지시.

드워프 도사가 재촉하자 고블린 슬레이어는 봉을 쥐어진 손에 힘을 주었다.

고블린 놈들이 모여 있는 복도를 지나, 부패한 쓰레기의 즙으로 미끄러운 계단을 내려갔다.

돌로 만든 지하실에 일행의 발소리가 기분 나쁘게 울렸다.

어둡고 축축하며, 뭐라 말하기 어려운 냄새가 피어 오르는 곳.

어쨌든지 식량 창고 따위는 절대 아니리라. 어째서 먹을 것에 우리가 필요하단 말인가?

그곳은, 이른바 지하감옥(던전)이었다.

드워프가 만든 튼튼하고도 미려한 감옥과 자물쇠. 사슬. 그것이 얼마나 훌륭한지는 말할 것도 없다.

과거에 여기에는 혼돈의 세력이나, 성을 위협한 악당들이 묶여 있었을 것이다.

그러나 고블린이 지배하는 지금, 여기는 가여운 소녀들의 마지막 거처가 되었다.

명백하게 시체라는 걸 알 수 있는 썩어가는 자들과, 숨이 끊어져 가는 소녀가 묶여 있으니…….

"……윽."

으득. 영애 검사가 이를 악물고 낮게 신음했다.

여신관의 팔 안에서 그녀의 몸이 굳어지는 것이 분명히 전해졌다.

"ORAGARR."

고블린이 녹슨 자물쇠를 만지작대더니 감옥의 격자가 열렸다.

정체 모를 얼룩이 끈적끈적하게 들러붙은 돌바닥. 붉게 녹슬어있는 사슬.

지하이기 때문에 바깥보다는 낫다지만, 차갑게 식은 공기. 그것에 뒤섞인 썩은 냄새.

용변을 보는 구멍은 막혀서 오물이 고여 있었다. 뿐만 아니라, 아무렇게나 박혀 있는 사람의 팔.

"우엑."

엘프 궁수가 구역질을 내는 소리가 묘하게 크게 들렸다.

엘프의 민감한 감각은 말할 것도 없고…….

흄의 눈에는 보이지 않아도 냄새, 기척, 모든 것이 여신관의 옛 체험이었다.

"흐익."

여신관의 목에서 피리처럼 갈라지는 소리가 나면서 숨을 삼켰다.

익숙해졌다 — 사실인지는 알 수 없지만, 그렇게 생각하고 싶었다 — 고는 해도, 그러나.

"……으."

그래도, 첫 모험을 돌이켜보게 된다.

눈앞에서 갈기갈기 찢겨나간 전사. 독에 몸부림치다가 그가 고통을 덜어준 마술사.

그리고, 고블린의 무리에게 뒤덮여 능욕 당한 무투가.

자신 대신에. 자신은 그들 대신 살아남았다. 살아 있다. 그러나.

언젠가 내 차례가 오는 건 아닐까?

—괜찮아. 괜찮아. ……괜찮아.

입 속으로, 떨리는 이를 억누르듯 지모신의 이름을 읊으며 그를 흘끔 보았다.

보려다, 가.

"GAROU!"

"윽, 아……!"

머리칼을 콱 붙잡혀서 비명을 질렀다.

우리 바깥에서 손을 뻗은 고블린 사제가 버르장머리라고는 없는 난폭한 동작으로 그녀의 머리칼을 잡아당겼다.

"ORAGARAO!"

우리를 열고서, 이 계집을 감옥에 넣어라.

어떤 신에게 바치든 우선은 그녀부터라는 것일까?

드워프 도사와 고블린 슬레이어는 눈짓을 나누며 고개를 끄덕이고 우리를 내렸다.

리자드맨 승려가 묵직하게 말했다.

"그러면, 그리하게. 그러나 공물을 즐길 셈이라면, 우선 성기사님을—."

그리고 격자의 자물쇠가 풀리자—.

"우와아아아아아아아앗!!!!"

영애 검사가 예상치 못한 행동에 나섰다.

억지로 우리에서 뛰쳐나와 손을 내뻗고, 여신관을 괴롭히며 즐기던 고블린 사제의 목을 붙잡은 것이다.

"OGA……?!"

"우아, 아아악! 아아아아아악!!"

짐승처럼 포효를 지르며, 그녀는 체격차를 이용해 고블린에게 몸통박치기를 했다.

"GORARA……?!"

"꺄악?!"

반광란에 빠진 고블린 사제가 허리띠에서 돌로 만든 나이프를 뽑아 휘두르다가 여신관을 스쳤다.

볼에 얇고 빨간 피의 선이 그어진 그녀가 몸을 물리자 영애 검사는 나이프를 때려서 떨어뜨렸다.

"ORAGAGAGA?!?!"

"고블린…… 고블리인! 고블리이인!!!!"

그대로 위에 올라타서 주먹으로 내리쳤다.

고블린 사제가 소리치면서 손발을 휘두를 때마다 영애 검사의 하얀 피부에 멍이 떠올랐다.

그러나 그녀는 그것을 신경 쓰지 않았다.

"아아아악!! 죽어, 죽어 버려어!!"

코를 부수고, 눈을 짓뭉갰다. 이를 부러뜨리고 턱을 후려친다.

"GARAO?!"

아무리 고블린이라고 해도 이걸로 이변을 깨닫지 못할 리 없었다.

지하감옥에 대기하고 있던 — 포로를 사용하며 부수입을 즐기고 있던 — 고블린이 소리를 질렀다.

그리고 그 파수꾼 고블린은 고블린다운 행동을 취했다.

맞서려 하지 않고 바깥의 동료를 부르고자 계단을 달려 올라간 것이다.

"……치잇."

고블린 슬레이어가 혀를 찼다. 그의 움직임은 신속하며 적절했다.

내려놓은 우리의 봉을 내던지자마자 — 엘프 궁수의 항의를 무시하고 — 허리의 검을 뽑았다.

그 칼날이 소리도 없이 공중을 날아 계단을 올라가던 고블린의 뒤통수에 파묻혔다.

"ORAG?!"

무슨 일이 일어났는지도 모르고 경련하면서 계단을 굴러 떨어진 고블린에게 그는 똑바로 뛰어들었다.

"흥."

검을 비틀어 척수를 부숴 확실하게 마무리를 짓더니, 검을 뽑자마자 시체를 차서 굴려버렸다.

고블린의 주검은 계단을 굴러가서 오물 속에 쓰러져 가라앉았다. 시체는 이걸로 숨겼다.

그러나 고블린 슬레이어는 방심하지 않고 계단 위 지상의 경계에서 바깥 상황을 살폈다.

"GORA?"

역시나, 였다.

계단의 소음을 깨달은 순찰병 한 마리가 「뭐지?」 싶어 가까이 다가왔다.

고블린 슬레이어는 재빨리 검을 고쳐 쥐며 동료에게 말을 던졌다.

"눈치챘다. 또 한 마리 온다."

"아아아아악! 끄, 아아아아아아악!!"

영애 검사는 아직도 죽은 고블린 사제를 퍽퍽 때리고 있었다.

고블린의 이빨이 주먹에 파고들어 피부가 찢어졌지만 신경도 쓰지 않는다.

그녀의 두 주먹이 순식간에 검붉은 피로 지저분해졌다.

"그, 그만하세요! 그러고 있을, 때가…… 아, 윽?!"

매달리듯 막으려던 여신관이 밀려나서 엉덩방아를 찧었다.

가녀린 엉덩이를 차가운 돌에 호되게 부딪히는 통증을 견디면서, 그녀는 모두를 올려다보았다.

침묵
"그, 저기, 《사일런스》의 기도를…… 윽?"

"아니, 소리가 전혀 안 나면 이상하지 않느냐? 그렇다면, 그그그……!"

드워프 도사가 촉매가 든 가방을 뒤지며 이것도 아니다 저것도 아니다 중얼거렸다.

"……하는 수 없군."

고블린 슬레이어가 신음하며 검을 쥔 손에 힘을 주었다.

지금 다가오는 고블린을 해치워봤자 상황은 더 위험해질 것이다.

이대로 고블린과 결전에 나설까? 아니, 그래서는 너무나도 불리하다.

그가 재빨리 계획을 정리하는 동안, 조용하던 리자드맨 승려가 날카로운 소리를 질렀다.

"탐색자 선생, 비명을 지르게!"

"후에?! 어, 아, 나, 나?"

어떻게든 영애 검사를 막으려던 엘프 궁수가 갑자기 불리자 기다란 귀가 튀어 올랐다.

리자드맨 승려가 짜증이 난 듯 꼬리로 바닥을 때리고 반복했다. 입에서 노기가 흘러나왔다.

"됐으니, 어서! 시간이 없네!"

"아, 알았다니까. 그, 게…… 비명이지, 비명."

스읍. 엘프 궁수의 모양 좋은 입술이 커다랗게 숨을 들이쉬고, 열렸다.

"시, 싫어어어어엇! 그만둬어어어어어어어!!"

늠름한 목소리가 목을 떨면서 찢어지는 듯한 비명을 자아냈다.

엘프의 목소리는 멀리 간다. 지하에 메아리 쳐서 계단을 통해 지상에도 희미하게 도달한다.

"GORARA."

아아, 그렇군. 짐작한 기색의 고블린이 무참한 여자의 모습을 떠올리며 멈춰 섰다.

고블린은 음흉한 동작으로, 계단에 선 고블린 슬레이어에게 눈짓을 보냈다.

"GORARURU?"

고블린 슬레이어가 어깨를 으쓱거리자 고블린은 기분 나쁘게 웃고는 손을 빙글 돌렸다.

"나중에 오겠다, 는 건가."

능글능글 추악한 웃음을 지은 채 물러가는 고블린의 등을, 고블린 슬레이어가 노려보았다.

얼마 안 되지만 크게 낭비한 시간을 어떻게든 벌 수 있었다. 더는 낭비할 수 없다.

본래 예정으로는 공물인 아가씨들을 확인해보라는 명목으로 요새의 주인을 감옥에 부를 셈이었다.

고블린 팔라딘 — 있다면! — 을 확실하게 해치울 수 있다면 그때였으리라.

이미 계획은 완전히 파탄 났다.

"……뭐, 예상은 했다."

고블린 슬레이어는 담담하게 중얼거리며 문을 닫고, 쐐기를 끼운 뒤 계단을 내려갔다.

망보던 고블린의 시체가 오물 속에서 떠오른 것을 주저 없이 걷어차 가라앉혔다.

"그쪽 고블린도 넘겨라. 오래 못 가겠지만, 감춘다."

돌아보니 영애 검사가 아직도 죽은 고블린을 때리고 있었다.

고기를 때리는 묵직한 소리가 어느샌가 철퍽, 철퍽, 물기를 머금은 소리로 변해 있었다.

"잠깐, 너— 좀 작작하……라, 고!"

엘프 궁수가 억지로 영애 검사를 시체에서 떼어냈다.
어깨를 붙잡아 확 체중을 실어서. 가녀린 엘프라도 은과 백자는 등급이 천지차이였다.
"너 말야! 무슨 생각이야?! 미리 설명했었잖아!"
오물로 젖은 바닥에 데굴 구른 영애 검사가 어두운 눈동자로 엘프 궁수를 노려보았다.
"…………고블린은, 죽여야 해."
"아아, 정말……!"
말이 안 통한다. 미안한 기색도 없는 태도에 엘프 궁수는 입술을 깨물었다.
자랑거리인 머리칼을 짜증스레 마구 헝클어뜨리더니, 기다란 귀가 팟 일어섰다.
훔의 예측불능은 엘프 궁수가 좋아하는 것이었다.
오르크볼그의 수많은 기괴한 행동들도, 불평을 하면서도 즐기고 있었던 것은—.
—인정……하지, 않는 것도, 아니지만!
눈앞에서 뻔뻔스런 표정으로 두 손을 피로 물들인 채 서 있는 모험가는…… 다르다.
뭐가 어떻게 다른지는 엘프 궁수도 모르겠지만, 뭔가가 결정적으로 다른 점이 있다.
"그래서 반대했는데……!"
"갑자기 술법을 써버리지 않은 것만 해도 그나마……가 아니겠느냐?"

드워프 도사는 한숨을 쉬며 허리의 술병을 흔들었다.

찰랑 소리가 나는 것을 듣고서 뚜껑을 열어 꿀꺽꿀꺽 들이켰다.

수염에 묻은 술을 소매로 닦아내고, 꺼억 트림 한 번. 액땜 술로 딱 좋았다.

"자리를 휘저었다고 해도, 가진 것을 활용해서 해야 하는 것은 똑같지 않느냐?"

"뭐, 어쩔 수 없는 일일세. 내버려 뒀다가 무모한 짓을 하는 것보다는 지켜보는 편이 좋을 터이니."

리자드맨 승려가 태연하게 말하자 엘프 궁수가 눈꼬리를 끌어올렸다.

"……그래서 또 말려들어서, 험한 꼴을 당하는 거야?"

허리에 손을 대고서 영애 검사를 찌릿 노려보았다.

나는 모른 일이라는 듯 손을 검붉게 물든인 채 서 있는 그녀의 모습에 다시 분노가 휘몰아쳤다.

"지, 진정, 진정해 주세요……! 화내고, 있을 때가……!"

그것을 감지한 여신관이 시선에 삭 끼어들었지……만.

"네가 제일 화를 내야 하잖아!"

"꺄악?!"

손을 삭 뻗은 엘프 궁수가 여신관의 볼을 쓰다듬었다.

따끔따끔 저리는 통증에 여신관은 무심코 눈을 감았다.

아무리 고블린의 조잡한 석기라지만 칼날은 칼날이다.

그녀의 볼에 그어진 빨간 선에는 슬금슬금 스며 나오듯 피가 맺혀 있었다.

“얘가 돌격했을 때 반격에 휘말려서 다쳤잖아!”

여신관은 살짝 눈동자를 떨었다. 작은 손으로 볼을 누르고는…….

“저는, 멀쩡하니까요.”

망설인 끝에 고른 표정은 미소였다. 이 정도라면 괜찮다, 라고.

그 갸륵한 모습에 엘프 궁수의 분노는 더욱 치솟았다.

“다쳤으니까, 멀쩡하지 않아……!”

그렇다. 하다못해— 하다못해, 저 모험가는 여신관에게 사죄를 해야 한다.

멍하니 서 있던 영애 검사의 멱살을 잡으려고 엘프 궁수가 몸을 내밀었는데.

“진정해라.”

“오르크볼그……!”

옆에서 불쑥 나선 지저분한 철 투구가 가로막았다.

콱 노려보는 엘프 궁수의 눈 꼬리에 미약하게 눈물이 떠올라 있었다.

흥분된 감정이 그렇게 만든 것이다. 진정하라고 말을 해 봤자 진정이 될 리가 없다.

“하지만! 따라온다고 했으면 말야, 응……!”

투정을 부리는 것처럼, 엘프 궁수가 영애 검사를 가리키며 자신의 마음을 전하려고 소리를 높였다.

그러나 고블린 슬레이어는 고개를 옆으로 저었다.

“진정하라고, 말했다.”

그는 맞아 죽은 고블린의 승복을 붙잡아 끌어다 오물 속으로 던져 넣었다.

지저분한 소리가 나며 그 시체 또한 배설물 속으로 가라앉았다.

고블린 슬레이어는 「후~우, 후~우」 어깨로 숨을 쉬는 엘프 궁수에게서 시선을 돌렸다.

“어이.”

“아, 네, 네엣!”

여신관이 황급히 등을 쭉 뻗었다.

고블린 슬레이어는 자신의 투구 볼을 툭툭 때렸다.

“일단 직접 치료를 하고, 치료를 해줘라. 손이 썩는다.”

한순간의 침묵. 으르렁대는 목소리. 말을 할까 말까 망설인 끝에.

“흉터도, 남는다.”

“……네. 포션으로……?”

“약초부터다.”

“네.”

그가 말하자 여신관이 고개를 끄덕이고 허둥지둥 영애 검사의 곁으로 달려갔다.

화농 방지, 진통의 약초는 물약처럼 극적인 효능은 없지만 언제나 의지가 된다.

영차. 여신관이 목소리를 흘리며 볼에 고약을 붙이는 것을 보고 그가 고개를 끄덕였다.

“미안하지만, 포로들 중에 생존자가 있는지 보고 오겠나.”

“오냐.”

이어서 지시를 받은 드워프 도사가 술을 다시 한 입 들이켜고 응답했다. 호흡이 딱 맞는 대답.

"비늘 친구, 같이 가자고. 나 혼자서는 옮기는 것도 힘들게야."

"하하하하. 주문술사들은 허약하기로 소문이 났으니 말일세."

가벼운 말, 농담. 감옥의 묵직한 공기에 저항하면서.

낼름 혀를 내밀어 코 끝을 핥은 리자드맨 승려가 고블린 슬레이어를 돌아보았다.

"부상자가 있으면 치료해도 상관없겠는가?"

"기적은 남겨둬라."

고블린 슬레이어가 말했다.

"어쨌거나, 포로는 전력이 못 된다."

"그래. 알겠네."

기괴한 손놀림으로 합장을 한 번.

"마음은 알겠네만, 지금은 넘어가고 나중에 하시는 게 어떤가."

물러갈 때, 조용히 중얼거린 말이 엘프의 귀에 분명히 닿았다.

"……어쩔 수 없었다, 로 넘어갈 수는 없어."

볼이 부루퉁해진 엘프 궁수 앞에서 고블린 슬레이어는 묵묵히 팔짱을 끼었다.

신경 쓰이는 것은 — 고블린 사제 따위 같은 있을 수 없는 존재도 그렇지만 — 포로였다.

마을에서 잡혀간 아가씨는 없었을 것이다.

그렇다면, 이 외딴 마을이 아닌 각지에서 납치되어 실려 왔다고 봐야 한다.

"……."

각지에서 납치했다? 고블린 슬레이어는 자신의 그 생각에 짜증을 느끼며 으르렁댔다.

고블린이 이런 눈길에서 걷게 했다. —걷게 할 수 있는가?

고블린이 광범위하게 활동할 수 있는가?

고블린 팔라딘이란 것이 지휘를 해서?

"……마음에 안 든다."

"……나도 그래."

고블린 슬레이어가 혼잣말을 하자, 엘프 궁수가 토라져서 말했다.

"왜 재를 데리고 온 거야?"

그녀는 틀어진 기분을 숨기려고도 하지 않고 기다란 귀를 세우며 그의 투구를 노려보았다.

표정은 여전히 철 투구에 가려서 보이지 않지만.

"필요하니까."

고블린 슬레이어는 담담하게 말했다.

"필요?"

핫. 엘프 궁수는 조소하듯 한숨을 흘렸다.

"엉덩이라도 때려주는 건 어때?"

"어찌 됐든, 헤쳐 나가지 않으면 귀환하지도 못한다."

그리고 그는 말을 이었다. 평소처럼 담담하게.

"고블린 퇴치다. 시작을 했으니 이기거나 지는 것밖에 없다."

"그런 걸, 말하는 게, 아니라……!"

"……알고 있다."

그렇지만.

“알고는, 있다.”

그 목소리는 보기 드물게 지친 기색이었다.

“…….”

엘프 궁수는 무심코 말을 잃었다.

오르크볼그? 입술만 움직이는 소리 없는 부름.

그것이 닿았는지 아닌지. 그는 천천히 숨을 들이쉬고, 내쉬었다.

“망을 보겠다. 포로를 확인하고 치료가 끝나면 장비를 갖춰라.”

“……여기서?”

“그렇다.”

“…….”

“지금 그 차림으로는 전력이 못 된다.”

오물과 썩은 내, 시체로 가득한 이 지하감옥에서.

아아. 엘프 궁수는 신음했다. 두통을 억누르듯 미간에 손가락을 댔다.

“한 번 더 묻는데, 여기서?”

“그렇다.”

“갈아입으라고?”

“그렇다.”

—아아, 진짜, 정말. 역시 평소의 오르크볼그잖아.

“있잖아.”

엘프 궁수가 한숨을 쉬었다.

“엘프는 말야, 품위라는 게—.”

“신경 쓰인다면, 모포라도 써서 가려라.”

"와, 픕?! ……으, 정말!"

우리에 걸려 있던 모포를 집어 던지자 머리부터 뒤집어 쓴 엘프 궁수가 소리를 질렀다.

분노의 표정이 한순간 무너지고 황급히 다시 꾸며봤지만 이미 늦었다.

고블린 슬레이어는 이미 등을 돌렸고, 엘프 궁수는 마지못해 모포를 둘렀다.

목 부분을 단단히 고정하고 꼬물꼬물 그 안에서 옷을 갈아입었다. 참으로 한심스럽다.

붙잡힌 모험가다운 지저분한 넝마를 휙 벗어 던지고 평소의 사냥꾼 복장을 손에 집었다.

싸움에 대비하여 방어구를 입고, 활과 화살을 매고, 속옷은…… 뭐, 됐어. 의미를 모르겠으니.

—아아, 정말. 난 왜 화가 난 거지?

그녀답지 않다. 정말이지, 그녀답지 않다. 화낼 기운도 없다.

—어라?

엘프 궁수는 몸을 빙글 비틀어 옷 상태를 확인하며 고개를 갸웃거렸다.

오르크볼그에게 휘둘려도 신기하게 분노는 솟지 않았다.

그건 익숙해졌기 때문이기도 하지만.

—그렇다면, 저쪽에 휘둘려도 화가 안 나야 할 거 아냐.

"우우~응……."

미지의 난문 앞에서, 엘프 궁수는 기다란 귀를 쫑긋쫑긋 쉴 새 없이 흔들며 생각했다.

—그렇다면, 역시 재랑 오르크볼그는 다른 거구나.

뭐가 다른 걸까? 어디가 다른 걸까?

빙그르, 빙글빙글. 머릿속에서 갖가지 생각이 휘몰아치고 맴돌았다.

대답이 안 나온다. 대신 도달한 말은 두 사람의 공통점이다.

—고블린.

고블린, 고블린, 고블린, 고블린, 고블린, 고블린!

마치 저주처럼 들러붙은 말에, 엘프 궁수는 몸을 부르르 떨었다.

"아아, 정말, 좋지 않아……!"

두 손으로 뺨을 짝 두드렸다. 눈꼬리를 쓱쓱 닦았다. 마음은 개운해지지 않았다.

개운해지지 않는다.

대답은 안 나온다.

상황은 최악.

아아, 하지만.

"……해야 할 일은 한 가지구나."

엘프 궁수는 「우~」 하고 기다란 귀를 흔들고는 모포에서 머리만 내밀었다.

고블린 슬레이어는 방심하지 않고 무기를 쥔 채 계단 위의 문을 지켜보고 있었다.

그 등을 향해서, 엘프 궁수는 가만히 말을 걸었다.

"……미안, 오르크볼그."

한 번 입을 열고는 혀가 방황했다. 말을 찾아서 다시 한 마디.

“좀, 울컥했어.”
“그런 일은, 있다.”
고블린 슬레이어는 등을 향한 채 짧게 말했다.
“너도, 저 애도, 나도.”
그의 말은 평소처럼 담담하고 차갑게까지 느껴지는 말이었다.
키득. 엘프 궁수의 볼이 무심코 풀어졌다.
“오르크볼그도?”
“그렇다.”
“그렇게 안 보여.”
“그런가?”
“그래.”
“그런가.”
고블린 슬레이어는 크게 흥미가 없는 듯 중얼거리고 고개를 빙글 돌렸다.
한순간 뒤. 엘프 궁수는 언젠가 여신관이 했던 말을 떠올렸다.
생각하고 있을 때, 무슨 말을 하려고 할 때. 그는 입을 다문다.
“다른 모두에게도.”
그가 조용히 말했다.
“말해야겠다고 생각한다면.”
엘프 궁수는 모포에서 내민 손을 흔들었다. 괜찮아.
“응, 내가 말할게. ……고마워.”
모포를 훌쩍 벗어내는 그 찰나.
얼굴이 가려지는 순간, 엘프 궁수는 희미하게 입가를 올렸다.

"의외로, 배려할 줄 아는구나. 오르크볼그."

"……그런가."

고블린 슬레이어는 낮게 말했다.

"빨리, 해라. 다른 여자들도 갈아입어야 하니까."

"그래 그래."

그의 얼굴은 안 보이지만— 그래도 어떤 표정을 지었을지, 엘프 궁수는 어쩐지 알 수 있었다.

그걸로, 충분했다.

§

"……없어."

"좋다."

문틈으로 기다란 귀를 빼꼼 내민 엘프 궁수가 보고하자 일행은 재빨리 지하감옥을 빠져 나왔다.

숨막히는 고블린의 짐승 냄새는 결코 기분 좋은 것이 아니었다.

돌로 만든 성 안도 비슷한 지경이지만 지하감옥보다는 낫다. 여신관은 크게 숨을 내쉬었다.

"그 사람들, 남겨두고 와도 괜찮은…… 걸까요?"

여신관의 말에 대열 가장 마지막에서 리자드맨 승려가 응답했다.

"줄줄이 데리고 다니는 것보다는 안전할 걸세."

다행히, 혹은 불행히도. 잡혀 있는 아가씨들은 쇠약해졌지만 몇 명인가 살아남았다.

탈출을 약속했지만, 리자드맨 승려의 말처럼 데리고 다니기엔 위험이 너무 많다.

그러나 기적도 시간도 일행에게는 귀중하다지만 치료조차 해주지 못하는 것은…….

"……되도록 빨리, 돌아가서 구해줘야죠."

"그렇다마는, 현재로선 어찌할 수가 없느니라."

마음 쓰느라 등 뒤를 신경 쓰는 여신관에게 드워프 도사가 돌 벽의 상태를 살피면서 두런두런 말했다.

파티를 선도하는 건 드워프 도사였다.

꽉 채워 빈틈없이 세운 돌 요새는 우직하고 강건한 드워프가 만든 것이다.

그렇다면 탐색자보다, 기술자의 기량이 우선된다.

적 탐색을 엘프 궁수, 길 안내를 드워프 도사가 담당하는 형태로 일행은 대열을 다시 짰다.

"그래서, 카미키리마루. 어디로 갈 셈이더냐? 심장부더냐?"

"아니."

고블린 슬레이어는 고개를 옆으로 저었다.

"적의 두목을 치기엔 아직 이르다."

"……윽."

담담한 말에 영애 검사가 몸을 움찔 떨었다.

아까 전과 같은 일이 없도록, 지금 그녀는 최후미에서 두 번째. 여신관 옆에 있었다.

엘프 궁수가 「미안!」 하고 사과를 했지만 그녀는 아직도 거의 입을 열지 않는다.

"본 적이 없는 검이로구먼. 명품으로 보이는데, 소재는 무엇인고?"

"…………경은."

드워프 도사가 그렇게 물었을 때만, 조용히 대답한 정도다.

"…………붉은 보옥을, 뇌정으로 벼린, 칼날."

"경은, 이라. 들어본 적 없다만……. 보여줄 수 있겠느냐?"

그녀가 대답 대신 찌르는 듯한 거절의 시선을 보내자 드워프 도사는 어깨를 으쓱거렸다.

"흠."

고블린 슬레이어가 낮게 소리를 냈다.

"우선, 갈 곳은 창고다."

"무기고더냐, 식량 창고더냐?"

"양쪽 다지만, 일단은 무기다."

"오냐. 허면 이쪽이니라."

일행은 소리도 없이 슬금슬금, 그림자처럼 성채를 달렸다.

애당초 이 파티에는 철컹철컹 시끄러운 중장비를 걸친 자가 없었다.

애당초 금속 갑옷을 입고 있는 자가 여신관과 고블린 슬레이어 둘뿐이다.

여신관은 얇은 사슬 갑옷 하나. 고블린 슬레이어는 사슬 갑옷과 가죽 갑옷의 보강뿐이다.

회랑에는 모피를 덧댄 부츠가 내는 작은 발소리와 숨소리만 울렸다.

모험가들은 대열을 갖추고 순조롭게 나아갔다.

함정을 찾고, 주위를 조심하고, 동료들에게 눈짓하고, 그러나 긴장하지 않고, 방심 없이.

누가 뭐래도 이 자리에 있는 여섯 명 가운데, 네 명이 제3위인 은 등급이었다.

숨쉬는 것처럼 미궁을 답파할 수 있는 것은 어떤 의미로 당연하다고 해도 좋았다.

"……온다."

엘프 궁수가 움찔 귀를 떨며 발길을 멈추었다.

몸을 숙이고 대궁에 화살을 메겨 당긴다. 노리는 곳은 전방의 모퉁이.

고블린 슬레이어가 말없이 허리의 검에 손을 뻗으며 드워프 도사의 앞으로 나섰다.

자리를 바꾼 드워프 도사가 촉매 가방에 손을 넣고, 여신관이 석장을 꼭 쥐었다.

리자드맨 승려가 꼬리를 흔들며 유유히 등 뒤를 감싸는 곁에서, 영애 검사가 이를 갈았다.

이윽고 타박타박 무방비한 발소리가 둘, 모퉁이 너머에서 다가오더니—.

"……!"

소리도 없이 현이 튕겨졌다.

엘프 궁수의 화살이 공중을 날아가 고블린의 눈구멍을 지나더니 그대로 한 마리를 벽에 꿰었다.

"GROOAB?!"

동포가 갑자기 벽으로 쓰러진 것처럼 보였으리라. 또 한 마리가 혼란의 소리를 냈다.

그리고 무슨 일이 일어났는지 눈치 못 챈 상태로, 뒤늦게 목에 검이 돋았다.

고블린 슬레이어가 주저 없이 던진 것이었다.

"시체를 숨겨야겠군."

"그런 수고를 들일 거면, 죽이지 말고 숨는 편이 좋지 않았어?"

"발견되어 전투음으로 들키는 것보다는 낫다."

그는 성큼성큼 거침없는 발걸음으로 다가가 시체를 짓밟고 검과 화살을 뽑은 후 화살을 던졌다.

"우에."

엘프 궁수는 무척 기분 나쁜 듯, 화살을 받고서 황급히 피를 떨쳐 냈다.

딱히 짐승의 피라면 아무렇지도 않지만, 고블린의 피는 기피해 마땅한 것이다.

"술법, 기적은 얼마나 남아 있지?"

고블린 슬레이어가 일행을 돌아보았다.

"그러니까……."

여신관이 입술에 가는 손가락을 대고 생각했다.

"저는, 아직 한 번도 안 썼으니까 앞으로 세 번이고……."

손가락을 꼽으며 센다. 중간에 《틴더》, 요새에 들어와서 《커뮤니케이트》.

"다른 두 분은 한 번씩 사용하셨으니까, 역시 세 번씩 남으셨고, 합쳐서 아홉 번……?"

“아니, 그쪽 아가씨를 빼지 않았느냐?”

드워프 도사가 담백하게 말하며 엄지로 영애 검사를 가리켰다.

자기는 상관없다는 태도로 일동의 대화에서 떨어져 고블린의 주검을 가만히 노려보던 그녀가 조용히 말했다.

“……두 번.”

그것뿐—? 주문이 아니라, 말이.

“감사합니다.”

여신관은 난처한 기색으로 눈썹을 찌푸리면서도 갸륵하게 말했다.

그러나 영애 검사는 휙, 바깥쪽으로 시선을 돌리고서 이쪽을 보지 않는다.

“으으음…….”

여신관의 입에서 희미한 소리가 흘러나왔다.

신전에 있던 수습 소녀들이 떠오르는 태도였지만, 그 중에서도 특히 손이 가는 아이 같았다.

“……어쨌든, 전부 열한 번, 이네요.”

“흠. 아직 바닥나기까지는 수에 여유가 있으니, 어느 정도는 사용해도 상관없다고 생각은 하네만.”

“아니.”

고블린 슬레이어는 리자드맨 승려의 말에 고개를 옆으로 저었다.

“아홉 번이다.”

“어이쿠.”

리자드맨 승려는 눈을 크게 깜빡였다.

“그 말인즉슨…….”

"《라이트닝》 두 번은, 아껴두어야 한다."

움찔, 영애 검사가 몸을 떨었다.

유리구슬처럼 투명한 눈동자가 고블린 슬레이어를 똑바로 보았다.

목소리는 가녀리지만, 어디까지나 낮았다.

"…………고블린을, 죽일 수 있어?"

"잘 된다면."

영애 검사는 고블린 슬레이어의 무미건조한 대답에 표정을 알 수 없는 철 투구를 가만히 보았다.

그리고 이윽고, 작게 고개를 끄덕였다.

"그렇지만, 그걸 위해서는 이걸 어떻게 해야 하잖아?"

엘프 궁수는 술법의 남은 수 따위 신경 쓰는 기색도 없이, 죽은 고블린의 주검을 화살 끝으로 가볍게 찔렀다.

이 추위에도 허리와 발에 모피를 둘렀을 뿐이다. 무기도 조잡한 창. 벗겨 낼만한 것도 없었다.

"방법이 있나?"

고블린 슬레이어는 가방 안을 휘저어 자신의 도구를 확인하며 물었다.

"방법이라고 해도 말야. 응~으~응…… 아."

쫑긋. 엘프 궁수의 기다란 귀가 기세 좋게 튀어 올랐다.

그녀는 장난을 떠올린 표정으로 드워프 도사에게 손을 내밀었다.

"드워프, 술 줘봐. 병째로."

"허허어."

드워프 도사가 피식, 가소롭다는 웃음을 지었다.

"뭣이더냐? 길쭉귀 처녀. 졸음이라도 쫓을 셈이냐?"
"됐으니까, 줘봐."
"오냐 오냐. 마시던 것이니라. 전부 마시진 말거라."
"마실 거 아냐."
뚜껑을 퐁 뽑아서 코를 대고 킁킁 냄새를 맡더니 독한 술기운에 있는 힘껏 얼굴을 찌푸렸다.
"마시진 않지."
한 마디 하더니, 그것을 바닥에 뿌려버렸다.
"아아아?!!!"
드워프 도사가 세상 끝나는 비명을 질렀다.
그나마 큰 소리를 내지 않은 것은 이성이 남아 있는 덕분이었다.
그는 그 낮은 키로 펄쩍 뛰어오를 것처럼 엘프 궁수의 빈약한 가슴팍을 붙들었다.
"무슨 짓을 하는 게냐, 이 모루가……!"
"달라고 했잖아. 필요해서 어쩔 수 없었어."
"필요하다니, 이…… 하는 수 없다니, 이이! 내, 내 술을……!"
"아니, 덕분에 살았다."
고블린 슬레이어는 이미 움직였다.
엘프 궁수의 의도를 금세 파악한 그는 상처에서 흐르는 피를 넝마로 닦아내고, 벽에 시체를 앉혔다.
상처가 가려지도록 고개를 내리고, 고블린이 흘린 창을 걷어차 바로 옆에 놓았다.
"으, 그그그그……."

"흐흥. 그렇다는데? 뭐, 나도 나중에 술 사줄게."

기분이 좋아진 엘프 궁수가 눈웃음을 지으며, 고블린 옆에 술병을 놓았다.

"아……."

눈을 깜빡인 여신관이 고개를 끄덕였다.

"성실한 고블린 따위, 없다……였죠."

"그런 거야."

엘프 궁수가 한쪽 눈을 깜빡이고 키득키득 웃었다.

언뜻 보면 취해 널브러진 고블린 놈들이 두 마리. 강한 술 냄새와 섞여서 피 냄새는 알 수 없었다.

순찰을 돌다가 술을 마시고 낮잠을 자는 것쯤이야 고블린에겐 일상다반사일 것이다.

"숨길 수 없다면, 발견돼도 들키지 않으면 되는 거야."

"그렇다고, 내 술을, 너, 이……."

아쉬운 기색으로 손가락을 깨물고, 돌바닥에 퍼진 물웅덩이를 바라보는 드워프 도사.

그 등을 리자드맨 승려가 강하게 짝 두드렸다.

"뭘, 소승도 사겠네. 이건 나중에 탐색자 선생의 기지에 건배를 하세나."

드워프 도사가 어깨너머로 올려다보자 리자드맨 승려가 눈알을 빙글 돌렸다.

"그렇지 않은가? 소귀 살해자 선생."

"그래."

고블린 슬레이어가 고개를 끄덕였다.

"술값은, 나도 내지."

이렇게까지 말하면 더 이상 투정을 부릴 수도 없었다.

으그그그. 드워프 도사는 한차례 신음하고는 하아, 묵직한 숨을 내쉬었다.

"으, 음…… 음. 뭐, 비늘 친구와 카미키리마루가 그렇게 말을 한다면, 뭐어……."

"음. 우선은 서둘러야 겠네. 무기고는 어느 쪽인가?"

"……오냐. 이쪽이다."

손을 흔들어 일행을 선도하고자 걸어가는 드워프 도사.

"흐흥~."

그 바로 옆에 엘프 궁수가 콧대를 세우며 섰다.

"길쭉귀 처녀, 이 모루야! 술집에 돌아가면 울 때까지 술을 사게 해주마!"

"그래 그래. 드워프가 마음껏 마시게 해줄 테니까 그렇게 화내지 마."

시끌벅적. 평소처럼 사이좋게 싸우는 두 사람을 보고 여신관은 키득 웃음을 흘렸다.

—다행이야.

아까 그 지하감옥에서 다투고 말았으니까.

어떤 때라도 동료가 다투는 것은 보고서 좋은 기분은 안 든다. 그러니까.

—정말로, 다행이야.

마음 속 깊이 생각하고 여신관은 그 자리에 가볍게 한쪽 무릎을 짚었다.

석장을 당겨 매달리듯 쥐었다. 리자드맨 승려가 그녀 쪽을 보고 고개를 끄덕였다. 먼저 가고 있겠네.

그리고 여신관은 평소처럼 눈을 감고서…….

"…………뭘, 하고 있어?"

문득 옆에서 낮고 조용한 목소리가 기도를 가로막았다.

"어, 아, 네, 네에."

그녀는 약간 놀라 가슴이 뛰었지만 자세는 그대로 고개를 끄덕였다.

"진혼의 기도를…… 시간도 없으니까 간단하게지만요."

그러자 곧장, 석장을 쥔 그녀의 손을 영애 검사의 작은 손이 덥석 쥐었다.

곤혹스러움에 고개를 갸웃거리는 여신관에게 영애 검사가 딱 잘라 고개를 옆으로 저었다.

"…………필요 없어."

"네? 하지만……."

죽으면 모두 똑같아요. 여신관이 말하는 것보다 빠르게, 영애 검사가 주검을 걷어찼다.

벽에 기대고 있던 고블린이 옆으로 기울어 쓰러졌다.

"…………필요, 없어. 이런, 놈들한테는……!"

또 다시 영애 검사의 목소리가 거칠어지려던 그때였다.

"간다."

낮고, 날카롭고, 무뚝뚝하고, 담담한, 평소와 같은 그의 목소리였다.

돌아보니, 다른 일행이 성채 안쪽으로 나아가는 가운데 고블린 슬레이어만 그 자리에 남아 있었다.

검을 쥐고, 방패를 들고, 철 투구를 천천히 돌려 주변을 둘러보면서.

—기다려, 주셨어요?

말로 물어보는 일은 없었다. 아니, 물어볼 것도 없는 일이라고 해야 할까?

그는 언제나 기다려준다. 지난 1년 동안 잘 알고 있는 일이었다.

"……네. 지금, 갈게요."

재빨리 — 그러나 소홀하지 않게 — 여신관은 눈을 감고 죽은 고블린의 명복을 빌었다.

그녀는 무릎을 탁탁 두드리고 일어서서 영애 검사에게 웃었다.

"자, 갈까요?"

"…………."

휙. 영애 검사는 눈길을 돌리더니 저벅저벅 무미건조한 발걸음으로 성채 안쪽을 향해 걸었다.

어쩐다. 여신관은 표정을 난처한 웃음으로 바꾸면서 볼을 긁적이고는 고개를 옆으로 저었다.

"미움, 받아 버렸을까요?"

"모른다."

고블린 슬레이어는 딱 잘라 고개를 옆으로 젓고 뭔가 생각하듯 투구를 기울였다.

"너는, 사이좋게 지내고 싶나?"

"으음……."

물음을 듣고, 여신관은 검지를 입술에 대며 고개를 숙였다.

—내버려 둘 수가 없……단 말이죠. 아마도.

그것은 눈앞의 모험가에게 향하는 마음하고는 비슷하면서도 다른 것이었지만.

여신관은 꽃이 흐드러지듯 웃음을 지었다.

"……아마도, 그런 것 같아요."

"그런가."

그는 고개를 끄덕였다.

"그러면, 그러는 게 좋다."

그 말만 하고서, 고블린 슬레이어는 등을 돌려 걷기 시작했다.

"네."

여신관이 대답하고 뒤를 따랐다.

어슴푸레한 회랑 앞에는 동료들이 두 사람을 기다리고 있었다.

무기고는 이제 금방이었다.

§

고블린이라도 자물쇠를 채우는 정도의 지혜는 구사하는 법이다.

돌로 만든 미궁, 그 한 구역에 우뚝 선 중후한 철문.

고블린의 키로는 손잡이에 손이 닿지 않는지 정성스레 받침대도 놓여 있었다.

"그러면, 교대로구먼."

"그래 그래. 맡겨둬……라고 자신만만하게 말은 못하지만."

드워프 도사와 교대하여 문을 확인한 것은 엘프 궁수였다.

그녀는 일단 화살통에서 꺼낸 나무눈 화살로 문의 표면을 훑었다.

그걸로 아무 일도 없는 것을 확인하고서 기다란 귀를 살며시 대고 실내의 소리를 들었다.

뭔가 움직이는 소리는 없었다.

이 정도로 불결하고 지저분한 고블린들의 거처인데도 쥐 같은 것들이 없는 것에 놀랐다.

고블린에게는 좋은 간식거리일 테지. 생각하고 싶지 않지만 그나마 고마운 일이었다.

"안에는…… 아마 아무도 없는, 것 같아."

"열어라."

고블린 슬레이어가 잘라 말했다.

"최악의 경우 문을 부숴도 상관없다."

"뭐, 최악의 경우가 되겠네만."

리자드맨 승려가 묵직하게 수긍했다.

그는 기괴한 손놀림으로 합장을 하고, 촉매가 되는 용아를 한줌 쥐었다.

"고블린이 밀려들어오면 성가시니, 소승들은 주위에 망을 보도록 하세."

"오냐."

리자드맨 승려의 지시에 드워프 도사가 응답하고, 세 남자는 여성진을 둘러싸듯 원형진을 짰다.

쪼그려 앉은 엘프 궁수가 옷에서 철사처럼 가는 가지를 꺼내고 열쇠 구멍을 살폈다.

손놀림은 섬세하지만 다소 서툴렀다.

그녀는 탐색자이지, 결코 도적이나 척후가 아니었다.

도시에서 만난 모험가에게 취미 삼아서 간단한 함정의 해제와 자물쇠 따기의 기법을 배웠을 뿐이다.

자신의 호기심을 채우기 위해 사용하는 것에는 크게 도움이 된다. 그런데…….

"위험할 텐데?"

그녀는 가볍게 혀를 내밀고 입술을 핥으며 흘끔 바로 옆을 보았다.

"옆에 있으면 함정에 말려들지도 몰라."

"하지만, 옆에 있으면 금방 치료할 수 있으니까요.

생글생글 웃는 여신관은 가녀린 엉덩이를 바닥에 대고 엘프 궁수 옆에 앉았다.

두 손에 석장을 꼭 쥐고 있는 것은, 언제든지 기도의 태세에 들어갈 수 있도록 대비하는 것이다.

"사실은, 《프레코그(예견)》나, 《럭(행운)》의 기적이 있으면 좋겠지만요."

친구인 엘프 궁수가 걱정되는 것이 이유의 절반. 나머지 절반은 자신의 역량부족 때문이었다.

"어쩔 수 없지. 어느 기적을 받을 수 있는지는 신에게 달린 거잖아?"

그렇게 말은 해주지만, 그래도 아무 것도 못하는 건 미안하다.

그런 여신관의 내심을 짐작했는지 엘프 궁수는 긴장으로 땀을 흘리면서도 입술 끝을 올렸다.

"……역시 전문 척후가 필요하겠어."

"응, 하지만, 함정을 찾거나 자물쇠 여는 것도 잘 하시니……."

늘 의지하고 있어요. 그렇게 속삭이자 엘프 궁수는 쑥스러운 기색으로 기다란 귀를 흔들었다.

자, 여기서부터 집중해야 한다.

고블린 놈들이야 함정을 설치할 지식이 빈약해도, 신화시대에 요새를 세운 드워프는 다르다.

열쇠 구멍에서 산이 뿜어져 나오거나, 손잡이가 강렬한 열을 띠는 거라면 그나마 나은 편이다.

심할 때는 정해진 주문을 외지 않으면 만진 자의 기억을 지워 버리는 문도 있다고 한다.

거기까진 아니더라도 고블린의 악랄함은 특히 악명 높으니까…….

"…………."

흘끔, 일별한 곳. 영애 검사는 멍하니 서서 공중을 보고 있었다.

—정말로 괜찮을까?

아니, 괜찮을 리 없었다. 어느 정도 치열한 경험을 했는지 상상도 안 된다.

제정신을 유지하고 있으니 그나마 낫다고 할 수 있었다.

그렇기에…….

—아아, 이런, 안 돼 안 돼. 집중 집중.

엘프 궁수는 입술을 꾸욱 깨물고 열쇠 구멍을 살피는 손가락에 의식을 집중했다.

잠시 지나서 뭔가 튕기는 핑, 소리가 나고 자물쇠가 찰칵 올라갔다.

"……후우. 열렸어."

"잘했다."

고블린 슬레이어의 말은 단적이고 짧다.

흐흥. 엘프 궁수가 빈약한 가슴을 내밀며 뽐내는 것과 동시에 그는 다리를 들어 문을 퍽 걷어찼다.

반응은, 없었다.

"괜찮아 보이네만."

스르륵. 앞서서 미끄러지듯 들어온 리자드맨 승려가 흥, 코를 울렸다.

실내에 숨어 있는 괴물에 대비해 문을 차서 여는 것은 비교적 상투수단이었다.

"그거야, 내가 조사했는걸. 당연하잖아?"

"너, 아까는 자신 없다고 하지 않았느냐?"

콧대를 높이 세우는 엘프 궁수에 이어서 드워프 도사가 질린 표정으로 뒤따라 들어왔다.

문을 걷어차고서 통로를 경계하던 고블린 슬레이어가 여신관을 보고 고개를 끄덕였다.

"아, 불빛 말이군요. 붙일게요."

"부탁한다."

여신관은 짐에서 척척 횃불을 꺼내 익숙하게 부싯돌을 때렸다.

고블린의 요새. 이미 밤이 깊었고, 주위에 휘몰아치는 눈보라 소리도 심하다. 별빛조차 닿지 않았다.

고블린들은 밤눈이 밝기에 태연하지만, 흄은 그렇지 못하다.

적어도 창고 안을 조사할 거라면 그 동안은 불이 있어야 하고…….

"좋아. 됐어, 요……."

"…………."

여신관이 붉디 붉게 타오르는 횃불을 손에 들고서「후우」숨을 내쉬었다. 입김을 따라서 불꽃이 춤추었다.

그리고 그녀는 빙글 돌아서더니, 그녀를 가만히 바라보는 영애 검사에게 걸어갔다.

"그러면, 부탁드려요."

"…………? 뭐, 를?"

갑자기 말을 걸자 설마 자신을 부르는 건 줄은 생각지 못한 모양이다.

의문스레 고개를 갸웃거리는 그녀에게 여신관이 부드럽게 말을 이었다.

"횃불. 부탁할게요."

"…………."

횃불을 내밀었다. 여신관은 더욱이 그녀의 손을 잡아서 억지로 그것을 쥐어주었다.

눈앞에서 불꽃이 타오르자 영애 검사는 한순간 몸을 움찔 떨었다.

조심조심. 주위를 둘러보는 모습이 쭈뼛쭈뼛 하는 어린 소녀의 모습과 겹쳐 보였다.

"…………윽."

무슨 말을 하려고 했는지, 미약하게 열린 입술에서 희미한 소리가 흘렀다.

영애 검사는 양손으로 단단히 쥔 횃불과 불꽃에 눈을 깜빡이고는.

“……………………알았어.”
작게 중얼거리고, 얼른 창고 안으로 들어갔다.
그리고 또다시, 통로를 어둠이 채웠다.
그러나 여신관의 볼이 느슨해진 것은 알 수 있었다.
고블린 슬레이어가 성큼성큼 평소와 같은 발걸음으로 옆에 와서 섰다.
“……왜 저 애에게 준 거지?”
“아마도, 지만요?”
마치 힐문하는 것 같은 물음이지만 여신관은 부드럽게 대답했다.
그가 화나지 않은 것 정도는 이제 목소리를 들어보면 안다.
“아무 것도 안 시키고 방치되는 게, 괴로울 거라고 생각해서요.”
“그런가?”
—뭐, 당신은 대개 뭔가 역할을 생각하고 있지만요.
여신관은 그렇게 말을 하지는 않았다.
갑자기 새로운 장소에 떨어져서 주위는 척척 움직이는데.
자신은 뭘 해야 좋을지 몰라서 그저 멍하니 서있는 수밖에 없다.
그것은— 그것은, 그녀 자신도 잘 아는 일이었다.
신전에서 자란 고아. 버려진 아이였기 때문에.
“눈치 못 채셨어요?”
“뭘 말인가.”
“횃불을 받았을 때, 조금 쑥스러워했어요.”
“……그런가.”
한 마디 중얼거린 고블린 슬레이어와 함께 여신관도 창고 안으로 들어섰다.

코를 찌르는 곰팡내와 먼지 냄새에 얼굴을 찌푸리면서, 손을 뒤로 돌려 문을 닫았다.

그러자 드워프 도사가 곧장 문의 경첩에 달려들어서 쐐기를 박아 장치를 해두었다.

"보통은, 계속 열려있도록 해두어야 하지만 말이다."

그는 촉매가 든 가방에 쐐기와 작은 망치를 넣으며 어깨를 으쓱거렸다.

"이번에는 고블린 놈들이 들어오면 재수가 없을 터이니 말이지."

"물론, 적이 여기로 몰려들면 소승들도 도망칠 수 없게 되네만."

하하하하하. 메마른 웃음소리는 리자드맨 승려와 드워프 도사 중 누가 낸 걸까?

"그만 좀 하지?"

"아하하."

엘프 궁수가 얼굴을 찌푸리고, 여신관은 살짝 표정이 굳어졌다.

조용한 것은 고블린 슬레이어와 영애 검사뿐이었다.

영애 검사는 단단히 쥔 횃불을 천천히 들어올렸다.

흔들리는 불꽃, 춤추는 그림자. 어슴푸레 비치는 무기고 안을 고블린 슬레이어가 둘러보았다.

"무기고라기에는……."

그렇게 말하면서, 그는 가까운 술통에 아무렇게나 꽂혀 있는 무기를 쥐었다.

싸구려에 진흙과 녹 투성이인, 그러나 꽤 오래 사용한 조잡한 곡괭이.

보아하니 그 밖에도 삽이나, 흙을 파내기 위해 필요한 공구류가 잡다하게 굴러다니고 있었다.

"……다소 방향이 다르군."

"굴이라도 팠던 거 아냐? 고블린이니까."

엘프 궁수는 딱히 흥미 없는 기색으로 말했다. 그녀는 무구류는 아무래도 좋았다.

오히려 귀를 바짝 세우고 밖에서 들리는 발소리를 경계하는 모양이었다.

"아니면, 무슨 채굴이라도 했는지 모를 일일세."

슬금. 꼬리를 흔들어 공기를 뒤섞으며 리자드맨 승려가 손을 뻗었다.

그는 곡괭이 사이에 굴러다니는 짧은 창을 집으며 말을 이었다.

"고블린 팔라딘이란 것이 있다면, 그저 소굴을 넓히기만 하리라고는 생각하기 어렵네."

"있을 수 있는 일이겠구먼."

드워프 도사가 씁쓸하게 말하며 주위를 둘러보았다.

지저분하긴 하지만, 돌을 정교하게 쌓은 요새의 구조는 달리 흉내 낼 수 없었다.

"여기는 드워프의 요새가 아니더냐? 광맥 정도는 있을 게야."

"그러나."

고블린 슬레이어는 신음했다.

"고블린 놈들이 검을 제련하겠나?"

파내서 뭘 할 것인가? 대답이 안 나온다.

고블린 팔라딘— 아직 대면하지 못한 적의 그림자가, 무겁고 두텁게 뒤덮어 오는 것 같았다.

고블린 슬레이어조차 답을 이끌어내지 못하고 있었다.

다른 누가 알 수 있겠는가—?

"……어쨌든."

굳은 분위기를, 석장을 꼭 움켜쥔 여신관의 말이 부수었다.

한 마디 말을 자아내면 그저 그것만으로 이어지는 말을 할 용기가 솟는다.

"어쨌든 고블린이 뭔가 꾸미고 있다면, 내버려두면, 안 되는 거죠."

결의를 품은 그 말. 누가 모르랴? 이 자리에 있는 모험가는 모두 고개를 끄덕였다.

"이 도구도, 무기도, 어떻게든 해야……."

"아아, 그러면 소승에게 맡기게. 술법 하나에 소양이 있다네."

리자드맨 승려가 손에 든 용아를 좌르륵 뿌리고 기괴한 손놀림으로 인을 맺어 합장했다.

하는 수 없구먼. 드워프 도사가 그것을 보고 조용히 중얼거렸다.

"……흐흠. 어이, 아가씨야."

"……윽. ——?"

횃불을 쥐는데 주력하던 그녀는 몸을 한 번 움찔 떨고는 드워프 도사의 수염 난 얼굴을 보았다.

그는 수염을 쥐고는 약간 신음하더니, 턱짓을 하며 주위의 무구류를 가리켰다.

"잠깐 돕거라. 무기를 몇 개 꺼내가야겠으니."

드워프 도사는 이미 감별을 마쳤는지 말하자마자 잡다한 공구의 산에서 검을 뽑아냈다.

"카미키리마루는 무기를 거칠게 쓰니 말이다. 그리고 너도 단검만 가지고는 어쩌지도 저쩌지도 못할 게야."

음. 희미한 소리는 물론 고블린 슬레이어가 냈다.

"적절하게 쓰고 있다고 생각한다."

"……후훗."

무뚝뚝한 목소리가 토라진 것처럼 들려서 여신관이 희미하게 웃음을 흘렸다.

한편, 갑작스레 지시를 받은 영애 검사도 한순간 갸우뚱하고 있었다.

그러나 지시 내용을 이해하고는 서둘러 황급히 무구를 주워 모으기 시작했다.

검, 창, 곤봉…… 고블린의 무구였다. 그렇지만 그녀는 가녀린 소녀였다.

아무리 전사라지만 들 수 있는 무구의 수에는 한계가 있다. 그런데다가…….

"고블린 놈들의 보호대에는 안 들어가겠구나."

주워 모은 방어구로 그녀의 풍만한 가슴을 감싸기에는 다소 어려운 면이 있었다.

엘프 궁수가 옆에서 들여다보더니 흥, 코웃음을 치면서 가시 돋친 목소리로 말했다.

"억지로 집어넣어 버리면 되지 않아?"

"바보 같은 것. 모루인 너는 모르겠지만, 몸에 맞지도 않는 방어구는 외려 독이 되느니라."

모루는 뭐야, 모루는! 엘프 궁수를 무시하고서, 드워프 도사는 영애 검사를 빤히 살펴보았다.

마술과 검. 양립할 수 있는 경장. 무기는 지금은 단검. 주무기는 아니리라.

"그러면, 일단 검부터 골라볼까……."

"……윽!"

그것을 듣고, 영애 검사의 얼굴이 굳어지며 드워프 도사에게서 떨어졌다.

"오?"

"…………없어."

가는 목소리.

왜 그러느냐? 드워프 도사가 고개를 갸웃거리자 그녀는 수염 난 얼굴을 노려보았다.

"……무기는……."

"……."

"……무기는………… 필요 없어……."

그것은 분노마저 스며 나오는, 낮고 작은 거절의 말이었다.

거의 무표정에 가까운 투명한 얼굴이 엉망으로 일그러졌다.

"어허."

드워프 도사는 어안이 벙벙한지, 눈을 깜빡이며 하얀 수염을 쓰다듬었다.

그리고 씨익, 마치 맛있는 요리라도 먹은 것처럼 웃었다.

"그래 그래. 무기는 싫은 게로구나. 좋구먼! 그게 바로 가까워지는 첫걸음이란 게다!"

"………… ."

이번에 멍해진 것은 영애 검사였다.

눈을 깜빡이는 그녀에게 드워프 도사는 아주 당연한 것처럼 말을 이었다.

"자기가 하고 싶은 말을 참아서야 어쩌겠느냐? 응?"

허면, 하다못해 외투 같은 것이라도……. 드워프 도사는 중얼거리며 무기고를 휘젓고 다녔다.

고블린이 고른 경장들뿐이라지만, 대부분 약탈품이다.

지저분해도 일단 쓸 수 있는 것들이었다.

가죽 외투. 철판 보강이 된 장갑. 아니, 하다못해 머리에 철판 하나라도…….

"……? ……?!"

시키는 대로 흘러가는 대로 이것저것 겉옷을 걸쳐보며 영애 검사는 눈을 깜빡였다.

누가 뭐래도 무기와 방어구의 감별에서 드워프를 앞서는 종족은 없다.

어, 어, 하는 동안 장비를 갖추고, 벗고, 교환하고, 빙그르, 빙글빙글.

"정말, 그럼 안 되잖아요? 너무 한꺼번에 갑자기……."

여신관이 「어쩔 수 없네요」라는 식으로 구해주었다.

언니 행세를 한다……기보다는, 의식해서 그런 식으로 행동하고 있었다.

"그럼 안 돼요."

허리에 손을 대고, 검지를 세우며 다시 한 번 엄격하고도 부드럽게 말했다.

"곤란해 하잖아요."

"음……."

드워프 도사는 한 마디 신음하고는 영애 검사의 얼굴을 들여다보았다.

"곤란하더냐?"

"…………."

그녀는 시선을 이리저리 흔들고는―.

"……. …………. …………조금."

"보세요."

가녀린 목소리에 여신관은 미소를 감추면서도 살며시 드워프 도사에게 지적했다.

"어이쿠, 미안허이, 미안해."

웃음을 죽이는 것은 드워프 도사도 마찬가지. 그래도 희미하게 웃음이 흘러나오는 것은 애교다.

작은 몸인데도 회수한 무구를 교묘하게 묶어 등에 진 그가 흘끔 눈짓했다.

"하지만, 좀 더 하고 싶은 말을 해야 하느니라. 카미키리마루는 그게 참으로 대단하지 않더냐?"

"저 뭔가 이상한 녀석은 예외 아닐까? ……그치?"

키득키득. 엘프 궁수는 아예 웃음을 얼버무리지도 않는다.

"오르크볼그는 『그런가』, 『그래』, 『고블린이다』뿐이잖아."

무뚝뚝하게 입을 다물고 팔짱을 낀 채 벽에 기대선 그를 흘겨보면서, 고양이처럼 눈웃음을 짓는다.

"어쩔 수 없어요."

여신관 또한 이렇게 말했다.

"그야, 고블린 슬레이어 씨는 고블린 슬레이어 씨니까요."

"……그렇구나."

그 한 마디에, 더 이상 버티지 못했다.

모험을 하는 와중이며 위험한 것은 다 알고 있었다. 그래도 웃어버리는 것은 나쁜 일이 아닐 것이다.

평소의 그가 하는 말은 아니지만.

—심각해져서 이길 수 있다면 심각해지겠어요. 하지만…….

그렇지 않다면. 군데군데 긴장을 푸는 편이 반드시 좋을 게 틀림없다—.

"소승도, 소귀 살해자 선생은 그걸로 좋다고 생각한다네. 어디 보세나."

리자드맨 승려의 「쉬익」 하는 한숨이 그 환담을 적절한 시점에 끊었다.

그는 꼬리로 바닥을 때리며 일동을 빙 둘러보고.

"이제 됐는가?"

"그래, 이제는 됐느니라. 비늘 친구, 하거라."

"음."

그렇다면. 위엄을 듬뿍 담아 묵직하게 고개를 끄덕인 그는 기괴한 손놀림으로 합장을 했다.

"《백아의 층에 잠든 선조들이여, 짊어진 시간의 무게로 이러한 것들을 길동무 삼으소서》."

곧장, 바닥에 뿌린 용아의 촉매가 부글부글 소리를 내면서 끓어오르기 시작했다.

그러자, 무슨 일인가?

공기에 닿은 곳부터, 흩어진 무기가 순식간에 녹이 슬어 삭아가지 않는가?

"우, 와아……."

여신관도 이야기는 들어 알고 있었다.

사악한 기적의 종류라고 해서 흔히는 볼 수 없는 것이지만.

"이거, 《러스트(부식)》의 기도인가요……?"

"오, 알고 계셨는가?"

그녀가 놀라서 흥미를 가지고 묻자, 리자드맨 승려가 「그렇다네」 하며 고개를 끄덕였다.

"《웨더링(풍화)》으로는 삭는데 시간이 걸리니 말일세."

"실제로 보는 건 처음인데요. ……이거, 저희들한테는?"

"효과가 없다네. 그리고, 전투에는 그다지 쓰이지 않는 기도일세."

그것을 듣고서, 여신관이 가녀린 가슴을 살짝 쓸어 내렸다.

성의의 안쪽에 입은 얇은 사슬 갑옷은 소중한 것이니까.

—소모품이라는 건, 알고 있는데요.

"준비에 수고와 시간이 걸리기는 하네만, 이럴 때는 잘 쓰고 있다네."

여신관에게 설명하면서 리자드맨 승려는 어쩐지 자랑스레 꼬리를 흔들었다.

"어디……. 지하감옥의 포로들을 거머쥐고 무기를 빼앗았군. 여기까지는 예정대로일세, 소귀 살해자 선생."

"……그래."

고블린 슬레이어는 천천히 고개를 끄덕였다.

그는 가방에서 물주머니를 꺼내 뚜껑을 열더니 투구 틈으로 벌컥한 모금 마셨다.

"그러나, 방심은 하지 마라. 무슨 일이 일어날지 알 수 없다."

물론, 여기 모인 모험가들은 그것을 아주 잘 알고 있었다.

왜냐하면 신들의 주사위를 지배하는 것이 숙명인지 우연인지는, 여전히 판별되지 않는 세상의 이치다.

예상 밖의 일이 일어나기에 「모험」인 것이다.

제6장 『소귀들의 왕관(고블린즈 크라운)』

녹슨 나팔이 삐걱대는 귀에 거슬리는 소리가 성 안에 낭랑하게 울려 퍼졌다.

고블린 놈들이 힘으로만 관에 숨결을 불어넣으니 귀에는 거슬려도 커다랗긴 하다.

어쩌면 놈들에게는 이것이야말로 웅장하게 들릴지도 모른다.

꼴사나운, 약탈한 여자들의 의복을 찢어 마련한 색색깔의 넝마를 두르고.

손에는 뼈와 가죽으로 만든 북을 안고서, 메마른 타음으로 박자를 맞추면서.

고블린 놈들이 속속 요새의 안뜰로 집결했다.

"ORARAG!"

"GORRB!!"

"GROOOB!!"

지저분한 타액을 튀기며 주먹을 치켜든 고블린 놈들이 짖어댔다.

흥분이 가득한 그 소리가 의미하는 것은 명백했다.

매도이며, 증오이며, 원망이며, 질투이며, 욕망이었다.

자신들이 가지지 못한 것을 가진 모든 것에, 빠짐없이 향하는 욕지거리.

반면에, 그것은 고블린 놈들에게는 영웅을 칭송하는 환성이기도 했다.

그들의 소원을 한 몸에 짊어지고, 얼빠진 흄 놈들을 죽여주는 자에 대한 환성.

고블린은 연대감만 강하다. 한편으로 스스로 솔선해서 뭔가 하는 건 싫어한다.

따라서 수장이건 샤먼이건 로드건 모든 것을 맡겨 버리는 것이다.

자기는 편히 놀면서, 밥이건 술이건 여자건 무구건 반짝거리는 것이건 즐기면 된다.

자신이 못 가진 것을 가진 자는 끌어내려서 갈기갈기 찢어 버려라.

나는 죽고 싶지 않다. 동료가 죽으면 길길이 화낸다. 그 응보를 내려야 한다.

그 모든 것은 고블린 놈들의 내면에서는 모순 없이 이어진다.

"GORARARARAUB!!!!"

이윽고 한층 성대한 소리가 오르자 그 고블린이 철커덕, 한껏 위엄이 서린 발걸음으로 나타났다.

지저분한 철 투구. 온몸을 감싼 누더기 철갑옷. 커튼을 뜯어낸 진홍의 망토를 끌면서.

허리에는 번득이며 빛나는 은의 검을 찼다. —고블린들 속에서도 신성함마저 풍기는 은의 검을 말이다.

"ORARAG! ORRUG!"

고블린 팔라딘(소귀 성기사). 놈의 묵직한 목소리를 듣고서 고블린이 일제히 무릎을 꿇었다.

죽 정렬하여 고개를 숙이더니, 마치 바다가 갈라지는 것처럼 광장에 하나의 길이 열렸다.

그곳을, 고블린 팔라딘이 망토를 질질 끌면서 당당히 걸었다.

허리에 찬 은검의 칼집 끝이 돌바닥에 닿아서 툭툭 튀어 오르지만 신경 쓰는 기색도 없었다.

나아가는 곳에는 고철과 시체를 모아서 만든 커다란 의자가 있다.

징그럽게 일그러진 얼굴에는 오히려 긍지마저 베어 나오고 있었다.

그것은 우스꽝스러울 만큼 희화화된 흉들의 모습이며, 한없이 악랄하고 악취미적이었다.

§

"실수했군."

무기고를 빠져 나온 직후.

회랑에서 안뜰의 광경을 본 고블린 슬레이어가 혀를 차면서 내뱉었다.

"응? 어째서? 저게 적의 우두머리라면 여기서 쏴서 맞추면……."

"그럴 수도 없다네. 남은 어중이떠중이 고블린 놈들이 무슨 짓을 저지를지 알 수 없지 않은가."

성질 급한 엘프 궁수가 나무눈 화살촉 화살을 대궁에 메기려 하자, 리자드맨 승려가 차분히 막았다.

"그러나, 그것뿐만이 아닌 모양이로군. 소귀 살해자 선생."

"그래."

고블린 슬레이어가 고개를 끄덕이며 낮게 으르렁거리듯이 말했다.
"보고 모르겠나?"
"……? 고블린이잖아?"
"그래."
우응. 기다란 귀를 늘어뜨리며 고개를 갸웃거리는 엘프 궁수.
그렇지만 무엇을 「실수」했는지 짐작이 안 된다.
여기까지 다소 문제는 있었지만 잘 진행됐을, 텐데—.
"저 고블린은, 이 요새의 주인이 되는 거다."
"……?"
"고블린 놈들의 서훈식이다."
"아!"
엘프 궁수가 아닌 여신관이 무심코 소리를 질렀다.
그녀는 황급히 자기 입을 막고서 회랑 틈으로 가만히 안뜰을 엿보았다.
다행히 고블린 놈들은 아직 깨닫지 못했다. 소음 같은 연주 덕분에 듣지 못한 것이다.
가녀린 가슴을 가볍게 쓸어내리고, 그녀는 진지함 그 자체의 기색으로 답을 이끌어냈다.
"서훈식에는, 성직자가……!"
맞는 말이었다.
고블린 놈들이 의식을 모방하는 거라면 당연히 성직자도 불러올 것이다.
그렇잖아도 저기에 있는 것은 고블린 팔라딘.

바깥에 거하는 지혜의 신에게 계시(핸드아웃)를 받은 존재니까.

그러면, 고블린 성직자가 어디 있는가 하니—.

“…………아.”

가녀리고 떨리는 목소리가 영애 검사의 입술에서 흘러 내렸다.

투명한 무표정이 희미하게 파랗게 변했다. 붕대를 감은 양손을 꾹 움켜쥐었다.

그 손으로 뭘 했는지. 무엇을 하고 말았는지. 멋대로. 반사적으로.

흔들리는 눈동자가, 가만히 상태를 살피듯 일동을 보았다.

“놈은, 지하감옥에서 고꾸라져 있구먼.”

시선을 받은 드워프 도사가 짐짓 아무 것도 아니란 기색으로 태연하게 응답했다.

한손으로 하얀 수염을 쥐고 한쪽 손으로 촉매 가방을 뒤지면서, 표정은 진지함 그 자체였다.

“……이것은, 좀 위험할 수도 있겠구나.”

그 말에, 일동은 아무 말이 없었다.

다 알고 있었다.

안뜰을 메운 고블린은 얼추 세어 봐도 50마리를 가볍게 넘는다.

그 한가운데에 그들이 있는 것이다. 존재가 노출되면 어찌될까?

과거— 세상이 태어난 뒤로 몇 번이고 반복된 고블린 퇴치.

모험가는 언제나 고블린 놈들보다 소수였다.

책략도 없이 도전한 자부터 죽어나간다. 놈들의 소굴 가장 깊은 곳에 있다면 더욱 그렇다.

그것은 설령, 고블린 슬레이어라고 해도 예외는 아니다.

이 기묘하고 괴팍한 모험가가 그 차이를 메우는 것에 얼마나 주력했던가?

함께 모험을 하면서 1년.

이해 못할 리가 없었다.

"……윽, 아윽……."

그때였다.

두 손을 움켜쥔 채 표정이 굳어있던 영애 검사가 갑자기 고통스런 소리를 질렀다.

"왜, 왜 그래요?"

여신관이 무심코 곁으로 다가가 살펴봤지만 다친 흔적은 없었다. 그러나…….

"윽, 우, 우우…… 아……악."

"뜨, 뜨거……?!"

만진 몸이 화상을 입을 것처럼 뜨거웠다.

"무슨 일인가."

고블린 슬레이어가 물었다.

"모, 모르겠어요. 그저, 이거……."

떠올려라. 떠올려라. 여신관은 필사적으로 기억을 뒤졌다.

외상은 아니다. 독 같은 것도 아닐 터. 몸에 열. 마치 술법이라도 걸린 것 같다.

술법……. 아니다. 단순한 술법은 아닐 것이다. 토템은 없었다. 성기사. 성직자.

신벌. 저주— 저주?

"아……!"

여신관은 발견했다. 영애 검사의, 싹둑 자른 머리칼의 뿌리 부근.

목덜미에 찍혀 있는 무참한 소인, 녹색 달의 눈이 활활 불타듯 빛나고 있었다.

"이거……!"

"끄, 후, 우, 으그…… 으으, 으으……윽!"

고통을 열심히 억누르면서, 자신의 팔을 깨물어 목소리를 죽이며 몸부림치는 영애 검사.

여신관은 그녀의 타오르는 듯한 몸을 필사적으로 끌어안아주며 리자드맨 승려를 돌아보았다.

은 등급, 제3위, 가장 경험이 풍부한 성직자인 그는 쉬익 날카롭게 숨을 내뱉었다.

"사신의 저주로군! 그렇다면, 해주를…… 아니, 시간이 부족하네……!"

섣불렀다.

단순히 무참한, 고블린이 잔혹한 취미로 찍은 소인이라고 간과할 줄이야. ―아니.

저주이기에 치유의 기적으로도 흉터를 지우지 못했다는 것인가?

"윽……! 《자비 깊은 지모신이여, 부디 이자의 상처를 그 손으로 어루만지소서》!"

그럼에도, 이미 망설일 틈이 없었다. 여신관은 지모신에게 치유의 기적을 탄원했다.

자비 깊은 여신은 그 손가락으로 가여운 소녀의 목덜미를 어루만져 몸을 좀먹는 저주에 맞섰지……만.

“GORUB?!”

“ORARARAGU?!”

그에 맞춰 안뜰의 고블린 놈들이 술렁거리기 시작했다.

서훈식은 막힘없이 진행되었고 이제 사제와 제물의 도착을 기다리면 된다.

그러나 나타나지 않는다.

안 온다.

“ORG.”

기어이 고블린 팔라딘이 소리치자 부하가 달려간다.

지하감옥. 승려의 시체가 발견되는 것도, 기다리고 있는 포로가 발견되는 것도 시간문제다.

“ORARARAGAGA!!”

고블린이 외치고 술렁거림이 더욱 커졌다.

자리를 박찬 고블린 팔라딘이 짖어대듯 기괴한 주문을 외쳤다.

“IRAGARAU!”

“아, 으아아아아아아아아아아아아아……악?!”

영애 검사가 기어이, 고통을 견디지 못하고 흐느껴 울었다.

다음 순간, 온갖 일들이 동시에 일어났다.

고블린 슬레이어는 허리의 검을 쥐면서 안뜰을 보았다.

고블린 팔라딘이 똑바로 이쪽을 보고 있었다.

눈과 눈이 마주쳤다. 철 투구 안쪽에 숨어 있는 눈동자와 고블린 팔라딘의 금색 눈이.

© 2017 Noboru Kannatuki

그리고.

"ORAGARAGARAGARA!!!!"

"숙여라!"

고블린 팔라딘이 호령을 하자, 고블린 놈들은 질색할 만큼 훌륭한 움직임으로 활에 화살을 메기고 쏘았다.

동시에, 고블린 슬레이어가 옆으로 뛰어서 두 소녀를 밀어 넘어뜨렸다.

"꺄?!"

"……읏?!"

여신관과 영애 검사. 몸집이 작은 두 사람이 가는 비명을 지르는 것도 상관하지 않고 방패를 들었다.

곧바로 달칵, 하는 힘없는 소리를 내면서 쏟아지는 화살이 튕겨나갔다.

고블린의 힘으로 아래쪽에서 위쪽으로 쏜다는 것을 감안해도 위력이 약하다.

떨어진 화살을 주워보니 화살촉의 고정이 상당히 느슨하다. 이걸로 장거리를 날리려고 한 탓이다.

"……어설픈 흉내로군."

차례차례 쏟아지는 화살 비가 방패에 맞아 금속음을 울렸다.

"흥."

고블린 슬레이어는 재미없다는 기색으로 손에 든 화살을 내던졌다.

그대로 방패를 들어 여신관과 영애 검사를 화살에서 지키며 두 사람을 살폈다.

"무사한가."

"아, 네, 네에. ……죄송해요."

"상관없다."

"…………."

고블린 슬레이어의 가슴 아래, 영애 검사는 희미하게 눈길을 흔들면서 고개를 끄덕였다.

"좋다."

그걸로 충분했다. 그는 이어서, 떨어진 장소에 있는 동료들에게 시선을 돌렸다.

"그쪽은 어떻지?"

"괜찮아!"

"오히려, 눌려 죽지 않을까 싶구먼."

엘프 궁수가 소리를 치고, 그 옆에서 드워프 도사가 조용히 손을 흔들었다.

리자드맨 승려가 커다란 몸을 펼치며 엘프 궁수와 드워프 도사를 감싸듯이 넘어뜨린 것이다.

"이거 참, 장관이로군."

화살비가 내리는 가운데, 리자드맨 승려는 오히려 유쾌하다는 기색으로 눈을 가늘게 떴다.

리자드맨에게는 온갖 역경이 시련이며, 시련이란 기쁘게 도전해야 하는 것이다.

"둘로 갈라진다."

"알겠네."

착 맞는 호흡으로 리자드맨 승려가 응했다.

“전력은 셋과 셋. 전사, 술사, 신관. 승려, 탐색자, 술사면 되겠는가?”

“상관없다.”

“미끼는 어느 쪽이?”

“내가 하지.”

고블린 슬레이어가 말했다.

“방어역이 미끼로는 적격이다.”

“지하의 포로를 옮기는 데는 소승의 완력이 적임이지. 맡도록 하겠네.”

“부탁한다.”

두 모험가는 재빨리 마주보고 빠르게 말을 나누어 작전을 세웠다.

고블린 퇴치에 한해서 고블린 슬레이어보다 뛰어난 자는 없다.

그리고 전투를 생업으로 삼는 한, 종족으로서 리자드맨을 웃도는 자는 없다.

“그러면 가도록 하지. 탐색자 선생, 술사 선생. 움직일 수 있겠는가?”

“멀쩡하긴, 한데, 아아, 정말……! 이 화살 이상하게 날아오니까 막 짜증나……!”

“그런 말을 할 때더냐?”

세 사람이 리자드맨 승려의 비늘을 방패 대신 삼아 질질 기어가듯 회랑을 나아갔다.

고블린 슬레이어는 고개를 끄덕였다. 이제는 이쪽이 눈에 띄면 된다.
"좋아, 간다."
"아, 네……!"
"…………윽."
그러나 영애 검사는 움직이지 않았다. 아니, 움직이지 못했다.
고통도 있다. 목덜미가 타는 듯이 아프다. 웅크리고, 흐느껴 울었다.
그렇지만, 그뿐이 아니었다.
단단히 꼭 움켜쥔 주먹. 손톱이 붕대를 찢고 피를 내고 있었다.
"……그러면, 안 돼요."
살며시, 다가온 여신관이 그 손에 자기 손을 올렸다.
가녀리고 섬세한 손과 손을 맞잡듯이 쥐고서, 감쌌다.
"……."
부르르. 영애 검사는 희미하게 몸을 떨었다.
"…………아."
가는 목소리가 목에서 흘렀다.
"……알, 고 있어. 알고 있어. 알고, ……있어."
절레절레. 싹둑 잘라낸 벌꿀색 머리칼을 흔들면서 고개를 저었다.
"…………그래도."
한 마디 흘러나오자, 이제 더는 멈출 수가 없다.
"……그래도……!!"
말과 눈물이 끊임없이 흘러 나왔다.
분해. 분해. 괴로워. 슬퍼. 어째서 나만. 이런.
이럴 리 없었어. 어째서 저것들은. 제멋대로. 웃으면서.

바보 취급하고. 그런데. 비참하고. 아무 것도 못했어. 한심해.

또 내 탓이야. 내 탓에, 이런. 이런.

검을. 돌려줘. 되찾아야 해. 돌려줘. 돌려줘어.

돌아가고 싶어.

아버님. 어머님.

"이제…… 싫, 어……엇."

"……."

의미를 이루지 못하고 단어의 나열밖에 안 되는, 말.

울먹울먹. 떼쓰는 아이처럼 소녀는 흐느껴 울었다.

그녀가 필사적으로 자아낸 수많은 말들을, 고블린 슬레이어는 가만히 듣고 있었다.

눈물로 엉망이 된 얼굴을, 그는 투구 너머로 가만히 보고 있었다.

그리고 생각했다.

—과연 고블린에게 빼앗긴 것 중에서, 되찾을 수 있는 것이 얼마나 되는가.

"그런가."

그는 말했다.

"알았다."

"……어."

멍하니. 영애 검사는 그를 올려다보았다. 옆에 있는 여신관을 보았다.

"……정말이지. 못 말리는 사람이네요."

하아. 그의 몸 아래에서, 밑에 깔린 채 여신관이 한숨을 내쉬었다.

“—라고는, 안 할게요.”

이번만큼은. 아니, 이번에도, 인가?

알고 있던 일이었으니까.

“고블린 슬레이어 씨는 뭘 부탁해도 언제나『그런가』하면서, 거절하질 않으니까요.”

“그런가?”

“봐요.”

“……그런가.”

바로 앞에서 꽃이 피는 것처럼 웃은 여신관에게서 그는 억지로 시선을 돌렸다.

“네 검을 되찾는다.”

그리고, 방패를 들고 일어섰다. 계속 쏟아지는 화살이 맞아서 튕겨나간다.

“저 고블린 팔라딘도 죽인다. 고블린은 죽인다.”

허리에 찬 검을 뽑았다. 어중간한 길이의 검을.

“한 마리, 두 마리란 의미가 아니다. 소굴 하나. 이 요새 하나도 아니다.”

지저분한 철 투구. 싸구려 가죽 갑옷. 그것을 입은 모험가.

“소귀(고블린) 놈들은, 몰살(Slay)시킨다.”

그러니 울지 마라.

고블린 슬레이어의 말에, 영애 검사는 커다랗게 코를 훌쩍이며 작게 고개를 끄덕였다.

§

"《자비 깊은 지모신이여, 어둠 속 길 잃은 우리들에게 성스러운 빛을 베푸소서》!"

그 빛은 찬란하게, 새벽의 별처럼 고블린 놈들을 비추었다.

여신관의 혼을 깎아내는 기도로 내려온 기적. 《홀리 라이트》.

그렇지만, 이정도 거리가 있으면 시야를 빼앗는데도 도움이 안 된다. 그러나—.

"ORARAGA!"

"GROAAB!!"

성벽 위, 둘로 갈라진 모험가들 중 한쪽으로 주의를 돌리기에는 충분했다.

지저분한 타액을 흘리면서 소리치는 고블린 팔라딘의 호령 아래 고블린 놈들이 움직이기 시작했다.

휭, 휭, 화살이 비처럼 쏟아져 내리는 한편, 안뜰에서는 한 부대가 소란스럽게 달렸다.

화살을 쏴서 발을 묶어둔 다음 아군을 보내는 것이다. 노리는 바는 명백했다.

"그러나 제물을 확보하고 있는 이상, 놈들도 그리 화려한 짓은 못한다."

고블린 슬레이어가 치켜든 작은 방패로 소녀들을 감싸며 말했다.

방패에 맞은 화살이 후두둑 근처에 흩어져 있었다. 그는 그것을 가차 없이 짓밟았다.

“가끔은 **인질**을 잡는 것도 기분이 좋군.”

고블린 슬레이어는 여신관과 영애 검사를 돌아본 다음 진로를 확보하기로 했다.

“간다. 자세를 낮춰라.”

“아, 네! 《프로텍션》은—.”

“아니.”

고블린 슬레이어는 여신관의 말을 가로막았다.

“아껴둬라.”

그녀가 남긴 기적은 앞으로 한 번. 주문과 기적의 사용 시기를 틀리면 안 된다.

여신관은 순순히 고개를 끄덕이고, 그러나 어쩐지 장난스럽게 미소를 지었다.

“알겠어요. ……하지만, 위험해지면 쓸 거예요.”

“판단은 맡긴다.”

—맡긴다!

그것은 참으로 마음이 들뜨는 말이었다.

고블린 슬레이어가 「맡긴다」라고, 그저 한 마디를 해준 것이 얼마나 기쁜 일인지.

“네!”

여신관이 기세 좋게 응답하자 고블린 슬레이어는 고개를 끄덕이고 시선을 움직였다.

“달릴 수 있나?”

“…………아마.”

영애 검사가 붉어진 눈꼬리를 쓱쓱 비비며 순순히 대답했다.

담고 또 담았던 감정을 폭발시켜서 조금 기분전환이 된 것이다.

표정은 차갑고 투명한 그대로지만, 유리알 같았던 눈동자에 빛이 있었다.

"좋다."

그는 가방을 휘저어 횃불 하나를 꺼내더니 부싯돌을 때려 익숙한 동작으로 불을 붙였다.

그것을 영애 검사에게 쓱 내밀어 건넸다.

그녀는 한 손으로 단단히 횃불을 붙잡고 활활 타오르는 불꽃을 보며 눈을 깜빡였다.

"너는 후위다. 단단히 지켜라."

"…………알았어."

진지한 표정으로 고개를 끄덕인 그녀의 왼손을 살며시 부드러운 것이 감쌌다.

무심코 올려다보자—.

"괜찮아요."

—꽃이 피는 것 같은, 여신관의 올곧은 미소.

"네, 그럼요. 여기까지 왔는걸요. 이제 와서 져서야 되겠어요?"

"……응."

영애 검사는 그녀의 손을 꼭 마주 쥐었다.

그리하여 그들은 달렸다. 그리고 싸움이 시작되었다.

고블린 놈들은 알고는 있는 건지, 여전히 촉이 느슨해진 화살만 쏴대고 있었다.

독도 바르지 않은 걸 보니 지난번 전투가 어지간히 큰 영향을 끼쳤거나, 아니면 원한을 안 잊는 건지도 모른다.

그러나 고블린 슬레이어가 보기에는 어설픈 흉내다. 바보 같이 하나밖에 모른다.

화살이 흔들려 사거리와 명중률도 떨어지는 것을 원거리에서 쏴서 어쩔 것인가?

하물며 고블린의 힘으로 원거리 사격은 어렵다. 더욱이 촉이 맞자마자 떨어져 나간다.

신참이라면 모를까, 방어구를 제대로 갖추면 대미지가 되지 못한다.

그러나, 마침 잘 됐다.

고블린 슬레이어 일행의 목적은 시간 벌기. 미끼. 아군에 대한 지원이었다.

한 마리라도 많은 고블린이 이쪽으로 오는 한, 그들은 착실하게 승리로 다가간다.

물론 그것은 헤어진 리자드맨 승려 일행이 작전대로 목표를 완수한다면, 이긴 하지만.

"점점 더, 혼자서는 못하는 일이 느는군."

"고블린 슬레이어 씨, 와요! 여섯…… 아니, 일곱!"

그가 무심코 중얼거린 말을 긍정하듯 여신관의 낭랑한 목소리가 경계를 재촉했다.

전방. 어둠 속. 활활 타오르는 금색 빛. 고블린들의 무리가 성벽을 달려왔다.

손에 든 곤봉으로, 창으로, 도끼로. 모험가를 때려눕혀 유린하고,

찢어발기고, 능욕하기 위해서.

"흥."

고블린 슬레이어의 행동은 단순했다.

달리면서 검을 치켜들어, 던졌다.

"GAROAB?!"

목에 검이 파묻힌 고블린이 물에 빠진 것처럼 손을 휘둘러대며 성벽에서 떨어지더니, 이윽고 어둠에 가라앉았다.

물론 고블린도 물러서지 않는다.

봐라. 저 모험가는 멍청하게도 무기를 버렸다. 공격해라. 죽여라. 갈기갈기 찢어라.

그러나 그것은 실책이었다.

"일단 하나. 그리고, 둘."

"GARARA?!"

왼손에 고정된 방패를 휘둘러, 으르렁거리며 앞서 덤벼든 고블린의 두개골을 깨부수었다.

날카롭게 연마된 테두리는 그저 그것만으로 무기의 역할을 하기에 충분하고 남았다.

고블린의 지저분한 피보라를 떨쳐내며 고블린 슬레이어가 상대의 돌도끼를 주워들었다.

"셋!"

고블린이 무기를 들고 그를 공격하는 한, 고블린 슬레이어의 무기가 없어지는 일은 없다.

가차 없이 휘둘러진 돌도끼는 전 주인과 마찬가지로 세 마리째 고블린의 머리를 쳐부수었다.

"ORAG?!"

네 마리. 다섯 마리. 여섯 마리. 차례차례 무기를 바꾸며 숨을 쉬듯이 고블린을 처치한다.

고블린 슬레이어(소귀를 죽이는 자).

고블린 놈들이 지르는 함성에 섞여서, 단말마의 비명이 성 안에 메아리 쳤다.

좁은 성벽 위의 통로에서는 수의 이점을 살리지 못한다. 고블린 놈들은 그것을 아직 이해하지 못했다.

어리석게도 탁류처럼 밀려드는 고블린 놈들의 파도에 모험가들이 파고든다.

물론 모두 고블린 슬레이어 혼자 해치운 것은 아니다.

"GRARAB!"

작은 체구를 살려서 옆구리로 빠져나가 여자들에게 덤벼들려는 놈도 있다. 그러나.

"에, 잇!"

"GARO?!"

여신관이 휘두르는 자루가 긴 석장이 그것을 용납하지 않고 고블린을 때렸다.

대미지는 미미하지만 물러서게 만드는 데는 충분하고도 남는다.

"……이, 놈!"

"ORARAG?!"

그리고 물러선 고블린을 처치하는 것 정도라면 영애 검사에게도 쉽다.
그녀는 횃불을 타오르는 곤봉 삼아 붕 휘둘러 고블린을 성벽에서 떨어뜨렸다.
후우, 후우. 어깨를 들썩이며 숨 쉬는 그녀의 눈동자가 등 뒤의 어둠 안쪽에 있는 그림자를 보았다.
"……뒤에서도!"
"수는?"
"……모르겠어."
영애 검사는 입술을 깨물었다.
"……어쨌든, 잔뜩!"
"좋다."
고블린 슬레이어는 거침없이 가방에서 작은 병을 뽑더니 등 뒤로 내던졌다.
여신관, 영애 검사의 머리 위를 휭 넘어간 병이 고블린 놈들 눈앞으로 떨어진다.
쨍그랑 소리를 내면서 도기가 깨지고 안에서 끈적한 액체가 퍼져 나왔다.
영애 검사는 본 적도 들은 적도 없을 것이다. 그러나 여신관은 알고 있었다.
메디아의 기름— 불타는 물.
"GARARARA?!"
"ORAG?!"
딱히 적을 쓰러뜨리는데 직접 벨 필요는 없다.

발이 미끄러져 쓰러지고, 풀썩풀썩 넘어진 고블린 놈들은 동료를 밀어내며 성벽에서 떨어졌다.

좁은 통로에 몇 마리씩 밀려들어오면 이렇게도 된다.

그렇지만 고블린 놈들은 역시 고블린이었다.

동료를 짓밟으며 기름을 넘어서, 수가 줄어들었지만 모험가들에게 덤벼들었다.

"GRARAM!"

"……읏, 야, 앗!!"

그것을 영애 검사가 열심히 떨쳐냈다. 횃불이 불똥을 튀기며 그림붓처럼 붉은 궤적을 그렸다.

한 마리를 성벽에서 떨어뜨린다. 두 마리째가 덤벼든다.

받아내고, 횃불로 때린다. 세 마리째가 벌써 온다. 옆구리로 빠져나간다.

"맡겨, 주세요!"

여신관의 목소리. 대답할 틈도 없이 네 마리째. 몇 번이고 때려서 처치한다.

아아, 그러나, 벌써 다섯 마리째, 여섯 마리째가—.

—수가 너무 많아……!

횃불을 휘두르는 팔이 무겁고, 둔하고, 숨이 차고, 눈이 감긴다.

자신의 호흡, 혈액이 흐르는 소리. 귀가 키잉 울리고 소리도 알아듣기 어렵다.

도움을 구하듯, 영애 검사는 슬쩍 어깨 너머로 뒤를 보았다.

"이게……! 아아, 정말, 여전히, 수가…… 많아서는!"

그러나 여신관은 열심히 석장을 휘둘러서 달라붙으려는 고블린을 밀어내고 있었다.

고블린 슬레이어는 그 너머에 있다.

도움을 바랄 수도 없었다.

영애 검사의 하얀 볼에 고블린의 썩은 입김이 닿는다. 거리가 가깝다.

"……아."

영애 검사의 뇌리에 과거 눈 내린 산에서 맛본 굴욕과 절망이 선명하게 되살아났다.

고블린의 추악한 냄새. 징그러운 손. 무자비한 폭력. 잔혹한 욕망. 천진한 조소.

그것은 그녀의 몸을 굳게 만들었다. 공포에 목이 떨린다. 손에 힘이 들어간다.

그렇지만, 왼손에는 분명한 온기가 있었다.

오른손에는 분명한 빛이 타올랐다.

지하감옥에서, 눈앞에서, 고블린 슬레이어가 펼친 싸움이 번뜩였다.

"……아, 앗!!"

순간, 그녀의 몸은 생각하는 것보다도 빨리 고블린에게 횃불을 던지고 있었다.

"GAROARARA?!"

불행히도 — 다행히도? — 그 고블린은 기름을 넘어온 개체였다.

불꽃이 순식간에 온몸으로 번져 피부를 태우자 몸부림치며 벽에서 굴러 떨어졌다.

"GROOOB!! GRAAB!!"

그러나 수로 밀어붙이는 것이 고블린이다. 잠깐 빈틈에 즉시 한 마리가 뛰어들어서—.

"……시, 싫어엇!!"

영애 검사는 역수로 쥔 경은 단검을 휘둘러 틀어박듯이 찔렀다.

"GAROARAO?!"

"……이, 핫!!"

어깨 부분에 칼날이 묻혀 숨이 끊어진 고블린을 걷어차 단검을 뽑고 앞을 향했다.

깨닫고 보니, 고블린의 파도가 끊어져 있었다.

다음 파도가 오기까지의 한 박자. 영애 검사는 커다랗게 숨을 이어 호흡을 가다듬었다.

불과 몇 분 전까지는 틀림없이 이러지 못했다.

분명히 분노에 휩싸여 무기를 들고, 앞뒤 가리지 않은 채 고블린의 무리에 뛰어들어서, 그리고—.

"하아, 윽, 후우…… 하아……."

그렇지만.

숨이 가빠지면서도 결코 그녀의 손을 놓지 않는 여신관.

마주 쥔 손은 가늘고, 가녀리고, 그래도— 그래도, 따스해서.

"……."

그것을 떨쳐내면서까지 고블린에게 뛰어들 격정은 이미 영애 검사에게 남아있지 않았다.

무엇보다도, 자신을 구해준 고블린 슬레이어가 그녀를 맡겨줬으니까.

“열셋. ……잘했다.”

바로 그가, 이쪽을 돌아보지도 않은 채 조용히 말하고는 다음 횃불을 던졌다.

황급히 받아 고블린의 파도가 끊어진 한순간을 남김없이 활용해 불을 붙이고 다시 쥐었다.

여신관의 얼굴을 슬쩍 보자 이마에 땀이 맺히고 긴장으로 표정이 굳었지만, 그래도 웃고 있었다.

분명 자신도 그런 표정을 짓고 있을 거라고 영애 검사는 생각했다.

사람이란 것은 좋게든 나쁘게든 그저 한순간의 일로 커다랗게 변한다는 것을, 그녀는 알게 되었다.

§

“위쪽은 괜찮을까?”

다시 고블린 한 마리를 사살하며 엘프 궁수가 동료들을 돌아보았다.

성 안 회랑에도 고블린은 있다. 성벽 위 정도는 아니라지만 전투는 불가피했다.

엘프의 기다란 귀에 들려오는 전투 치열함은 늘어나고 있지만, 사람의 비명이 없는 것은 다행이었다.

“허허어. 길쭉귀 처녀는 어지간히도 카미키리마루가 걱정되는가 보구나.”

드워프 도사가 껄껄 웃더니 물주머니를 끌어내 안에 든 술을 벌컥

들이켰다.

입술을 적시고, 술 방울을 핥으며 씨익 심술궂게 웃었다.

"그러면, 너도 위로 가겠느냐?"

"딱히, 오르크볼그는 걱정하지 않아."

흥. 엘프 궁수는 재미없다는 기색으로 콧방귀를 뀌고 화살통에서 화살을 뽑았다.

"나머지 두 사람."

"친구를 새로운 애한테 뺏기지 않을까 전전긍긍하는 것은 꼬맹이 때나 해두거라."

"그러니까, 아니라니까!"

엘프 궁수가 기다란 귀를 빳빳하게 세우고 드워프 도사를 노려보았다.

그리고 목소리를 높인 것 때문인지 이제부터 할 말 때문인지, 쑥스러운 기색으로 기다란 귀가 살며시 늘어졌다.

"……친구 둘이야. 걱정하면, 안 돼?"

"안 될 게 있느냐?"

"어?"

생각보다 간단히 긍정하자 엘프 궁수는 눈동자를 크게 깜빡였다.

"너는 말이다. 엘프 아니냐? 우정은 그야 소중하겠지."

결국 놀린 것이다. 그러나 칭찬하고 있기도 한, 모양이다.

화를 내려고 해도 내지 못하고, 순순히 받아들일 수도 없고.

"우~으!"

엘프 궁수는 드워프 도사를 노려보았지만, 그는 어디서 바람이 부느냐는 태도로 다시 한 번 술을 한 모금 마셨다.

"하하하, 허나. 그야말로 소귀 살해자 선생이 붙어 있으면, 아무 걱정할 것 없을 걸세."

쉭. 리자드맨 승려가 유쾌한 기색으로 동료들을 보며 말했다.

이 세 사람 중에서 연령만 보면 그가 가장 젊었다.

그러다 때때로 그보다도 훨씬 앳된 태도를 보이는 엘프 궁수의 태도는 아무리 봐도 질리지 않는다.

"그렇다고, 소승들이 꾸물거려서야 모두 물거품이라네. 이제 얼마나 남았는가?"

"그 방까지 그리 멀지는 않느니라."

드워프 도사가 손등으로 입가를 쓱 닦고서 뚜껑을 닫은 물주머니를 집어넣고는 벽을 두드렸다.

"오히려, 그쪽 처리를 하고서 지하감옥으로 돌아간 다음이, 우리들로선 일이 힘들 것이니라."

"어머."

엘프 궁수가 틈을 보아 가볍게 웃었다.

"드워프의 신경은 겉보기랑 똑같이 굵은 줄 알았는데."

"그거야……."

드워프 도사는 묵직하고 거창한 동작으로 짐짓 심각하게 고개를 옆으로 저었다.

"나니까 이 정도로 끝나는 게다. 너였으면 다리가 떨려서 서있지도 못하잖느냐."

"……읏! 너, 드워프, 술통이!"

"뭐냐, 모루야."

"핫핫핫하."

물론 세 사람이 딱히 의미도 없이 느긋하게 떠드는 것은 아니다.

적의 수가 적다고는 하나, 그만큼 다른 한쪽에 많은 수가 가고 있다는 뜻.

시간은 없고, 더구나 이쪽의 전력은 반감됐다.

조바심을 내다가 실수를 하면 모든 것이 파탄 난다.

그들은 세심한 주의를 기울이며 결코 실수해서는 안 된다.

그렇기에 의미도 없이 긴장 따위 할 여유가 없다. 긴장을 해야 성공을 한다면 모를까.

농담을 하면서 긴장을 풀고 평상심으로 일을 하는 것이 무엇보다 중요했다.

실제로 마주친 고블린은 한 마리도 놓치지 않았다.

엘프 궁수의 사격, 리자드맨 승려의 손톱과 송곳니와 꼬리는 확실하게 놈들의 숨통을 끊었다.

이에 더해 드워프 도사의 안내가 적절해서, 그들은 최단 거리를 최단 시간으로 달리고 있었다.

"여기로구나."

이윽고 도착한 곳은 역시 중후한 드워프제 문이었다.

무언가 점검하듯 코를 움찔거린 드워프 도사가 고개를 끄덕이고 엘프 궁수를 돌아보았다.

"어이, 교대니라."

"그래 그래. 맡겨둬."

어깨를 가볍게 두드리고 슥, 위치를 바꾸어 엘프 궁수가 문에 달라붙었다.

작은 가지의 침을 꺼내서 재빨리 열쇠구멍을 조사하여 함정을 찾고 풀기 시작한다.

그 동안 적 탐색은 드워프 도사와 리자드맨 승려가 한다.

두 사람은 각자 손에 무기 — 송곳니 칼과 투석끈 — 를 쥐고 방심하는 법 없이 통로를 살폈다.

아직 고블린의 기척은 없다. 신들의 주사위 눈에 감사를.

“근데 말야.”

움찔. 엘프 궁수의 기다란 귀가 움직였다.

그녀가 신중하게 침을 움직이자 이윽고 철커덕 소리를 내면서 자물쇠가 풀렸다.

“정말로 잘 될까? 의심할 생각은 없지만, 한 번 실패했잖아…….”

“아아, 그것은 나도 신경이 쓰였느니라. 어떤고? 비늘 친구.”

“한 번 실패했다 하여, 서투른 수였다고 할 수는 없지 않은가.”

민첩하게 문 앞에서 물러난 엘프 궁수와 자리를 바꾸며 리자드맨 승려가 앞으로 나섰다.

전투에 뛰어난 리자드맨이다. 설령 상대가 고블린이라고 해도 공성전에 마음이 들뜨지 않는 자는 없다.

“동서고금, 성을 함락시키는 것의 정석은 수공과, 또 하나.”

문을 걷어차고, 내부를 확인한 리자드맨 승려가 주둥이 끝을 끌어올려 용처럼 웃었다.

가까이 있는 술통에 아무렇게나 담긴 대량의 무언가가— 개미를 굳혀놓은 것 같은 고기경단이 가득했다.
"보급 압박일세."

§

고오. 성의 한 구석에서 불길이 올랐다.
"ORARAGA?!"
"GROAB!!"
아무리 추악하고 욕망에 충실한 고블린 놈들이라도 이것에는 놀라 곤혹스런 소리를 냈다.
시산혈해를 이룬 제2파를 넘어오는 제3파.
앞뒤를 아울러 대략 열대여섯 마리의 고블린은 식량이 타오르는 불을 보고 무심코 발길을 멈췄다.
"좋아."
그것을 고블린 슬레이어가 놓칠 리 없다.
이미 성벽 위를 빙글, 한 바퀴 돌아온 그는 날카롭게 지시를 내렸다.
"횃불, 앞이다. 던져라!"
"……읏!"
영애 검사는 손에 든 무기인 횃불을 쥐고서 딱 한순간 고개를 숙였다.
그리고 이번에는 반사적이 아니라 결단적으로 그 등불을 들어 던졌다.
그녀도 벌써 목적이 무엇인지 알고 있었다.

포물선을 그리며 떨어져 굴러간 횃불의 불꽃이 바닥을 핥듯이 통로를 달렸다.

아까 뿌려둔 불타는 물이 불꽃의 벽이 되어 고블린 놈들을 완전히 막아냈다.

"GROAA?!"

운 나쁘게 말려든 한 마리가 불덩이가 되어 몸부림치고 굴러다닌 끝에 움직임이 멈추었다.

그 무참한 죽음 앞에서, 고블린 놈들은 울부짖으면서도 불꽃 속에 뛰어들지는 않는다.

죽음을 두려워 않는 용기가 있다면 다르다. 하지만 그것은 고블린과 가장 인연이 먼 말이었다.

"스물아홉. ……때가 됐다."

고블린 슬레이어는 뇌수투성이 곤봉을 버리고 발치에 있는 고블린의 시체에서 검을 빼앗았다.

쥐어보고, 가볍게 휘두르고 고개를 끄덕였다.

"물러난다. 준비를—."

"고블린 슬레이어 씨!"

여신관의 비명 같은 경고. 그것이 없었다면 그의 모험은 여기서 끝났을 것이다.

반사적으로 휘두른 검이 불꽃을 튀기며 부러져 날아갔다. 투구와 갑옷의 흉갑에 하얀 선이 그어졌다.

"……치, 잇!"

반사적으로 뒤로 뛴 고블린 슬레이어 앞을 경은(輕銀)의 칼날이 번뜩이며 지나쳤다.

마검, 성검 같은 것은 아니다. 그러나 용사가 휘두르기에 걸맞은 명검.

"GRAAORRRN……!"

온몸에서 푸스스 연기를 피워 올리면서 눈동자를 활활 태우는, 갑옷과 투구를 입은 고블린.

불꽃의 벽을 뛰어넘어, 동포를 위해, 원수를 토멸하기 위해 나타난 신의 사도.

오른손에는 경은검을, 왼손에는 눈물모양 방패를 들고 있는 희화화된 성기사.

고블린 팔라딘(소귀 성기사).

"늦었군."

고블린 슬레이어는 태연하게 응답하고, 단검 길이가 된 검을 다시 겨누었다.

방패를 들고, 허리를 낮추고, 손목을 빙글 돌려 칼날 끝을 적에게 겨누는 평소와 같은 자세.

"네가 나설 거라고, 생각은 했다."

"GAROAROB……!"

고블린 팔라딘은 무기를 가진 손을 기괴하게 흔들며 정체 모를 인을 맺었다.

그것이 녹색 달, 바깥에 거하는 신을 칭송하는 동작임은 쉽사리 판별할 수 있었다.

"……윽, 아, 으……!"

그 모습을 본 영애 검사의 입에서 비명이 흘렀다.

목덜미가 불타는 것처럼 뜨겁다. 바깥에 거하는 신의 낙인이 맥동하고 있었다.

부풀어 올라서 당장이라도 터져버리는 것이 아닐까—?

그런 것마저 상상해 버리자 무릎이 부들부들 떨렸다.

그런데도 눈을 뗄 수 없다. 고블린이 쥐고 있는, 저 은의 검에서.

저건, 내 거야. 내 거. 나한테서, 빼앗았어.

그것이, 이번에는 동료 — 그렇게 생각한 것에, 그녀 자신이 놀랐다 — 를 향하다니……!

"아…… 으…… 싫, 어, 어."

발소리가 다가온다.

고블린 팔라딘의 등장에 흥분한 고블린 놈들이 성벽 위를 돌아서 밀려들어온다.

퇴로는 없다. 궁지에 몬 것일까? 아니면 몰린 것인가? 여기서 끝인가?

어떡하면 되지? 어떡하면———.

"서둘러라."

그때, 담담하고 무기질적인 목소리가 그녀의 흐트러진 마음에 스륵 날아들었다.

"시간을 번다."

"알겠어요!"

딱 맞는 호흡으로 여신관이 낭랑하게 응답했다.

영애 검사는 입술을 깨물었다. 목덜미에서 피가 스며 나와 떨어지는 것을 느꼈다.

이제 괜찮다. 분명 괜찮다. 괜찮게, 한다.

"……알았어."

그리하여 두 소녀들이 취한 행동은, 정반대였다.

"《토니톨스(뇌전)…… 오리엔스(발생)……》!"

영애 검사의 입에서는 진정으로 힘 있는 말이 흐르고.

"자비 깊은 지모신이여. 부디 가호를……."

그에 비해 여신관은 신에게 기도하면서도 기적을 탄원하지는 않았다.

두 사람 모두— 고블린 슬레이어에게 「맡긴다」라는 말을 들었으니까.

후위로서 여신관을 지키는 것을. 그리고 《프로텍션》을 쓸 때를.

"IRARAGARU!!"

"……음!"

고블린 팔라딘이 이형의 신들에게 바치는 주문을 외치면서 뛰어들었다.

그 검격은 날카롭고 빨랐다. 고블린 슬레이어가 들어올린 방패의 가장자리를 손쉽게 베어 버렸다.

인간을 치는(스마이트 휴) 일격!

고블린은 종족적으로 체구가 작다. 휴처럼 거한이 아닌 한 결국 힘이 떨어진다.

그것을 보충하는 경은검. 과연, 고블린의 손에 있어도 무시무시한 무기였다.

더욱이 바깥에 거하는 신의 기적이 더해지면 이미 보통 무구로는 대응하는 의미가 없다.

마력이 담긴 갑옷 따위가 있다면 또 다르겠지만, 고블린 슬레이어는 그것을 선호하지 않는다.

적의 손에 넘어가면 어쩔 것인가? 지금 상황을 보면 자명하다.

"흥."

그 때문에 고블린 슬레이어의 검놀림은 거침없고, 그러나 교묘했다.

칼날과 칼날을 맞대고 받아내지 않는다. 그래서는 의미가 없는 것을 알고 있었다.

상대의 검을 칼등으로 때린다. 그리고 짧은 칼날로 틈을 노려 찌른다.

도무지 모험가답지 않은, 불량배들이나 쓸 법한 야비한 살법(殺法).

모험가의 검술을 어깨너머로 보고 익혔을 고블린 팔라딘은 대응하지 못했다.

고블린 슬레이어도 이대로 밀어붙이기에는 상대의 무기가 너무나 위험하다.

간신히 방패로 받아내고, 거창하게 뒤로 물러나, 검을 휘두르고, 때린다.

쳐 내리고, 날카롭게 파고들고, 기세를 살려 찌르고, 때린다.

체구의 차이, 힘의 차이, 무기의 차이, 전술의 차이, 경험의 차이가 싸움을 완전히 대등한 상태에 빠뜨렸다.

그렇다면, 전황을 결정적으로 바꾸는 것은 타인이다.

밀려드는 고블린 놈들 열다섯 마리. 그에 비해 모험가는 가녀린 소녀가 단 둘.

고블린 놈들의 추악한 웃음을 보면 그 작은 뇌에 가득한 욕망과 망상을 짐작할 수 있었다.

“……후훗.”

그럼에도 불구하고, 여신관의 볼이 이런 상황 속에서도 풀어졌다.

등을 맡긴 남자. 맡겨준 남자.

그렇다. 그는 언제나 이런 상황에서 제대로 싸우는 법이 없다.

제대로 기적을 쓰게 해주는 법이 없다.

그러니까, 지금이 아니다. 《프로텍션》을 써야 할 때는 지금이 아니다.

그렇다면 지금 자신이 해야 할 일은 한시라도 빨리 탈출 수단을 준비하는 것……!

사전에 의논한 대로 재빨리 짐을 뒤져 도구를 꺼낸 그녀의 옆에서.

“《……야크타(투사)》!”

《라이트닝》이 완성됐다.

일직선. 영애 검사가 뻗은 손바닥이 노린 것은 고블린 팔라딘—이 아니었다.

“AGARARABA?!”

“GORRRBB?!”

밀려드는, 고블린의 무리였다.

“우, 아아아아악!!”

그 순간 전장이 새하얗게 물들었다.

뇌전룡의 포효가 이러랴 싶을 정도로 대기가 끓어오르는 소리와 함께 번갯불이 달렸다.

일망타진으로 번갯불의 채찍에 휩쓸린 고블린들의 고기가 끓어올라 터지고 비명이 솟았다.

이렇게 뭉쳐 있는 것을 강력한 술법으로 치는 것은 상투수단이었다.

고기가 타오르는, 구역질나는 냄새를 동반한 하얀 연기가 푸스스 피어올라서 불꽃의 연기와 뒤섞였다.

지옥도. 영애 검사의 뇌리에 그런 말이 스쳤다.

"……이거라도, 먹어랏!"

굳어진 표정에 떠오른 일그러진 웃음은 틀림없이 허세다. 오기 같은 것이었지만.

그러나, 그녀들은 분명히 이룩했다.

여신관은 땀이 스며 나오는 이마의 그을음을 손으로 쓱 닦으면서 소리쳤다.

"고블린 슬레이어 씨! 이제 됐어요!"

"……!"

고블린 슬레이어의 행동은 재빨랐다.

그는 손에 든 부러진 검을 빙글 회전시키더니, 거꾸로 쥐고서 주저 없이 고블린 팔라딘에게 던졌다.

"GARARAI!!"

그 투척이 잔꾀를 부린 발버둥이라고 본 고블린 팔라딘이 방패를 들어 막았다. 시야가 막힌다.

불과, 한순간.

그것이 고블린 슬레이어가 바란 것이었다.

"꺅?!"

"……앗?!"
소녀들의 입에서 비명이 흘렀다.
고블린 슬레이어가 두 사람을 낚아채더니 성벽에서 몸을 던졌다.
동트기 전. 지평선에 희미하게 햇살이 보이는 가운데 공중에 떠올랐다.
얼어붙은 눈보라가 소녀들의 피부를 에듯이 지나쳤다.
그러나 낙하의 부유감은 무언가에 부딪힌 것처럼 갑자기 덜커덕 끝났다.
고블린 슬레이어의 손이 단단히 붙잡은『그것』덕분에.
"모험가 툴."
철 투구 안에서 희미한 숨이 흘러나왔다. 고블린 슬레이어는 보기 드물게 웃는 수밖에 없었다.
"모험에 나설 때는 잊지 않고, 로군."
갈고리 밧줄.
여신관이— 신참에서 한 걸음 위 정도의 흑요 등급 초보 모험가가 소중히 가지고 다닌 것.
그 갈고리가 성벽에 단단히 고정되었고, 바깥쪽으로 밧줄이 늘어져 더할 나위 없는 퇴로를 열어 주었다.
"IGARARAROB!!"
위를 올려다보니 성벽에서 몸을 내민 고블린 팔라딘이 분노로 얼굴을 일그러뜨리며 외치고 있었다.
애당초 지하를 영역으로 삼는 놈들이다. 높은 곳에서 내려오는 수단은 틀림없이 처음 보았을 것이다.

추격을 하긴 어렵겠지만, 그래도 고블린. 즉시 갈고리를 풀어 버리고자 달려드는 악랄함은 대단하다.

물론 고블린 슬레이어가 그것을 용납할 리 없다.

양 옆구리에 여신관과 영애 검사가 매달려 있지만, 두 다리로 벽을 디디고 뛰듯이 강하했다.

그 동작은 민첩했다. 훈련의 성과가 아닌 다른 것일 리 없었다.

"무, 무겁지 않으세요……?"

"조금."

무심코 물어본 여신관의 얼굴이 그 무뚝뚝한 대답에 굳어졌다.

우우. 민망함에 붉어진 볼이 약간의 분노로 부풀어 올랐다.

입술을 삐죽거리며 무심코 반론하는 것은 한창 나이의 처녀로서 당연한 것이다.

"……이럴 때는, 가볍다고, 해주세요."

"그런가?"

"그래요!"

"그런가."

의미는 잘 모르는 것 같지만 고블린 슬레이어는 고개를 끄덕였다.

그 두 다리가 설원을 디디는 것과 거의 동시에, 뚜둑 소리가 나며 끊어진 밧줄이 땅에 떨어졌다.

고블린 슬레이어는 그 밧줄을 주워서 둘둘 말아 정리하더니 어깨에 걸었다.

"나중에 변상하지."

그렇게 묘한 것을 챙기는 한 마디가 괜히 우스워서 영애 검사의

볼에 살짝 미소가 떠올랐다.

그러나, 아직 이걸로 끝이 아니었다.

"IGURARARABORR!!"

분노로 미쳐 날뛰는 고블린 팔라딘의 외침이 울리며 메아리 치고, 성벽에 쌓인 눈이 후두둑 떨어졌다.

거대한 대문의 개폐기구가 삐걱대면서 움직이기 시작했다.

얼른 이동해야 한다. 상황은 무엇 하나 바뀌지 않았다.

"…………다른, 사람들은"

"금방 온다."

그 말이 맞았다.

불쑥, 불쑥. 눈이 쌓인 땅이 부풀어 오르더니, 안쪽에서 터지듯이 무너졌다.

"푸, 후오오! 이거야, 고블린 놈들의 소굴은 지긋지긋하구먼."

땅굴로 두더지처럼 쑤욱 고개를 내민 드워프 도사가 기어 나왔다.

"잡거라."

구멍 안으로 뻗은 손을 잡으며 엘프 궁수가 우아하게 뛰쳐나왔다.

"정말 그래."

그녀는 몸에 묻은 흙먼지를 손으로 툭툭 두드려 떨쳐내고 얼굴을 찌푸렸다.

"드워프는 용케 흙 속에서 사네. 역시 고블린 친척 아냐?"

"너 이 녀석, 길쭉귀 처녀야. 말해도 되는 것과 아닌 것이 있느니라. 요, 이천 년 묵은 모루야."

"읏?! 그, 그런 말을 입에 담으면 전쟁이야, 드워프……!!"

시끌벅적. 영애 검사는 순식간에 시작되어 버린 평소의 대화를 따라가지 못했다.

"……그러, 니까."

"예정대로다."

고블린 슬레이어가 말했다.

"암, 그렇고말고."

이어서, 불쑥. 비늘 돋은 도마뱀의 머리가 괴물처럼 구멍에서 기어 나왔다.

"어쨌거나, 이렇게 보다시피 이쪽은 무사하다네."

위엄이 듬뿍 담겼지만 태도는 유쾌했다. 리자드맨 승려의 양 옆구리에는 쇠약해진 포로가 두 사람씩 네 명.

가볍게 끌어안고 움직이는 힘도 대단하지만, 그녀들에게 시행한 응급 치료 솜씨도 훌륭했다.

생명의 걱정이 없다고 봐도 틀림없을 것이다.

"다행이야……."

무심코 눈에 떠오른 눈물을 닦으며 여신관이 안도의 한숨을 쉬었다.

"걱정했어요. 상처는—?"

"멀쩡해!"

드워프 도사와 말다툼을 끝낸 엘프 궁수가 에헴, 하고 빈약한 가슴을 내밀었다.

"그쪽은 괜찮아? 험한 꼴 안 당했어? 특히 오르크볼그한테."

"아, 하하하……. 네. 멀쩡해요. 아무렇지도, 않아요."

"그래."

엘프 궁수는 여신관의 기특한 미소에 만족하며 고개를 끄덕였다.

그리고 고블린 슬레이어에게 시선을 돌리고, 마지막으로 영애 검사에게 눈길을 주었다.

싸움을 끝내고 피와 그을음으로 더럽혀졌다. 그러나 그녀는 눈동자에 빛을 담아 엘프 궁수를 마주 보았다.

엘프는 기다란 귀를 천천히 흔들고 씨익, 고양이처럼 웃었다.

"해냈구나."

통. 가볍게 주먹으로 어깨를 치는 동작.

영애 검사는 눈을 깜빡이고 어깨를 눌렀다.

그리고 흐려진 시야를 얼버무리듯 고개를 숙이고, 짧게 대답했다.

"네."

드워프 도사가 자랑스럽게 수염을 당기면서 껄껄 웃었다.

"뭐, 우리들에게 걸리면 다 이런 법이니라."

사실 맞는 말이었다.

《터널(땅굴)》의 술법— 돌과 흙에 구멍을 파내는 술법 없이 포로들을 구할 수 있었을까?

리자드맨 승려의 힘이 없었다면 몇 명이나 되는 포로를 구해낼 수 있었을까?

엘프 궁수의 지각력이 없었다면 보다 많은 고블린과 전투를 하게 되었을 것이다.

무기를 빼앗고, 식량을 없애고, 포로를 구해내고, 고블린 놈들을 상대한다.

혼자서는 얼마나 수고가 들었을지 고블린 슬레이어는 상상도 되지 않았다.

“그런데, 뭐냐, 카미키리마루.”

드워프 도사가 눈을 가늘게 떴다.

“검은 어쨌느냐?”

“던졌다.”

“여전하구먼.”

그의 무뚝뚝한 말에 웃음도 짓는다.

“자, 좋을 대로 골라 보거라. 고블린 놈들 것이지만 네가 쓰기엔 좋지 않느냐.”

“……고맙다. 또 쓰고 버리게 되겠지만.”

“뭘, 신경 쓰지 말거라.”

주운 것이니라. 그러면서 아까 무기고에서 약탈한 검 다발을 내밀었다.

약탈하고, 고블린이 짧게 갈고, 그것을 다시 모험가가 빼앗는다.

고블린 슬레이어는 기묘한 감개를 느끼며 가장 익숙한 길이의 검을 받았다.

그리고 망설임 없이 칼집에 넣었다. 무장이 없으면 역시 차분해지지 않는다.

“이제는, 저 아가씨 검을 되찾아 주는 것뿐이더냐?”

“그래.”

고블린 슬레이어는 가방에서 작은 병을 꺼냈다.

스태미나 포션(강장의 물약).

뚜껑을 열고 단숨에 들이켰다. 몸 전체에 천천히 퍼지는 열에 마음이 편해진다.

모험에 나설 때 접수원이 챙겨준, 비장의 한 병.

고블린 슬레이어는 동료를 보았다.

믿고서 따라와 준 여신관을.

투덜거리면서도 따라와 주는 엘프 궁수를.

여러모로 챙겨주는 드워프 도사를.

신뢰하고 전술을 맡길 수 있는 리자드맨 승려를.

여기에 이르기까지 열심히 노력한 영애 검사를.

누구나 진흙과 피와 그을음으로 지저분했지만, 그래도 분명하게 여기 있었다.

그리고 그는 지평선 너머로 눈길을 주었다.

남쪽— 변경 도시. 그곳에는 돌아오기를 기다려주는 소치기 소녀가 있다. 접수원도 있다.

참으로, 그 혼자서는 잘 되지 않는 일이 많아졌다.

그는 그렇게 생각하며, 아마도 분명히, 그러면 되는 것이라고 결론을 내렸다.

그렇다면 할 일은 하나.

평소와 아무 것도 다르지 않다.

"고블린 놈들은 몰살시킨다."

§

고블린 놈들에게는 자력 생산이라는 개념이 없다.

덧붙여서 이번 전투에서는 수십 마리의 동포를 잃었다.

더 이상의 소모를 피하고 보급을 해야만 한다.

그러나 동포를 늘리려면 임신 주머니가 필요하다. 식량도 필요하다.

암컷을 잡아오고, 먹을 것을 입수하려면 마을을 공격해야 한다.

마을을 공격하기 위한 전력을 모아, 유지하고, 이동하고, 때를 노려야 한다.

그 모든 것을 빼앗겼다.

암컷을 빼앗겼다. 무기를 빼앗겼다. 식량을 빼앗겼다.

아무 것도 못한다. —아무 것도 못한다! 이상하다. 빼앗는 것은 이쪽이다. 빼앗기는 것은 저쪽이다.

이래서는, 마치…… 마치 예전과 다른 것이 없다.

소굴에 쳐들어온 모험가 놈들에게 재화를 약탈당하는, 보통 고블린이 아닌가!!

"GOURRR……."

동포보다 뛰어난 고블린 팔라딘의 두뇌는 모든 것이 끝난 것을 깨닫고 있었다.

살아남은 동료들도 일이 이 지경이 되면 이미 고블린 팔라딘을 따르려고 하지 않으리라.

고블린 놈들은 강렬한 동포 의식을 가지고는 있지만, 그것을 이어주는 것은 욕망이다.

마음에 안 드는 놈을 죽이고, 범하고, 빼앗고, 잔혹하게 능욕하지 않으면, 뭐가 고블린인가?

이미 물러날 곳이 없다. 고블린 팔라딘의 계획은 완전히 파탄 났다.

그러면, 할 일은 하나.

평소와 전혀 다름없다.

모험가 놈들을 공격한다. 남자는 죽인다. 여자는 붙잡는다.

그리고 감옥에 묶어두고 동료들의 고기를 먹이 삼아서 마음이 부서져 죽을 때까지 아이를 낳게 한다.

자신들이 빼앗았기에 응보를 받는다는 것을 고블린은 이해하지 못했다.

그저 하염없이, 자신들이 피해를 입었으니 보복할 뿐이다.

"IRAGARARARARA!!"

따라서 여기서부터는— 그저 분풀이였다.

§

새벽의 빛. 타오르는 성채. 백은의 반짝임. 모든 것을 등진 산들의 빛.

그 빛을 받으며 모험가 파티가 열심히 달렸다.

눈에 발이 붙들려 넘어지기라도 하면 그저 그것만으로 치명적일 것이다.

누가 뭐래도 그들의 등 뒤에서는 죽음이 밀려오고 있었다.

"IGARARARARAU!"

"GROAAAB!!"

고블린 팔라딘이 경은검을 들어 드높이 포효하며 주문을 외친다.

그것에 호응한 고블린 놈들이 새된 소리로 짖더니 무기를 휘두르며 달려왔다.
녀석들의 눈동자가 이글이글 타오르듯 빛나고, 입가에는 지저분한 침이 흘렀다.
이미 이성 따위 한 조각도 없다.
고블린에게 과연 그런 것이 본래 있었는지 분명치도 않지만…….
《루나틱(광분)》.
바깥에 거하는 지혜의 신이 참으로 적절하게 내려준, 성전의 기적.
위대한 성기사가 이끄는 고블린 놈들은 열광의 소용돌이에 휩쓸려 있었다.
이렇게 되면 앞뒤 잴 여지가 없었다.
지금 그들에게는 모험가들을 갈기갈기 찢고 유린하는 것뿐.
신성한 군세로 화한 고블린 놈들은 문자 그대로 두려움을 모른다.
앞서 돌진하는 한 부대가 소리도 없이 날아온 화살에 꿰뚫려 푹푹 쓰러져도.
그 주검을 짓밟아 눈 속에 묻으며 기세가 줄어들 줄 몰랐다.
"이래서 고블린은 싫다니까. 수만 엄청 많아……!"
엘프 궁수가 정교한 움직임으로 화살통에 든 나무눈 촉의 화살을 뽑아서 메기고는 돌아보면서 다시 사격했다.
제대로 조준하는 낌새도 없었지만 그 화살이 표적을 빗나가는 일은 있을 수 없었다.
고도로 숙달된 기술은 마법과 구별이 되지 않는다.
"그래도 역시, 마음대로 쏠 수 있는 게 제일 기분 좋아! 건물 안이 아니라서!"

"어수선한 말 좀 말거라……!"

"말할 틈이 있으면 얼른 달려!"

"달리고 있느니라!"

짧은 다리를 열심히 움직여 달리는 드워프 도사는 파티 안에서도 가장 다리가 느리다.

그렇지만 이번에는 그만 그런 게 아니라 모두의 속도가 느려져 있었다.

"그보다도, 너는, 다리 괜찮느냐!"

"……사실은, 아직 좀 아파."

난처한 기색으로 한쪽 눈을 감고서, 다시 사격.

암사슴 같은 엘프 궁수의 다리는 지난번에 화살을 맞은 참이다.

"아무래도, 이래서야 따라 잡히겠군."

혹한의 냉기로 몸의 움직임이 둔해진 것은 말할 것도 없고, 구해낸 포로들마저 안고 있는 리자드맨 승려.

《용아병(龍牙兵)(드래곤 투스 워리어)》을 불러내 한 사람 두 사람을 맡겨도 다리가 느렸다.

"아까보다 적의 수가 줄어들었으니, 소승이 단기로 정면 승부를 하는 것도 흥이 올라 좋지 않겠는가?"

"그, 그건 안 돼요!"

본래 그렇게까지 완고하지 않은 여신관이 고개를 붕붕 흔들고 황급히 말을 막았다.

"무리도, 무모한 짓도, 해서 이길 수 있다면 해도 되지만, 그렇게 잘 되지는 않아요……!"

그것이 고블린 슬레이어의 입버릇이라는 것을, 과연 그녀는 깨닫고 있을까?

아무리 강장제를 먹었다고 해도 체력이 완전히 돌아오는 것은 아니다.

마을을 출발하여 눈 속을 행군하고, 성채에 도전한지 하룻밤. 제대로 된 휴식도 취하지 않고 싸움으로 밤을 새웠다.

피로는 사고를 둔하게 만들고, 사고가 둔해지면 실수를 일으키며, 이 경우 실수는 죽음으로 직결된다.

"이거야 원. ……하다못해 따스하다면, 소승이 조금 더 움직일 수 있겠네만."

"아뇨, 그건…… 아."

무언가 떠올린 여신관이 자기 짐을 뒤져서 반지 하나를 꺼냈다.

"이거, 고블린 슬레이어 씨한테 받은 《브리싱》의 반지예요. 조금은—."

"—0보다는 1이 많은 법. 미안하네."

여신관은 달리면서, 포로를 끌어안은 비늘 돋은 손가락에 반지를 끼워주었다.

허어. 리자드맨 승려의 입에서 당장에 숨결이 흐르는 것을 보니 효과가 있는 모양이다.

그러나— 상황이 크게 변한 것은 아니다.

어떡해야 할까?

유일한 대규모 화력을 보유한 영애 검사는 자신 안에 있는 마력을 돌려보았다.

"……《라이트닝》으로……."

"아니."

그 책략을 고블린 슬레이어가 딱 잘라 거부했다.

"쓸 곳이 있지만, 나중이다."

"……?"

달리면서, 영애 검사는 그를 살폈다.

여전히 표정은 철 투구에 가려서 안 보이고, 무슨 생각을 하는지 전혀 알 수 없었다.

그는 장갑을 벗더니 손가락을 꾹꾹 문질러 풀고는 다시 한 번 장갑을 장착했다.

"내가 맨 뒤를 맡지. 지원해라."

"오냐!"

드워프 도사가 망치로 검을 두드리는 것처럼 응답했다.

지원, 엄호를 마술사가 안 하면 누가 하는가?

"눈이 물로 변하고, 흙과 딱 좋게 섞여 있구먼!"

드워프 도사가 팽이처럼 빙글 반전하여, 고블린을 보고 양손으로 설원을 탁 때렸다.

손에는 촉매가 되는 점토 덩어리.

"《흙의(노움) 정령, 물의(운디네) 정령, 근사한 잠자리를 마련해 주거라》!"

지면이 꿀렁 일그러졌다.

눈이 순식간에 녹아 물이 되고, 부드러운 흙과 뒤섞여서 순식간에 진흙탕이 퍼졌다.

《스네어(늪)》의 술법. 과연, 뒤쪽을 향해 사용하면 모험가들에게는 영향이 없다.

지난번 축제의 싸움 때와 마찬가지로, 먹잇감이 된 것은 고블린뿐이었다.

"GAROBA?!"

"ORAG?!"

선두의 고블린 몇 마리가 진흙에 발이 붙들려서 푹푹 넘어지고 동료에게 짓밟혔다.

이거면 다소나마 적의 수와 속도를 줄일 수— 있어야 했다.

"ORAGARARAU!!"

그 순간, 고블린 팔라딘의 주문이 전장에 울려 퍼졌다.

그러자, 이럴 수가 있나!

희미한 인광에 휩싸인 고블린들이 태연하게 늪을 답파하는 것이 아닌가!

"뭣, 이……?!"

너무나 뜻밖의 사태에 드워프 도사가 눈을 까뒤집었다.

적이 그냥 고블린이라면 이리 되지는 않으리라. 그러나 적의 수괴는 고블린 팔라딘이었다.

《카운터 매직(항마)》의 기적이리라. 드워프 도사는 분통한 기색으로 이를 갈았다.

"크아~아! 고블린 주제에 시건방지구나……!"

"그렇다면, 역시 활이랑 화살이 있어야지."

이어서 엘프 궁수의 화살이 휙, 하늘을 가르며 고블린의 군세에 뛰어들었다.

그 화살은 고블린들의 틈을, 그야말로 바늘구멍을 통과하듯 헤쳐나가 고블린 팔라딘에게—.

"GAROARO?!"

"……앗!"

엘프 궁수가 무심코 혀를 찼다. 고블린 팔라딘 앞으로 고블린이 뛰쳐나와서 대신 화살을 맞은 것이다.

"아앙, 정말! 정확하게 노렸는데……!"

"수는 줄었다. 바꾸지."

고블린 슬레이어가 말하자마자 후방으로 뛰쳐나갔다.

그리고 뒤쫓아오고 있던 고블린 한 마리를 단칼에 거침없이 베어 버렸다.

더욱이 달려드는 고블린에게 손에 든 검을 던져 처치하고 발치의 창을 차올려 쥐었다.

"여덟, 아홉."

상태를 확인하듯 휘둘러보고, 다시 돌아서서 철수를 재개한다.

"이대로 내려갈 수는 없다. 분명히 계곡이 있었지."

"소승의 기억이 분명하다면, 그리 멀지는 않을 걸세."

"그럼, 거기다."

돌아보자마자, 창을 투척. 앞으로 나선 한 마리의 가슴팍을 꿰뚫어서 설원에 꿰어 버렸다.

"받거라, 카미키리마루!"

"미안하군."

드워프 도사가 등에 진 무기 중 검 한 자루를 뽑아서 고블린 슬레이어에게 훌쩍 던져 건넸다.

적의 무기와 주검을 뒤에 남기면서 나아가는 방식은 무기의 보충을 하지 못하는 것이 난점이었다.

한 마리 두 마리 쓰러뜨리고 칼날이 지방으로 무뎌지자 고블린 슬레이어는 검을 거꾸로 고쳐 쥐었다.

"흥……!"

뻑 둔탁한 소리가 울리고, 칼자루와 칼코등이가 고블린의 두개골을 때려 부수었다.

장갑으로 칼날을 쥐고, 전투 망치 대신 검을 휘두르는 살격은 문자 그대로 일격으로 고블린을 죽였다.

"열셋!"

뇌수를 떨쳐내고 다음 고블린에게 살격을 때려 박는다.

칼코등이가 사치스럽게 입고 있던 가죽 갑옷째로 가슴팍을 꿰뚫자 쓰러지는 기세에 맡기고 검을 놓았다.

"오냐, 다음이다! 곡괭이가 좋으냐, 삽이 좋으냐!"

무기를 교환하는 한순간을 버는 것은 엘프 궁수의 빠른 기술이었다.

"어느 쪽이든 좋으니까 얼른, 정해!"

화살통에서 화살을 세 개 뽑았나 싶더라니, 다음 순간에는 그것이 모두 현에 튕겨나갔다.

거의 동시에 화살을 맞은 고블린 놈들이 소리도 못 내고 푹푹 쓰러졌다.

이걸로 열여섯.

고블린 슬레이어는 망설이지 않았다.

"긴 자루를 다오."

"그러면 삽이로구나!"

던져 건넨 삽을 양손으로 쥐고서 떨쳐내고, 내리치고, 찌르자, 고블린의 피와 주검이 쌓였다.

그렇게 번 귀중한 시간을 살리고자 소녀 두 사람이 리자드맨 승려의 등 뒤에 붙었다.

"힘내세요……!"

"……윽."

"고맙네……!"

여신관과 영애 검사가 가녀린 몸 전부를 사용해서 리자드맨 승려의 등을 밀어준다.

말없이 묵묵히 포로를 옮기는 용아병의 존재가 이토록 듬직할 줄이야.

그리고 고블린 슬레이어가 삽을 투창처럼 던져서 다시 한 마리를 처치했다.

"열아홉!"

모험가 여섯 명, 구조된 포로 네 명, 구름처럼 몰려오는 고블린의 군세, 그리고 고블린 팔라딘.

눈 속의 후퇴전은 이런 식으로 펼쳐지고 있었다.

누구나 모두 필사적이고, 결사적이었다.

내뱉는 숨이 하얀 안개가 되고, 시야가 흐려진다. 발치의 감각은 눈으로 식어서 분명치 않고, 몸은 뜨겁다.

검으로 스물, 엘프 궁수의 활로 스물넷, 도끼로 바꿔서 스물다섯,

도끼칼을 던져서 스물일곱, 더욱이 화살로 일격.

해가 떠오르는 것과 동시에 시작된 싸움은 고블린의 시체가 서른을 넘어도 아직 끝날 기색이 없었다.

아침놀의 빛과 고블린의 피로, 그 과정에 그림붓으로 그은 것처럼 붉디붉게 선이 이어졌다.

시산혈해. 모험가냐 고블린, 이제 어느 한쪽이 압살될 때까지 싸움은 끝나지 않으리라.

고블린 퇴치란 것은 대개 다 그런 법이지만――.

"먼저 가라."

고블린 슬레이어가 말한 것은 간신히 계곡에 도착한 때였다.

말만 들으면 버림 말이 되는 것을 각오한 것 같았다.

아까 전에 리자드맨 승려가 말한 것처럼 자신을 두고 가라고 들릴지도 모른다.

그러나, 평소와 마찬가지로 담담하고 무기질적인 목소리에는 그런 비장한 기색이 없었다.

"여기서 처리한다."

결단적으로 선언한 고블린 슬레이어에게 일동의 시선이 향했다.

"할 수 있겠는가?"

리자드맨 승려가 물었다.

그는 포로 두 사람의 몸을 앞쪽으로 고쳐 안고 있었다. 여차하면 등을 방패삼기 위해서.

"당연하다. 마을까지 놈들을 끌고 갈 생각은 없다."

고블린 슬레이어는 짧게 대답하고 드워프 도사를 돌아보았다.

드워프 도사는 기가 찬 웃음을 지으며 어깨를 으쓱거렸다.

"카미키리마루, 아까 그걸로 무기는 다 썼느니라."

"그렇다면 소귀 살해자 선생, 소승 것을 쓰게."

"고맙다."

드워프 도사의 무기 대신 《샤프 투스(연마)》가 걸린 송곳니 칼을 받았다.

이걸로 리자드맨 승려가 일으킨 기적은 네 번. 이제 끝이다.

"엄호 정도는 해주고 싶은데……. 오르크볼그, 화살 남았어?"

문자 그대로 쉴 새 없이 화살을 쏘던 엘프 궁수가 한숨을 쉬었다.

나무들과 벗인 그녀는 나뭇가지만 있으면 화살을 만들어서 보충할 수도 있지만…….

시야가 모두 백은의 세계여서는 그것도 바랄 수 없었다.

"내 투석끈을 써라."

고블린 슬레이어가 송곳니 칼을 휘둘러보며 가방에서 꺼낸 주머니를 던졌다.

엘프 궁수가 공중에서 잡아챈 그것은 안에서 자르륵 돌이 구르는 소리가 났다.

"나, 던지는 건 싫은데……."

있는 힘껏 얼굴을 찌푸리고 기다란 귀를 축 늘어뜨리는 엘프 궁수.

"하긴 솜씨가 없으니 말이다."

불평할 상황이 아니니 돌에 끈을 감지만, 드워프 도사가 쓴웃음.

"마무리를 지을 것이면, 나도 남은 술법을 쓸 때가 아닌가 싶다만 어떤고? 카미키리마루!"

"더 이상 아껴도 의미가 없겠지. 상관없다!"

적의 기적을 소비시키기 위해서라는 목적을 잡고, 거듭해서 사용하는 《스네어》의 술법.

역시 고블린 팔라딘이 다시 한 번 《카운터 매직》의 기적을 탄원하였기에 그다지 시간을 벌지는 못했지만…….

그래도 생긴 한 박자의 틈은 귀중하다.

커다랗게 숨을 쉰 고블린 슬레이어에게 여신관이 삭 달려갔다.

"고블린 슬레이어 씨, 포션을……."

"미안하군. ……기적은 남겨둬라."

"물론이죠. 맡겨주셨으니까요."

그녀가 내민 작은 병의 뚜껑을 열어 벌컥 단숨에 마시는 동안 여신관이 정성스레 보살펴 주었다.

갑옷의 고정구를 점검하고, 눈이나 흙 따위가 몸의 움직임을 방해하지 않도록 떨쳐내고, 인을 맺어 신에게 기도했다.

"자비 깊은 지모신이여. 부디 성스러운 은총을……."

결코 기적 따위 일어나지 않는, 그러나 순수한 기도와 축복.

고블린 슬레이어는 그것을 무의미하다고, 소용 없다고 생각지 않았다.

누군가 자신을 위해서 기도해주는데 거부할 정도로 오만해질 생각은 없었다.

물약의 효과가 찬찬히 온몸으로 퍼지는 가운데 그는 병을 눈 속으로 던져 버렸다.

뭐라고 말을 해야 할까 망설이듯 철 투구를 기울이고, 가만히 저 너머에서 닥쳐오는 고블린 놈들을 노려본 다음.

"방법은 있다."

드디어, 그것만을 말했다.

"네."

그 말을 여신관은 순순히 받아들였다.

그것은 연모도 아니고, 의존도 아니고, 맹종도 아니었다.

그저, 믿고 있었다. 고블린 슬레이어를. 눈앞의 그를.

고블린 슬레이어는 정면으로, 그녀의 올곧은 눈동자를 마주보았다.

그리고 고개를 끄덕인다. 그걸로 충분했다.

"《프로텍션》을 쓸 때는 맡긴다. 그리고……."

고블린 슬레이어는 시선을 천천히 영애 검사에게 돌렸다.

"…………."

그녀는 스읍, 하아. 풍만한 가슴을 위아래로 움직이며 호흡을 가다듬었다.

술법의 발동을 준비하는 것이다. 그 정도는 고블린 슬레이어도 짐작이 갔다.

그렇다면 이제 어렵게 말을 할 필요도 없으리라.

"신호하면, 쏴라."

벌꿀색 머리칼을 흔들면서 고개를 끄덕이는 그녀에게, 고블린 슬레이어는 추가로 한두 마디 덧붙였다.

영애 검사는 그의 의도를 몰라서 머리칼을 흘리며 고개를 갸우뚱 기울였지만…….

"……알았어."

그 대답을 들으면 충분했다.

짧은 시간에 할 수 있는 일은 했다.
더 이상은 없으리라.
고블린 슬레이어는 천상을 노려보았다.
여전히, 저 높은 곳에서 누군가 주사위를 굴리고 있겠지만.
“그럼, 시작한다.”
말하자마자, 고블린 슬레이어는 눈을 흩뿌리면서 달렸다.
가는 곳은 고블린의 군세. 파티는 고개를 끄덕이고, 포로들과 함께 거리를 벌리기 시작했다.
휙. 엘프 궁수가 던진 자갈이 날아갔다. 한 발, 두 발. 서투른 사격이지만 쓰러지는 고블린.
충분하다.
그리고 고블린 슬레이어와 맞서고자 튀어나온 것은.
“IGARURUARARA!!”
고블린 팔라딘.
“음……!”
재대결이었다.
“IGRUAA!!”
키이잉! 맑은 소리가 울리며 도(刀)와 검(劍)이 설원에 불똥을 튀기며 부딪쳤다.
고블린 슬레이어가 내민 송곳니 칼이 고블린 팔라딘의 경은검을 때려서 막아냈다.
좌악. 두 사람의 발치에서 눈이 연기처럼 피어올랐다.
또 다시 찔러 들어오는 고블린 팔라딘을 고블린 슬레이어가 송곳니 칼로 비껴내고 튕겨낸다.

그리고 반격으로 찌르면 그 칼날을 고블린 팔라딘의 경은검이 때렸다.

"학습했군."

"IGAROU!"

짖어대는 고블린 팔라딘의 얼굴에 고블린 슬레이어는 주저 없이 눈을 차올렸다.

눈 가리기.

키약. 소리치며 몸을 뒤집자 고블린 슬레이어가 방패로 때렸다.

그러나 금속음이 울릴 뿐이다.

고블린 팔라딘도 방패를 들고 있다.

도저히 제대로 쓰고 있다고 말할 수는 없지만, 반사적으로 들어올린 것이 공격을 막아냈다.

"……!"

"GROOB!!"

둘은 슬금슬금, 방패를 맞대고 부딪치면서 원을 그렸다. 내쉬는 숨이 하얗게 소용돌이쳤다.

힘으로는 고블린 슬레이어가 뛰어나지만, 고블린 팔라딘의 작은 체구는 위협이기도 했다.

정강이를 향해 억지로 찔러오는 검을 고블린 슬레이어가 뛰어서 피했다.

눈으로 미끄러운 발치를 확인하고, 젖은 손으로 자루를 고쳐 쥐고, 하얗게 김을 뿜는 상대를 노려보고.

"GRARAB!!"

"……윽?!"

머리에 덜컥, 둔한 소리가 나며 화살촉이 부딪혔다.

고블린의 군세가 다가오고 있었다. 고블린 궁병이 쏜 화살이었다.

역시 투구는 필수다.

와앙. 머리를 흔들어 메아리치는 충격을 떨쳐내며 고블린 슬레이어는 상황을 가늠했다.

"이, 버릇없는 놈!!"

저 멀리서 엘프 궁수의 매도와 함께 날아온 자갈이 궁병의 머리를 넘어서 등 뒤의 고블린을 때렸다.

혀를 차면서 다시 던진 한 발이 이번에야말로 고블린 궁병의 어깨를 맞추어 뼈를 부수었다.

"GRAIRURURU……!"

그러나 그렇다고 해서 고블린 놈들을 완전히 억누를 수 있는가 하면, 그리 되진 않았다.

고블린 팔라딘의 싸움을 지켜보고는 있지만 그것은 놈들에게 여흥에 지나지 않기 때문이다.

《루나틱》의 영향이…… 사라진 것은 아니다.

이 모험가가 이기든 죽든, 결말은 변함이 없으니 기다리는 것뿐이다.

애당초 고블린은 기사도 정신이란 것 따위는 가지지 못한 놈들이었다.

그저, 제멋대로 마구 변하는 논리가 있을뿐이다.

그가 이기든 지든, 고블린 놈들은 결판이 나는 순간에 덤벼들 것이다.

그다지 시간을 들일 수 없다.

"……그렇다면."

고블린 슬레이어는 손목을 빙글 돌려서 검을 고쳐 쥐고는, 깊게 허리를 숙이며 방패를 들었다.

씨익. 그 자세를 본 고블린 팔라딘이 기분 나쁘게 입을 일그러뜨리며 조소했다.

지난번 싸움을 떠올린 것이다. 고블린 슬레이어의 원형 방패는 가장자리가 잘려나가 있었다.

"ORAGARARARA!!"

시끄럽게 울부짖는 소리와 함께, 고블린 팔라딘이 고블린 슬레이어에게 덤벼들었다.

앞으로 내민 경은검. 어중간한 방어구는 아무런 도움이 안 된다.

오오, 보라. 칼끝이 고블린 슬레이어의 방패로 가라앉는 모습을.

가죽과 나무 판과 천이 조합된 방어를, 경은이 아주 쉽사리 꿰뚫어버리는 모습을!

검이 순식간에 방패를 빠져나가 팔을 찢고, 가죽 어깨 보호대마저 꿰뚫어 고기를 파헤치는 손맛이 느껴졌다.

칼날을 통해 흐르는 피가 눈에 섞여서 분홍색으로 퍼졌다.

경은검은 분명히 고블린 슬레이어의 어깨에 닿아서 날카롭게 파헤쳤다.

고블린 팔라딘은 미약하게 신음하는 소리를 들었다. 고통을 억누르는 소리. 이겼다. 생각하며 웃었다.

"걸려들었군."

그러나 그걸로 끝이었다.

경은검이 그 이상 나아가지 않았다. 힘을 꾹 주어 밀어도 칼날이 움직이지 않았다.

칼코등이였다.

전투 망치처럼 쓸 수 있는 무거운 금속으로 만들어진 칼코등이가 방패에 파고들어 붙들려 있었다.

"으, 극……!"

"ORAGA?!"

그리고 단순히 힘의 차이로는 고블린이 흉을 당해낼 리 없었다.

고블린 슬레이어가 원형 방패를 꿰뚫은 경은검을 팔과 함께 비틀어 빼앗았다.

아니, 제대로 말하면 **꿰뚫도록 한** 것이다.

그렇지 않다면— 그렇지 않다면.

굳이 일부러 고블린 팔라딘에게 야비한 살법을 보여줄 필요가 있었겠는가?

검이 부러진 다음인데도 방패로 공격을 받아낼 필요가 있었겠는가?

"고블린은 어리석지만, 멍청하지는 않다. 그러나……."

고블린 팔라딘은 그때 처음으로 상대의 얼굴을 보았다.

철 투구에 뒤덮인 그 안쪽의 어둠 속에서.

빛나는 붉은 눈동자를 보았다.

"……**네놈은, 멍청하다**!"

"AGARARARARA!!"

고블린 슬레이어는 송곳니 칼을 휘둘러 고블린 팔라딘의 목을 가차 없이 찢어 버렸다.

고블린의 지저분한 피가 분출되고 나아가 은세계를 더럽혔다.

경은검을 감싸듯 몸을 뺀 고블린 슬레이어는 온몸에 그 피를 뒤집어 쓴 채…….

"GORA, U……?!"

"GROB! GROB?!"

겁먹고 몸이 굳어서 계곡 바닥에서 발길을 멈춘, 고블린 놈들을 노려보았다.

더 이상은 시간이 없다. 지금 이 순간을, 그는 기다리고 있었다.

"쏴라!"

고블린 슬레이어가 외쳤다.

"《토니톨스(뇌전)…… 오리엔스(발생)……》."

영애 검사가 응답했다.

그리고.

"《……야크타(투사)》!"

뇌전이 번쩍이고.

산이 맥동했다.

그러나 대기를 끓이면서 달려간 벼락은 고블린 놈들에게 떨어지지 않았다.

하늘을 헤치고 날아간 번갯불을 그곳에 있는 모두가 올려다보며 눈으로 좇았다.

번개가 파헤친 것은 산봉우리다.

굉음.

진동.

그것이 일으키는 것.

"어이, 이거, 위험하지 않더냐?"

"……어쩐지 불길한 예감이 들어."

드워프 도사가 얼굴이 굳어지고, 엘프 궁수가 기다란 귀를 신경질적으로 떨었다.

그들도 알고는 있었다.

고블린 슬레이어는 **반드시 뭔가 저지른다**, 라는 것을.

"음."

리자드맨 승려가 깨달은 표정으로 고개를 끄덕였다.

"도착한 모양일세."

전투의 북소리와 닮은, 혹은 군마의 말발굽 소리와 닮은 울림이 다가온다.

계곡 사이를 단숨에 떨어져 내려오는 하얀 죽음의 군세.

—눈사태였다.

"……윽!"

엘프 궁수인지 영애 검사인지 누군가 비명을 질렀다.

"아아 정말!"

이건 엘프 궁수인가?

"GARAOROB?!"

"ORARAGURA?!"

고블린 놈들이 들어주기 어려운 비명을 지르며 밀려오는 눈에 휩쓸렸다.

어찌할 도리도 없이, 도망치지도 못하고, 발자국조차 안 남기고.

그런 가운데 누구보다 빨리 맨 앞으로 뛰쳐나간 것은 여신관이었다.

지금이다. 그녀의 뇌리에 계시처럼 말이 번뜩였다.

주저하지 않는다. 망설임도 없다.

매달리듯 석장을 끌어안고, 혼을 깎는 기도를 신들에게 바친다.

"《자비 깊은 지모신이여, 부디 나약한 우리들을 대지의 힘으로 지켜주소서》!"

밀려드는 하얀 해일이, 보이지 않는 영역에 막혀서 갈라지듯 밀려났다.

지모신이 내린 기적으로 모두를 지키는 가운데.

여신관은 그의 모습을 보았다.

멀다. 고블린의 군세 바로 앞. 지모신의 기적 밖에서, 홀로.

닿지 않는 것은 알지만 목소리를, 손을 뻗어서—.

"고블린 슬레이어 씨!"

모든 것이 하얗게 덧칠되어, 사라졌다.

§

"……읏?! 그 사람은……?!"

모든 것이 끝난 다음, 맨 먼저 몸을 일으킨 것은 그녀— 영애 검사였다.

《프로텍션》에 막히고서도 몸에 쏟아진 눈을 떨쳐내면서 그곳을 보니.

온통 하얗다.

그들이 여기에 이르기까지 펼친 살육의 흔적도 일절 없었다.

고블린 놈들은 발자국 하나 남기지 않고, 마치 꿈처럼 사라져 버렸다.

"……그 사람, 고블린 슬레이어, 는……?"

주위를 둘러보았다. 돌아보았다. 그 특징적인 갑옷은 보이지 않았다.

대신, 석장을 손에 들고 커다랗게 숨을 내쉬는 여신관이…… 동료들의 모습이 있었다.

"눈에 흘러갔다면 아마, 아래쪽일 거예요."

여신관이 언 손가락을 입술에 대고 생각하며 산자락으로 눈길을 돌렸다.

계곡에 밀려들어온 눈 여기저기에 마지 고목의 가지처럼 고블린의 손발이 튀어나와 있었다.

그것에 얼굴을 찌푸리면서 엘프 궁수가 고개를 끄덕였다.

"아마 그렇겠지."

기다란 귀가, 부르르, 부르르, 잘게 떨렸다.

"아직 멀리서 눈이 떨어지고 있어. 너무 큰 소리는 안 내는 편이 좋겠어."

"그렇다면, 걸어서 마중을 나가는 편이 좋겠군."

부르르. 리자드맨 승려가 커다란 몸을 떨어 눈을 떨쳐내고 응답했다.

그와 일행과 구조한 포로, 그들을 끌어안은 용아병에게 상처가 없는 것을 확인하고 기괴한 합장을 했다.

선조에게 감사를, 무시무시한 용을 멸한 요인 중 하나가 혹한이었다고 전해지기에 더더욱.

"그리 큰 눈사태는 아니었으니 그리 멀리까지 가지는 않았을 걸세."

"…………걱정, 안 해?"

"안 할 리가 있는고? 동료가 아니더냐?"

무심코 물은 영애 검사에게 드워프 도사가 태연하게 대답했다.

그는 수염을 쥐고서 가방에서 술이 든 물주머니를 꺼내 들이켜더니 꺼억 트림을 했다.

몸을 데우는데 필요한 것은 불꽃과 술이다. 그리고 의미심장하게 한쪽 눈을 감았다.

"그렇지만…… 안 그렇더냐?"

"……고블린 슬레이어 씨니까요."

여신관이 응답하면서 난처한 듯 볼을 풀고 미소를 지었다.

그 말을 듣고서도 영애 검사는 도저히 납득하지 못했다.

한 걸음 한 걸음. 발치를 확인하면서 탐색행— 하산.

아까 하던 후퇴전과는 다르다. 조용하지만 정신이 아득해지는 길.

발을 한 번 내디딜 때마다 영애 검사의 마음은 한도 없이 무겁게 가라앉았다.

—내가, 검을 되찾아달라고 하지 않았다면…….

그가 그런 일을 할 필요는 없지 않았을까?

내 탓.

그래, 내 탓이야.

모든 것이— 내 탓.

"…………우."

모든 것이 끝났으니까— 아니, 끝에 와서 갑자기 맞닥뜨렸기에.

지금 그녀는 자신이 한 일을 모두 올바르게 인식하기 시작했다.

오만한 작전. 동료의 죽음. 마을에 대한 습격. 포로들의 구조 지연. 그리고 고블린 슬레이어.

좀 더 잘할 수 있었을 것이다. 좀 더, 적어도 이런 실수는 하지 않을 수 있었을 것이다.

아니, 애당초, 모험가 따위가 되지 않았다면—.

발치에 떨어뜨린 시야가 번지고 흐릿해진다.

그런 가운데, 미약하게 움직이는 것이 있었다.

"아……앗!"

영애 검사는 반사적으로 입가를 눌러 무심코 촉촉해진 목소리를 억눌렀다.

눈 속에서, 팔다리로 기어 다니듯 움직이는 그것.

다가오는 기척을 눈치 챘는지, 벌떡.

"실수했다."

몸에서 눈을 떨쳐내며, 그 남자가 일어섰다.

지저분한 가죽 갑옷. 싸구려 철 투구. 허리에는 검이 없고, 팔에 고정한 원형 방패는 깨졌다.

"질식 같은 것보다도, 충격에 대비했어야 했다."

그럼에도, 고블린 슬레이어는 태연하게 지껄였다.

"……고, 고블린…… 슬레이어……?"

믿을 수가 없다. 영애 검사의 입에서 무심코 멍한 목소리가 흘러나온 것도 무리가 아니었다.

"그렇다만."

"달리 할 말이 있잖아."

엘프 궁수가 넌더리를 내며 말했다.

"흠. ……무사했나."

"그거, 이쪽이 할 말이야. ……애당초, 이상하다고 생각했어."

그녀는 두통을 억누르듯 미간을 문질렀지만, 기다란 귀는 기분 좋은 기색으로 흔들리고 있었다.

"오르크볼그가 의미도 없이 이런 곳에, 물에서 쓰는 반지를 가져올 리 없는걸."

문득 깨닫고 영애 검사는 자신의 손을 보았다.

손가락에 감긴 붕대 틈으로 보이는, 이미 효과가 끝난 지 오래된 마법의 반지.

《브리싱》의 반지.

눈은 물이며, 다시 말해서, 다시 말해서—.

"……처음부터, 예상했어?"

"어느 정도는."

"그거야, 고블린 슬레이어 씨가 고블린 슬레이어 씨인 건, 익숙해졌지만요."

하다못해 먼저 설명을 해주시면 좋겠어요. 중얼거리고, 여신관이 원망스레 그를 보았다.
“아무리 무리나 무모한 짓은 안 한다고 해도, 그래도, 좀 놀랐어요.”
“바보 같은 소리.”
고블린 슬레이어는 다시 엎드려서 눈을 헤치고 파내면서 말했다.
“적은 지혜를 가진 고블린이다. 새어나가서 대책을 세우면 어쩔 건가.”
“어쩌고 저쩌고 이전에, 우리가 걱정을 하거든요?”
“음…….”
“설명해주실 거죠? 다음부터는.”
“……알았다.”
짧은 대답. 그 무뚝뚝한 음성은 철 투구 안쪽의 못마땅한 표정을 쉽사리 연상시켰다.
리자드맨 승려가 무심코 유쾌한 기색으로 쉭, 숨을 내쉬고 턱이 웃음의 형태로 벌어졌다.
“이것 참, 소귀 살해자 선생도 신관 선생에게는 자랑하는 술책이 통하지 않는 모양이로군.”
“그야 그럴 게야, 비늘 친구. 여자란 것은 용보다도 훨~씬 위험한 것이 아니던고?”
“하하하하하. 그렇지, 그렇지. 그거야 말로 세상의 진리로군, 술사 선생.”
서로 웃는 리자드맨 승려와 드워프 도사. 피로는 있어도, 얼굴은 가볍고 밝았다.
못 말려. 고개를 흔든 엘프 궁수가 두 사람에게서 시선을 돌려 저편을 보았다.

그걸 따라 눈길을 돌린 영애 검사의 눈에 파란 하늘이 뛰어 들어왔다.

그리고 눈물이 나올 정도로 눈부신, 태양.

"여러모로 하고 싶은 말은 산더미 같지만."

엘프 궁수가 입술 끝에 미소를 지으며 말했다.

"역시, 모험은 이래야지."

—모험.

덜컹. 그 말에 영애 검사의 가슴에 걸려있던 무언가가 떨어졌다.

위험을 범하고, 괴물의 소굴로 들어가서, 미궁을 답파하고—.

처음에 같이 도전한 동료들은 이미 없었다.

지금 여기 있는 동료들은 이제 막 만난 참이지만.

그렇구나, 이건 모험이었구나.

"어이."

"……윽?!"

문득 말을 걸자, 영애 검사는 퍼뜩 그쪽을 돌아보았다.

"찾았다."

고블린 슬레이어가, 눈 속에서 움켜쥔 그것을 손에 들고 일어서는 참이었다.

아침 해를 받아 반짝반짝 빛나는, 칼집.

그는 방패에 꽂혀 있는 경은검을 거침없는 손놀림으로 뽑았다.

자신의 피로 더럽혀진 그것을 휘둘러 피를 떨쳐내고 넝마로 정성스레 닦는다.

그리고 발견한 칼집에 철컥 넣었다.
“검은 확보했지만, 칼집이 고블린 팔라딘의 허리에 매달린 채 흘러가 버렸더군.”
“…………아, 아…….”
“역시, 눈사태는 실수였다.”
“……윽, 우…… 아…….”
그가 내민 그것을, 영애 검사는 양손으로 받았다. 묵직하다.
그렇잖아도 촉촉하게 번지고 있던 시야가 더욱 흐려지자 그녀는 몇 번이고 눈을 깜빡였다.
황급히 눈을 비벼봤지만 뭘 어떡해도 원래대로 되지 않았다. 코를 훌쩍였지만, 안 된다.
물방울이 몇 개씩이나 경은검에 떨어져 튕겼다.
그런 영애 검사를, 고블린 슬레이어는 빤히 쳐다보았다. 담담하고 무기질적인 목소리.
“너는, 잘 우는 녀석이군.”
영애 검사는 검을 끌어안고, 큰 소리를 내어, 울었다.

막간 「신들이 안도의 한숨을 쉬는 이야기」

끝났어? 끝난 거야?

놀이판을 내려다보던 《환상》과 《진실》이 조심조심 얼굴을 마주보았습니다.

다시 한 번 놀이판을 보고, 얼굴을 보고, 또 한 번 놀이판을 보고, 두 사람은 방긋이 웃었습니다.

그리고 짝, 소리를 내면서 신들은 서로 손뼉을 쳤습니다.

《환상》은 얼굴이 확 밝아졌고, 《진실》도 만족스럽게 팔짱을 끼고 섰습니다.

신들은 딱히 모험가나 사람들, 괴물들을 괴롭히고자 생각하는 것이 아닙니다.

때로는 실패하거나 주사위의 눈이 안 좋아서, 이 자식 죽여버리겠어 싶기도 합니다.

그러나 그렇게 따지면 모험가들도, 얼굴을 드러낸 흑막을 만나자마자 때려눕히기도 합니다.

그러니까 서로 비긴 셈이란 거죠.

자, 모험은 끝났습니다. 대성공입니다!

모험가들의 활약을 논합시다. 괴물들의 건투를 칭송합시다.

미궁의 함정이 얼마나 무서웠는지, 그것을 헤쳐 나간 모험가들의 기지를 찬양합시다.

그런 식으로《진실》과《환상》이 기뻐하자 다른 신들도 모여들었습니다.《혼돈》이 있습니다.《질서》가 있습니다.《공포》나《시간》,《죽음》에《공허》까지!

축하합니다. 떠들썩한 소동입니다. 축복입니다.

주사위 눈이란 것이《숙명》과《우연》어느 쪽에 좌우되는 것인지는 모릅니다.

좋은 눈도 나오고, 나쁜 눈도 나옵니다.

기쁜 눈이 나오고, 슬픈 눈도 나옵니다.

모험가가 이기는 눈도, 괴물이 이기는 눈도 나옵니다.

고생해서 보물상자를 발견했는데 자물쇠 열기에 실패하는 눈도 나옵니다.

그런 겁니다.

울고 웃어도 주사위 눈은 변하지 않습니다.

그렇기에— 모험을 한다.

그것 자체가, 더할 나위 없이 근사한 겁니다.

제7장 『새로운 새벽(애프터 세션)』

"네에! 1년간 죽지 않고 무사히 넘어갔어요!"

접수원 아가씨의 쾌활한 목소리가 새벽이 다가오는 주점에 울렸다.

"숙명과 우연, 질서와 혼돈의 신들에게 감사하며, 오늘은 한~껏 소란을 피웁시다!!"

"새해, 복 많이 받아라~!!"

모험가들이 커다랗게 소리를 치는 것과 동시에, 손에 잔을 들고, 부딪히고, 술을 들이켰다.

참으로 장관이었다.

지금 이 도시에 있는 모험가가 한 자리에 모여 있으니 길드 안의 주점은 대혼란이었다.

기나긴 겨울이 끝나고 새로운 해가 시작되는 오늘이기에, 누구나 걱정 없이 소리를 지른다.

"그러니까아, 나는 말이야아. 작년에도 이래저래 열심히 했거든."

"그러, 네."

"창 휘두르면서 날뛰고, 괴물 퇴치하고, 마술도 경험을 쌓았다니까아."

"알아, 알아."

"그러니까 절대로 고블린 죽이는 뭔가 이상한 녀석이랑 비교가 안 되는 거지!"

"그래, 그래. 열심히, 했어."

무용담을 늘어놓으며 빙글빙글 말을 반복해대는 창잡이.

그 옆에서는 육감적인 육체를 꿈틀거리며, 마녀가 요염한 웃음을 지었다.

"그래서 말이다아, 너도 말이다아. 이제 그만 자리를 잡고 말이다아."

"그, 그래. ……아니 그건 네가 요전에 어머니한테 받은 편지 내용 아니냐?"

"고향의 부모님을 안심시켜주는 게 효도라는 거란 말이다아……."

"아니, 나는 고향에 부모님 없는 거, 너도 알지 않냐……."

"……이봐, 듣고 있어?"

"그래, 그래. 듣고 있다니까. 누가 이 주정뱅이 좀 어떻게 해봐라."

"리더의 아내잖아요. 얼른 어떻게 하세요."

"같은 의견."

"얼른 책임을 지세요. 우리는 도저히 돌볼 수가 없어요."

"질서이자 선한 성기사인 나는 맹세를 어기지 않는다!!"

"젠장, 이 녀석들 내가 하는 말을 전혀 안 들어……!"

저쪽 탁자에서는 중장 전사의 파티가 리더의 연애를 안주 삼아 떠들었다.

이윽고 악기의 소양이 있는 자가 흥이 올라 현을 타기 시작했다.

누구나가 읊조리는 그것은, 한도 없이 맥 빠지는 태평스런 진혼가.

오오, 모험가여.
죽어버리다니 한심하구나.
묘비에는 고작 네 글자를 새겼더라.
모험가여, 나는 너의 이름을 모르는구나.
이름조차 못 남기고 갔더라 하여도.
모험가여, 네가 나를 벗이라 부른다면.
오오, 나의 벗이여.
죽어버리다니 한심하구나.

모험가는 향락주의자가 많다고 사람들은 말한다.

내일 어떻게 될 지도 모르는 몸이니, 뒷일을 생각지 않는다고.

다소 틀렸다.

살아남은 많은 모험가는 현실주의자다.

꿈을 좇으며 수단을 착실하게 쌓아 올린다. 그러나 닿지 못하고 죽을 가능성을 이해하고 있었다.

그렇기에, 후회는 어리석음의 극치다.

사소한 실수도, 모험의 실패도, 동료의 죽음도.

웃으면서 넘어서지 않으면 어쩔 수 없지 않은가?

"……정말로, 흄은 소란 피우는 거 좋아하네."

엘프 궁수는 구석 쪽 탁자에 앉아서 그 소란을 지켜보고 있었다.

"1년 내내 기회만 발견하면 술 마시고 신이 나서는, 마치 드워프 같아."

"그러는 것 치고는 싫지 않은 기색이 아니더냐? 응? 길쭉귀 처녀야."

양손에 새 구이를 쥔 드워프 도사가 웃으며 기분 좋게 말했다.

새해 축하로 이것저것 준비된 요리에 혀를 내두르다 보면 이렇게도 된다.

하물며 술도 듬뿍 마셨으니— 드워프가 아니라도 그럴 것이다.

"어머, 새해잖아. 이 정도는 괜찮지 않아?"

드워프 도사에게 한쪽 눈을 감으며, 엘프 궁수가 홀짝홀짝 술을 핥았다.

손에 든 잔은 설탕을 탄 포도주였다.

그리고, 같은 탁자에 앉은 동료를 흘끔 보았다.

"그래서, 어떡할 거야?"

"……네."

영애 검사는 희미하게 고개를 끄덕였다.

짧게 자른 벌꿀색 머리칼도 살짝 자라서 어깨까지 닿았다.

조금만 더 자라면 목덜미에 타 들어간 낙인도 감출 수 있을 것이다.

"……한 번, 부모님을 만나서, 이것저것, 이야기를 하고 오려고……생각해요."

아직도 표정에는 짙은 그림자가 드리워있지만, 그래도 그녀는 살짝 볼을 풀었다.

모험을 떠나기는 어려운 검소한 의상을 입었지만 허리에는 검대를 두르고 있었다.

패검은 당연히 길고 짧은 두 자루의 경은검.

이것이 있으면, 이제 괜찮다. 그녀의 손가락이 살짝 검을 쓰다듬었다.

"……죽은 동료의 묘도 만들고, 길을 정하는 건, 그 다음에."

"응, 그게 좋을 거야. 가족이랑 친구는 소중히 여겨야지."

"빙하의 때는 저편으로 물러가고, 백아의 층은 다시 묻히며, 선조의 시대는 멀고멀지만, 피는 이곳에 있으리."

엄숙하게 무슨 경문을 읊은 리자드맨 승려가 커다란 턱을 쩍 벌려서 치즈를 깨물었다.

진미로군, 진미야. 만족스런 맛에 꼬리를 흔들며 눈웃음을 짓고, 씹어서 삼키고, 한숨을 내쉰다.

"좋은 혈족들만 있다고 할 수는 없네만, 인연은 소중히 여기는 것이 좋을 걸세."

"……응. 저기, 그게……."

그 말이 뒷받침을 해준 덕분, 일 것이다.

살짝 볼을 붉히며 고개를 숙인 영애 검사는 꼬물꼬물, 부끄러운 기색으로 몸을 꼬았다.

"……편지…… 쓸 테니까."

그리고 간신히, 그 가느다란 한 마디를 입에서 중얼거릴 수 있었다.

"네, 언제든지, 뭐든지, 전하고 싶은 것이 있으면 써서, 보내주세요."

맨 처음 응답한 것은 여신관이었다.

신전에서 이것저것 새해의 의식을 마치고 온 그녀는 목욕을 한 다음이라서 살짝 따뜻하다.

그 손으로 영애 검사의 손을 살며시 잡고 단단히 쥐었다.

"저도, 잔뜩, 잔뜩, 답장을 쓸게요."

"……응. 잔뜩. 많이. ……쓸게."

"앗, 나도! 친구한테 편지 쓰는 거 한 번 해보고 싶었어."

그리고 꺅꺅 살갑게 떠드는 모험가 소녀 셋.

한숨 돌리고자 탁자에 찾아온 접수원과 초대를 받은 소치기 소녀가 흐뭇하게 지켜보고 있었다.

"후후후. 사이가 참 좋네요?"

"있지. 나도 편지 써볼까—?"

예의 안 차려도 된댔지. 소치기 소녀는 탁상에 푹 엎드렸다.

풍만한 가슴이 짓눌려서 형태를 바꾸었다.

"목장 일을 하고 있으면, 비슷한 또래 여자애들이랑 못 만나거든."

"길드에서 일해도 비슷하답니다."

안주로 제공된 소시지에 핀을 꽂아서, 향신료를 묻혀 입에 넣은 접수원이 고개를 끄덕였다.

"모험가들이랑 친해지는 건 장려하지 않거든요."

그래도, 친하게 지내버리지만요. 접수원이 장난스레 눈을 감았다.

함께 지낸 시간은 짧았지만, 아가씨들 다섯은 순식간에 인연을 맺고 있었다.

시간과 우정이란 것은 대개 그런 법일지도 모른다.

그렇지만, 이렇게 되면 불과 둘밖에 안 되는 남성진의 입지가 좁아진다.

"소귀 살해자 선생도, 오면 좋았을 것이네만."

"참말로 그렇구먼. 결~국은, 카미키리마루하고는 그렇게 마실 기회를 많이 못 만들었도다."

리자드맨 승려가 살짝 불평하자, 턱을 괴고 있던 드워프 도사가 명안이란 듯이 손가락을 퉁겼다.
“좋아, 나는 올해 목표 중 하나로 삼아야겠구먼.”
“적당히 해. ……그러고 보니, 그 녀석은 없네.”
힘 빠진 대화를 키득거리고 웃으며 보던 엘프 궁수가 조용히 말했다.
“오르크볼그. 축제라든가, 그런 거 좋아하질 않는 것 같으니까.”
고블린 슬레이어. 그렇게 불리는 모험가의 모습은 주점에 없었다.
여신관이 작은 몸으로 열심히 발돋움을 해서 주위를 둘러보지만 역시 기척이 없었다.
“술을 별로 못 마시니까, 그런 건 아닌 것 같아요. 고블린 슬레이어 씨는, 어디에?”
“아…….”
“응…….”
소치기 소녀와 접수원 아가씨가 뭐라 말하기 어려운 소리를 내더니 의미심장하게 시선을 나누었다.
“……역시, 소꿉친구로서는 양보하기 싫은가요?”
“아하하하하하하하. 양보하고 싶다면 거짓말이긴 한데.”
웃고서 술을 입으로 옮기고는 응, 고개를 끄덕였다.
“…………그래도, 올해는. 양보해 버릴까—?”
“그렇네요. ……공정하게 가야죠.”
“……?”
의문의, 의미심장한 대화.
고개를 갸웃거리는 여신관을 보며, 소치기 소녀가 주섬주섬 옆에

둔 바구니를 꺼냈다.

"그러면, 잠깐 심부름 좀 부탁해도 될까?"

"심부름, 인가요?"

"그래."

"저기, 저는 상관없지만……."

"어머, 이거…… 도시락 같은 거야?"

엘프 궁수가 기다란 귀를 흔들더니 호기심 가득한 눈을 반짝거리며, 바구니를 빼꼼 들여다보았다.

"빵에, 냄비에…… 바깥에 가는 거라면, 내가 갈 수도 있는데?"

"아뇨, 엘프라면, 아마 찬스가 잔뜩 있을 테니까요."

접수원이 애매한 웃음을 지으며 말렸다.

"흐응? 잘은 모르겠지만……."

"자, 드세요."

의문스런 태도의 엘프 궁수에게 접수원이 술을 따라주었다.

엘프 궁수가 기다란 귀를 흔들며 잔에 다시 채워진 포도주를 한 번 홀짝였다.

술이 몸을 따끈따끈하게 데워주고, 기분이 좋아지면 마음도 자연히 넓어진다.

"잘은 모르겠지만, 뭐 됐어."

"그럼, 부탁할게."

소치기 소녀가 그렇게 말하며 아쉬움 반, 미안함 반으로 고개를 꾸벅 숙였다.

"아, 네. 근데, 그러면. 어디에 전달하면 되는 건가요?"

"응, 아마, 평소랑 똑같다면——."

§

변경 도시에서 벗어나 목장보다도 멀어진 광야.

막아서는 것도 없고, 휘이잉 소리를 내면서 겨울바람이 지나는 그 곳에.

작은 천막과 등불 같은 미약한 모닥불이 하나.

지평선 너머는 아직도 어둡고, 날짜가 바뀌었어도 동이 트려면 멀었다.

모닥불 근처에 앉아 있는 남자 한 명이 문득 무언가를 깨닫고 고개를 들었다.

"고블린은 없다. 나와도 된다."

"……나와도 된다, 가 아니에요."

고블린 슬레이어의 부름에 응답하며, 수풀이 흔들리고 여신관이 걸어 나왔다.

도시에서 얼마 동안 걸어온 그녀는 식어버린 손에다 「하아」 한숨을 섞어 숨을 내쉬었다.

아무리 방한용 판초를 둘렀다지만 추운 건 추운 거다.

"뭘 하시는 건가요?"

"경계다."

고블린 슬레이어의 대답은 예상대로, 그리고 단적이었다.

"새해 축하로 방비가 약한 오늘은 고블린 놈들이 보복 공격을 할 가능성이 있다.”

—그러고 보니 이 사람, 축제 때도 그런 말을 하지 않았었나요?

문득 되살아난 기억에 어쩐지 불길한 예감이 들어서 무심코 묻지 않을 수 없었다.

“……혹시, 매년 하는 건가요?”

“바보 같은 소리를 하는군.”

“그, 그렇네요.”

“새해는 매년 온다.”

—정말 질리겠어요……. 아아, 정말, 못 말리는 사람…….

일이 이렇게 되면 여신관도 사태를 이해하지 않을 수 없었다.

맡아온 바구니에 든 요리를 전달하는 것도 당연했다.

소치기 소녀도 접수원 아가씨도, 걱정이 되어서 어떤지 보러 온 것이다.

“매년 하는 일이다. 문제는 없다.”

“있어요!”

“그런가.”

그럼에도 당사자는 어디서 바람이 부느냐는 태도로 모닥불 곁에 앉아 어둠을 노려보고 있었다.

다들 도시에서 새해를 맞이하며 소란을 떨고 있는데, 오로지 혼자서, 계속.

“정말이지, 캠프까지 쳐놓고, 묵어가면서…….”

“가을 축제는 습격을 받았으니까. 다음에도 그렇지 않을 거라는 보장은 없다.”

한 번 있었던 사실을 고블린의 목을 벤 것처럼 말한다니까. 아아, 정말.

여신관은 더 이상 말도 나오지 않았다.

침묵 사이를 헤치듯 다시 눈이 휘날리기 시작하며 휘이잉 바람이 울었다.

"……나는 고블린 퇴치에 10년을 들였다."

문득 조용히, 고블린 슬레이어가 그렇게 말했다.

10년.

생각해보니—. 여신관은 눈을 깜빡였다.

그에게 옛날에 무슨 일이 있었는지. 지금까지 들어본 적이 거의 없었다.

이 사람은 고블린 퇴치에, 대체 얼마나 많은 시간을 들였을까?

그런 그가 두런두런 중얼거리며, 대화 사이를 메우려고 의미도 없이 모닥불을 뒤섞었다.

"그렇기 때문에 놈들 상대로 우위에 설 수 있다. 그러나…… 고블린이 진보하지 않는다고 잘라 말할 수는 없다."

눈의 차가움에 약해진 불꽃이 확 선명하게 타올랐다.

"고블린 팔라딘이 뭘 꾸미고 있었는지, 알겠나?"

"아뇨……."

"금속 제련이다."

쏴아. 눈을 피워 올리며 차가운 바람 한 줄기가 지나갔다.

"……설마."

여신관이 낸 목소리는 그녀의 생각보다도 떨리고 있었다.

분명 춥기 때문이다. 겨울이고…… 눈도 쌓였지 않는가. 그렇기 때문이, 틀림없다.

“그러나, 그렇게 생각할 수밖에 없다.”

고블린 슬레이어는 짧게 말하고 모닥불로 시선을 떨구었다.

흔들리는 불꽃이 투구에 기묘한 음영을 만들었다.

“드워프의 요새. 채굴 도구. 그리고 그 소녀의 경은검. 광석을 벼락으로 벼렸다고 했지. ……그렇다면.”

거기서부터는, 말하지 않아도 여신관은 짐작할 수 있었다.

—붉은 보옥을…… 뇌정으로 벼린, 칼날.

고블린은, 자력으로 무언가를 만든다는 발상을 거의 가지지 않는다.

벼락이 필요하다면 벼락을 빼앗으면 된다.

멍청한 모험가들의 마술사란 것들에게.

마술사를 모아서, 마음을 꺾어버리고, 그리고 죽을 때까지 술법을 걸게 하면…….

금속을 손에 넣은 고블린의 군세가 태어난다. 온몸을 갑옷과 투구로 뒤덮고, 검과 방패를 든 고블린의 군세가.

망상이라고 하면 망상이었다. 너무나도 불확정 요소가 많았다.

과연 어디서부터가 고블린의 계획일까?

영애 검사를 노린 것부터? 아니면 드워프의 요새를 점거한 것부터…… 그러나, 하지만.

“이 세상을 움직이는 것이 숙명인지, 우연인지, 신들조차도 모른다…….”

여신관의 입에서 무심코 흘러나온 말이 이 세계의 진리였다.

천상의 신들이 던지는 주사위가 무엇에 따라 좌우되는지, 그것은 커다란 수수께끼였다.

—다시 말해서, 생각해도 어쩔 수 없는 일.

고블린의 수를 세는 것만큼이나 무의미한 일이다.

"놈들을 얼마나 더 상대할 수 있을지 모른다. ……적당히 할 수 있을 리 없다."

그렇지만.

이 남자는.

인생을 소비하여 그것에 도전하려고 했다.

"……정말이지, 참."

여신관은 숨을 내쉬었다. 차갑게 식고 굳어버린 자신의 볼을 찰싹 두드렸다.

"언제나 고블린 고블린, 입만 열면 그것뿐이잖아요."

"음……."

"가끔은 긴장을 풀지 않으면 몸도 마음도 지쳐버릴 걸요?"

익살을 피우듯, 장난을 치듯, 굳이 일부러.

여신관은 허리에 손을 대고 고개를 돌리며 삐친 어린애처럼 말했다.

"어차피 다 같이 떠드는 것보다, 고블린 퇴치가 더 중요하죠?"

"……아니."

"봐요, 역시. 하다못해 새해 정도는……."

—아니?

"네?"

문득, 있을 수 없는 말이 귀에 들어와서 여신관은 그의 얼굴을 들여다보았다.

물론 늘 그렇듯 철 투구다. 표정도 알 수 없었다.

그렇지만, 그 안쪽에서, 붉은 눈동자와, 눈이 마주친, 것 같은—.

"분명히 떠드는 건 거북하다만."

그는 말했다.

"다 같이 소란을 떠는 것은, 나쁘지 않다."

———정말이지.

여신관은 크게 숨을 내쉬었다. 하얀 연기가 하늘로 올랐다.

—모처럼 양보를 해준 것, 같으니까요.

"못 말리는 사람이에요. ……전사 한 사람보다는 후위 한 사람이 더 있는 게 확실하겠죠."

"……춥다."

"알아요."

"그런가."

무뚝뚝하게 말하자 무뚝뚝한 대답이 돌아왔다.

그렇지만 그는 모닥불 가까운 부분을 양보하듯 옆으로 움직였다.

여신관은 가녀린 엉덩이를 그 옆에 붙였다.

두르고 있던 판초를 펼쳐서 둘이 함께 둘렀다.

"자, 그렇게 됐으니까 밥을 먹고 아침까지 힘내야죠?"

바로 옆— 모험하는 와중에는 더 가까웠던 적이 있었는데도 부끄러워서.

여신관은 그에게서 시선을 돌리고 냄비를 불에 올려 휘저었다.

살며시 풍기는 달콤한 냄새를 집중해서 의식하면서.

"스튜라고 하니까, 몸을 데워줄 거예요."

"그렇군. ……아아, 그렇지. 한 가지, 잊은 말이 있다."

"뭔데요?"

고블린 슬레이어는 희미하게 웃었다.

"올해도, 부디 잘 부탁한다."

■ 작가 후기

안녕하세요, 카규 쿠모입니다.

고블린 슬레이어 5권 재밌게 읽으셨나요?

눈 내린 산에 고블린이 나와서 고블린을 퇴치하는 이야기였지만, 즐거우셨다면 다행입니다.

이번에도 칸나츠키 노보루 선생님께서 근사한 삽화를 그려주셨습니다. 감사합니다.

고블린이 4권에서는 삽화, 5권에서는 권두 컬러에 진출. 역시 고블린. 늘어나네요.

쿠로세 코우스케 선생님. 매달 멋진 코미컬라이즈 감사합니다.

이번 권이 나올 무렵에는 목장의 공방전에 돌입했겠죠. 분명히 굉장할 거야……!

또한 독자 여러분, 웹에서 응원해주시는 여러분, 정말로 감사합니다.

정리 사이트 관리인님, 언제나 정말 감사합니다. 앞으로도 힘낼게요.

게임 동료 여러분, 매번 고마워. 하지만 그때 나온 주사위 눈은 좀 이상하다고 생각해.

창작 관련 친구들, 앞으로도 잘 부탁드립니다. 여러분 덕분에 쓰고 있어요.

편집부 여러분, 본작에 연관된 여러분, 언제나 신세지고 있습니다.

그러면, 일단 고블린 슬레이어 씨 일행의 모험도 1년을 무사히 마칠 수 있었습니다.

이게 다 여러분 덕분이라고 생각합니다.

저도 고블린 슬레이어란 작품을 1년 쓰면서, 여러 가지 일을 겪었습니다.

각국에서 번역판을 내주시거나, 타이완에 초대를 받거나, 드라마 CD, 코미컬라이즈, 외전.

인생은 정말로 예상 밖의 일들이 가득합니다.

이제 그만 침대 위에서 눈을 뜰 것 같은 기분이 들 정도입니다. 당신은 1년이나 잠들어 있었어요!

지난번에 무희 모험가가 주점에서 마구 춤을 췄더니, 파티 모두를 부양할 수 있을 만큼 벌었습니다.

모험이란 것이 수지가 안 맞는구나 생각했지만, 입신출세를 위해서는 어쩔 수 없죠.

모험이란 죽을 자리를 찾는 것이라. 정말이지 옛날 위인이 말 한번 잘했습니다.

참고로 무희가 번 돈은 주인님한테 헌상했습니다. 부양할게요! 기둥서방이 됩시다!

파티의 공통 저금이 되었습니다. 과연 대단합니다, 주인님. 이토록 냉정하고 적절한 판단이라니.

여신관도 이제 슬슬「모험이란 무엇인가?」라는 것을 생각해야 될 때일지도 모릅니다.

6권은 그런 느낌의, 고블린이 나와서 고블린을 퇴치하는 이야기가 될 거라 생각합니다.

앞으로도 열심히 작품을 쓸 테니, 부디 잘 부탁드립니다.

■역자 후기

안녕하세요, 불초 역자입니다앗!

고블린 슬레이어 5권까지 왔습니다. 이번에는 눈 내린 산의 이야기군요. 마침 역자가 번역하고 있는 지금도 한창 한파가 닥쳐오는 계절입니다. 거기다 어째선지, 의뢰가 들어와 있는 다른 작품도 눈 내린 산을 무대로 싸우고 있습니다. 어 뭐지? 무슨 계시인가? 평창이라도 가라고?

그건 그렇다 치고, 집에 틀어박혀 일만 하느라 인생이 재미없는 남자라 이번에도 후기를 뭘 쓸까하는 고민에 빠졌습니다.

몇 년 만에 일에 치이고 있다는 건 이미 다른 작품이랑 다른 출판사 작품 하나에 써먹었고, 이미 후기 돌려막기의 전과가 있기 때문에 또 다시 그걸로 돌려막기를 하는 것도 양심의 가책이 느껴지는군요. 그밖에 최근 눈에 띄는 사건이라면 번역작 중 하나인 「데스마치에서 시작되는 이세계 광상곡」의 애니 방영 이야기가 있겠습니다만, 이건 해당 작품 후기에서 다루는 게 맞는 것 같습니다. 어쨌거나 본서가 발매될 때쯤 한창 방영을 하고 있을 테니까 많이 봐주세요!

그래서 화제 거리가 없습니다. 이놈의 재미없는 인생!

하는 수 없죠. 전에 가죽 갑옷에 대해 썰을 풀었던 것처럼 이번에는 경은(輕銀)이란 걸 다뤄볼까 합니다.

경은이란 것이 뭐냐 하면, 알루미늄입니다. 맞아요. 음료수 캔이나 노트북에 흔히 쓰이는 그거요. 붉은 보옥을 뇌정으로 벼린다는 묘사가 있습니다만, 붉은 보옥이라는 건 아마도 보크사이트일 가능성이 높습니다. 뇌정으로 벼린다는 건 알루미늄을 제조하는데 전기분해법을 쓰기 때문이죠. 참고로 이 제조법에 쓰이는 에너지 사용량이 상당히 높기 때문에, 알루미늄 캔의 재활용은 에너지 절약을 위해서 꼭 필요한 일입니다. 웬만하면 음료수 캔 분리수거를 열심히 합시다. 역자도 늘 탄산음료를 끼고 살기 때문에 언제나 캔만 따로 모아서 한가득 쌓인 걸 내놓곤 합니다. 자원재활용 만세.

그럼 여기서 의문이 생기실 겁니다. 당최 알루미늄이란 걸 무기로 쓸만한가? 이렇게 말씀하시는 분들은 알루미늄 유니바디 노트북 모서리에 팔꿈치 안 찍혀보신 분일 겁니다. 그래요. 찍혀봤습니다. 작업할 때 쓰는 녀석이 저를 아프게 하더군요. 진짜 아픕니다.

물론, 일상에서 쓰이는 알루미늄이 순수 알루미늄이 아니긴 합니다. 대부분 합금이죠. 그런데 사실은 철도 합금이 아닌 순철은 굉장히 무른 데다가 자연상태에서는 거의 존재하지도 않죠. 실제로 쓰이는 금속들 중에서 합금이 아닌 형태로 쓰이는 금속은 극히 드뭅니다. 순수 알루미늄도 역시나 무르지만, 알루미늄 합금은 단단합니다. 대표적인 걸로 두랄루민이 있죠. 가볍고 강도도 높기 때문에 무기를 만들면 냉병기가 주류인 시절에는 충분히 보검이 될 수 있습니다. 팔꿈치요. 네! 팔꿈치요!

게다가 알루미늄은 근대에 이르러 전기분해법이 개발되었기 때문에 19세기까지만 해도 굉장히 귀금속이었다고 합니다. 오죽하면 오리할콘이 사실은 알루미늄이란 설이 있을 정도죠. 프랑스의 첫 대통령이자 마지막 황제인 나폴레옹 3세는 손님을 초대하여 금 식기를 쓰게 하면서, 자기는 알루미늄 식기를 썼다고 합니다. 금보다 귀한 몸이었다는 겁니다. 어허.

……어? 음. 어라? 진짜로 알루미늄이 뭔가 전설의 금속이 되어가는데요?

게다가 역자는 알루미늄에 대한 설을 풀면서, 후기 분량을 다 채웠습니다! 이만하면 전설의 금속입니다! 찬양하라 알루미늄!

그럼! 다음 권에서 또 봬요!

고블린 슬레이어 5

1판 1쇄 발행 2018년 2월 20일
1판 5쇄 발행 2023년 3월 2일

지은이_ Kumo Kagyu
일러스트_ Noboru Kannatuki
옮긴이_ 박경용

발행인_ 신현호
편집장_ 김승신
편집진행_ 권세라 · 최혁수 · 김경민 · 최정민
편집디자인_ 양우연
관리 · 영업_ 김민원

펴낸곳_ (주)디앤씨미디어
등록_ 2002년 4월 25일 제20-260호
주소_ 서울시 구로구 디지털로 26길 111 JnK디지털타워 503호
전화_ 02-333-2513(대표)
팩시밀리_ 02-333-2514
이메일_ lnovellove@naver.com
L노벨 공식 카페_ http://cafe.naver.com/lnovel11

ISBN 979-11-278-4393-9 04830
ISBN 979-11-278-4050-1 (세트)

값 9,800원

치유마법의 잘못된 사용법 1~2권

쿠로카타 지음 | KeG 일러스트 | 송재희 옮김

평범한 고등학생 우사토는 귀갓길에 우연히 만난 학생회장 스즈네,
같은 반 친구인 카즈키와 함께 갑자기 나타난 마법진에 삼켜져
이세계로 전이하게 된다.
세 사람은 마왕군으로부터 왕국을 구하기 위한『용사』로서 소환된 것이지만
용사 적성을 가진 이는 스즈네와 카즈키뿐, 우사토는 그저 휘말린 것이었다!
하지만 우사토에게 희귀한 속성인『치유마법사』의 능력이 있다고 밝혀지며
사태는 180도 바뀌게 되고, 우사토는 구명단 단장이라는 여성, 로즈에게 납치되어
강제로 구명단에 가입하게 된다.
그곳에서 우사토를 기다리고 있던 것은 험악한 얼굴의 동료들,
그리고「치유마법의 잘못된 사용법」을 구사하는
지옥훈련으로 채워진 나날이었다—.

상식 파괴「회복 요원」이 펼치는
개그&배틀 우당탕 이세계 판타지, 당당히 개막!!

BOOKS

라이트노벨의 새로운 빛! L북스의 신간은 매월 20일에 발매됩니다. http://cafe.naver.com/lnovel11